Andrew Lane

AGENT IMPOSSIBLE

Undercover in New Mexico

ANDREW LANE

UNDERCOVER IN NEW MEXICO

Aus dem Englischen
von Tanja Ohlsen

Bei diesem Buch wurden die durch das verwendete Material und die Produktion entstandenen CO_2-Emissionen ausgeglichen, indem der cbj Verlag ein Projekt zur Aufforstung in Brasilien unterstützt.
Weitere Informationen zu dem Projekt unter:
www.ClimatePartner.com/14044-1912-1001

Penguin Random House Verlagsgruppe
FSC® N001967

1. Auflage 2022
Erstmals als cbt Taschenbuch Juni 2022

Die Originalausgabe erschien unter dem Titel »AWOL 2: Last, Safe Moment« bei Piccadilly Press, London, einem Imprint von Bonnier Zaffre Ltd., London, in der Verlagsgruppe Bonnier.
Aus dem Englischen von Tanja Ohlsen
Lektorat: Luitgard Distel
Umschlaggestaltung: Guter Punkt, München
Umschlagmotive © iStockphoto (pialhovik, OSTILL, grandeduc, Pixtum, nanmulti); Adobe Stock (liuzishan)
kk · Herstellung: LW
Satz: KCFG – Medienagentur, Neuss
Druck: GGP Media GmbH, Pößneck
ISBN 978-3-570-31495-1
Printed in Germany

www.cbj-verlag.de

Dieses Buch ist Amber, Caitlin, Courtney,
Beth und Sophie gewidmet, weil das letzte
den Jungs gewidmet war …

Und mit besonderem Dank an Emma Matthewson und
Talya Baker für das hervorragende Lektorat.

KAPITEL 1

»Das wird wehtun, oder?«

Kieron Mellor stellte fest, dass seine Stimme zitterte, und er hasste sich dafür. Warum kriegte er das nicht hin? Nach allem, was er in letzter Zeit durchgemacht hatte, sollte das hier doch ein Kinderspiel sein.

Immer wieder sagte er sich das, trotzdem schlug ihm das Herz bis zum Hals.

»Überhaupt nicht«, versicherte ihm der Mann in dem Tattoostudio. »Nur ein kleiner Stich. Na ja, eigentlich zwei Stiche. Du wirst sie kaum spüren.«

Über die Schulter des Mannes hinweg sah Kieron die Passanten in dem Einkaufszentrum. Das Tattoostudio war klein, kaum größer als sein Zimmer. Mit ihm, dem Mann, der vor ihm auf dem Stuhl saß, und der Frau an der Kasse war der Laden so voll, dass man sich kaum mehr umdrehen konnte. Sam – Kierons bester Freund – wartete draußen. Er lehnte am Geländer der Galerie und starrte auf das Gedränge in den Geschossen des Einkaufszentrums unter ihm.

Im Erdgeschoss wurden Kleidung, Elektronik, teure

Handtaschen und Möbel verkauft. Im Untergeschoss befand sich der Restaurantbereich. Hier im Obergeschoss lagen die billigeren Läden – ein Comicshop, ein Geschäft, wo Fantasyfiguren und Engelkarten verkauft wurden, ein Herrenfriseur. Und das Tattoo- und Piercingstudio.

Der geduldige Mann vor Kieron trug ein enges T-Shirt und hatte einen gewaltigen Schnurrbart, der an den Schläfen seine Koteletten berührte. Außerdem hatte er einen ledernen Cowboyhut auf dem Kopf. Sein rechter Arm war vom Handgelenk bis zur Schulter mit blau-goldenen Schuppen tätowiert. Das Tattoo auf dem linken Arm war noch in Arbeit. Schwarze Bogen, die wohl erst nach und nach eingefärbt werden würden. Kieron fragte sich, ob der Mann sich selbst tätowierte. Ging das überhaupt? War er vielleicht in ein anderes Studio gegangen oder ließ er es sich etwa von der Frau an der Kasse stechen? Und warum war es noch nicht fertig? War ihm die blaue oder goldene Tinte ausgegangen?

»Also«, fragte der Mann nach, »ziehen wir das jetzt durch, oder was?«

Kieron versuchte seine Gedanken und sein Herzklopfen zu beruhigen. »Ja«, sagte er dann, und noch einmal lauter: »Ja!«

»Und nur, um sicherzugehen: Du bist doch sechzehn, oder? Ich muss das fragen. Wir piercen nämlich niemanden, der jünger ist.«

»Ja«, erwiderte Kieron. Er war zwar *nicht* sechzehn, sah aber so aus, als könnte er es sein. Nach dem Gesichtsausdruck des Mannes zu schließen, glaubte er ihm nicht, aber das spielte keine Rolle. Er hatte gefragt und Kieron hatte geantwortet.

»Zwei Snakebite-Piercings – eins auf jeder Seite, ja?«

»Ja.«

»Okay.« Der Mann wischte die Haut unter Kierons Unterlippe mit etwas ab, das aussah wie ein Feuchttuch und nach Desinfektionsmittel roch. »Ich markiere die beiden Stellen mit einem Filzstift. Das lässt sich wieder abwaschen. Ich will nur sichergehen, dass die Piercings symmetrisch sind.« Er tauschte das Tuch gegen einen Stift, neigte sich vor und tupfte damit zweimal auf die Haut, die er abgewischt hatte. »Nichts ist schlimmer als ein schiefes Piercing.« Kritisch sah er sich die Platzierungen an und meinte: »Doch, das passt.« Dann legte er den Stift auf eine Ablage neben sich und griff zu einem Instrument, das aussah wie eine kleine Klemme. Es war auch tatsächlich eine, stellte Kieron fest, als der Mann sie geschickt an seiner Lippe direkt auf einer der Markierungen festklemmte. Mit einer Hand hielt der Mann die Klemme fest und griff mit der anderen nach dem nächsten Gerät.

Kieron schloss die Augen und hielt den Atem an.

»Versuch, nicht zu zucken«, sagte der Mann. »Die Klemme an deiner Lippe hat zwei Löcher, eines auf jeder Seite. Ich werde jetzt die Nadel hindurchstechen, an der ein Stecker sitzt. Dann entferne ich die Klemme und ziehe die Nadel raus. Der Stecker bleibt drin.« Kieron spürte einen scharfen Stich und einen Zug an seiner Lippe, als die Nadel hindurchstieß. Dann merkte er, wie der Mann die Klemme abnahm. Er machte sich auf weitere Schmerzen gefasst, als die Nadel herausgezogen wurde, doch er spürte kaum etwas davon. Vielleicht war auf dem Tuch eine Art Betäubungsmittel gewesen, das jetzt wirkte. Als der Mann sich zurücklehnte und sein Werk betrachtete, machte sich ein dumpfer Schmerz bemerkbar.

»Perfekt. Alles klar? Du wirst mir doch nicht ohnmächtig, oder?«

Kieron schüttelte den Kopf. Er glaubte, Blut zu schmecken, doch er war sich nicht sicher.

»Bereit für das nächste?«

Er nickte. Wieder wurde die Klemme an seiner Lippe platziert, doch dieses Mal spürte er gar nicht, wie die Nadel eindrang, geschweige denn, wie sie wieder herausgezogen wurde. Als der Mann die Klemme auf die Ablage legte, berührte Kieron die Stecker mit der Zunge – erst den linken, dann den rechten. Beim Kontakt mit dem kalten Metall spürte er einen kleinen Schock wie von einem winzigen elektrischen Schlag. Vorsichtig bewegte er die Lippen und wackelte mit dem Kiefer. Die Stecker saßen so, dass sie nicht gegen die Zähne schlugen, wenn er die Unterlippe nicht absichtlich daran rieb.

»Fertig. In der nächsten halben Stunde nichts essen oder trinken. Komm in zwei Wochen wieder, dann ersetzen wir die Stecker durch Ringe. Alles im Preis inbegriffen. Dabei fällt mir ein – bezahlst du bitte auf dem Weg hinaus bei der reizenden Maria? Das macht dreißig Pfund.« Er stand auf und ging an Kieron vorbei zu einem kleinen Waschbecken.

Kieron war ein wenig schwindelig. Er stemmte sich hoch und ging zu Maria, die bereits erwartungsvoll die Hand ausstreckte. Das Geld, das er aus seiner Hosentasche fischte, hatte er sich mühsam von seinem Taschengeld zusammengespart. Es war eine Menge, aber dieses Piercing hatte er sich schon seit Ewigkeiten gewünscht.

Draußen war es kühler und er spürte die Schweißtropfen auf seiner Stirn.

»Wie findest du's?«, fragte er Sam.

Sein Freund runzelte die Stirn. »Äh, was?«

»Verarsch mich nicht. Du weißt es genau.«

Sam grinste. »Klar. Sieht super aus. Besser, als ich erwartet habe. Fragt sich nur, was deine Mutter dazu sagt!«

»Die Frage ist eher, wie lange es dauert, bis es ihr überhaupt auffällt.« Kieron wusste, dass er mürrisch klang.

»Schiebt sie immer noch Überstunden?«, fragte Sam.

»Jede Schicht, die sie kriegen kann. Und das Geld, das sie mit den Überstunden verdient, investiert sie in Geschenke für mich, weil sie wegen der Überstunden ein schlechtes Gewissen hat. Wie nennt man das – ein Teufelskreis? Genau darin hängen wir fest.«

Sam nickte und betrachtete noch einmal Kierons Piercings. »Meine Schwester hat mir mal von einem Kerl erzählt, der bei ihr in der Notaufnahme aufgekreuzt ist. Er hatte auch so ein Piercing, nur dass er schon die Ringe drinhatte. Eines Abends ist er beim Essen wohl mit der Gabel drin stecken geblieben. In seiner Panik, sie wieder rauszukriegen, hat er sich die Lippe aufgerissen. Eklig.«

Beim Gedanken an Sams Schwester Courtney wurde Kieron rot. Weil er nicht wollte, dass Sam es bemerkte, versuchte er, das Thema zu wechseln. »Du bist ja nur neidisch. Schauergeschichten werden mich auch nicht abschrecken.«

»He, wenn du deinen Körper schänden willst, nur zu.«

»Zumindest schände ich meinen Körper nur äußerlich«, entgegnete Kieron gereizt. »Ich weiß, wie viele koffeinhaltige Energydrinks du im Lauf des Tages so in dich reinschüttest. Wahrscheinlich plant deine Leber gerade, den Abgang zu machen.«

Sam runzelte die Stirn. »Den Film hab ich schon mal gesehen. Oder habe ich das nur geträumt?«

Mit einem Blick über das Geländer der Galerie meinte Kieron: »Schau mal, da unten! Da haben wir vor einer Woche gesessen, als wir mitbekommen haben, wie Bradley Marshall entführt wurde.«

Sam nickte. »Stell dir vor, wenn wir an einem anderen Tisch gesessen hätten oder irgendwo anders hingegangen wären oder früher gegangen – dann wären wir nie in diese Sache hineingeraten.«

Diese Sache. Das sagte sich so leicht, aber wenn Kieron daran dachte, was in der letzten Woche alles passiert war, schwirrte ihm jetzt noch der Kopf. Noch vor einer Woche war er ein frustrierter Teenager gewesen, der die Welt an sich vorüberziehen sah und dachte, wie langweilig und fad doch alles war. Jetzt konnte er von sich behaupten, einer MI6-Agentin dabei geholfen zu haben, eine gestohlene Nuklearbombe wiederzubeschaffen und zu verhindern, dass andere im Nahen und Mittleren Osten gezündet wurden. Na ja, genau genommen konnte er gar nichts davon behaupten, denn fragliche Agentin, Rebecca Wilson – oder Bex, wie sie gern genannt wurde –, hatte ihn Geheimhaltung schwören lassen. Nur mit Sam, der das Abenteuer gemeinsam mit ihm bestanden hatte, konnte er darüber reden. »Dabei fällt mir ein«, sagte er, »Bex kommt heute in Newcastle an. Wir müssen uns mit ihr treffen.«

»Ich kann es immer noch nicht glauben, dass man von Mumbai nach Newcastle fliegen kann. Ich kann mir ja kaum vorstellen, dass man von irgendwoher nach Newcastle fliegen kann.«

»Genau genommen musste sie erst von Mumbai nach Delhi fliegen, dann nach Dubai und von da aus hierher. Sie sagt, sie will ihre Spuren verwischen, falls sie jemand suchen sollte. Hey, es gibt eine Menge Flüge nach Newcastle. Wenn du willst, kannst du von hier aus sogar nach Lappland fliegen.«

»Na, großartig. Das wäre doch was für Weihnachten. Meine Mutter hat immer noch das merkwürdige Bedürfnis, mit mir zusammen den Weihnachtsmann in einem der großen Kaufhäuser zu besuchen. Ich werde sie fragen, ob wir stattdessen nicht nach Lappland fliegen können.« Sam runzelte die Stirn. »He, hast du dir die Piercings etwa machen lassen, um Bex zu beeindrucken? Das wäre echt schräg, weil du sie ja noch nie wirklich getroffen hast. Und wenn ich mich recht erinnere, *gesehen* hast du sie auch noch nie.«

»Stimmt schon, aber mit der Ausrüstung, die wir gefunden haben, als Bradley entführt wurde, habe ich so ziemlich dasselbe gesehen wie sie – zumindest wenn sie ihre AR-Brille aufhatte. Ich habe mir sozusagen den Kopf mit ihr geteilt«, verteidigte sich Kieron.

»Das ist echt schräg«, fand Sam.

»Das war ganz harmlos«, protestierte Kieron. »Und nein, ich habe mich nicht piercen lassen, um sie zu beeindrucken. Das brauche ich gar nicht. Für mich ist sie eher wie eine große Schwester.«

»Das ist ja noch schräger«, erklärte Sam und verzog das Gesicht. »Ich musste mir mit Courtney das Zimmer teilen, als sie noch zu Hause gewohnt hat. Da habe ich unaussprechliche Dinge gesehen. Nie wieder.«

»Flashbacks wie aus dem Vietnamkrieg?«

»Posttraumatische Belastungsstörung«, erwiderte Sam.

»Bex wird Bradley so bald wie möglich sehen wollen«, meinte Kieron. »Ist deine Schwester zu Hause oder arbeitet sie? Sonst könnte es etwas peinlich werden.«

Sam schwieg einen Moment. Wahrscheinlich lief bei ihm – genau wie bei Kieron – im Geist die Szene ab, wie Bex' Partner Bradley in der Wohnung seiner Schwester umgekippt und mit dem Gesicht hart auf dem Teppich gelandet war. Er hatte sich zwar schnell erholt, doch da hatten sie bereits einen Krankenwagen gerufen gehabt. Trotz seines Protests hatten sie ihn zur örtlichen Notaufnahme gebracht und ihn dort unter falschem Namen angemeldet, damit man ihn nicht identifizieren oder seine Spur später zurückverfolgen konnte. Nach einer Röntgenaufnahme seines Schädels, einem Gehirn-EEG und einem Herz-EKG hatten die Ärzte erklärt, dass sie nicht wüssten, was passiert war.

»Wahrscheinlich eine transitorische ischämische Attacke«, hatte einer von ihnen mit dem Selbstbewusstsein eines Mannes behauptet, der alle Indizien abgewägt und eine schwierige Schlussfolgerung gezogen hat. Kieron hatte während der Ansprache des Arztes die AR-Brille eingeschaltet und im Netz die Info gefunden, dass eine transitorische ischämische Attacke nur abgehobenes Fachchinesisch für eine kurzzeitige mangelnde Versorgung des Gehirns mit Sauerstoff war. Der Arzt beschrieb in etwa das, was passiert war, nur mit längeren, unverständlichen Wörtern. Kieron wollte schon auf einem vollständigen Schädel-CT bestehen, doch da hatte Bradley beschlossen, einfach rauszumarschieren – beziehungsweise davonzuwanken, da er Schwierigkeiten mit dem Gleichgewicht hatte. Kieron und Sam war nichts anderes übrig geblieben, als ihm zu folgen und dafür zu sorgen, dass er nicht vor einen Bus lief oder so.

»Courtney hat eine Zwölfstunden-Schicht«, erklärte Sam schließlich. »Wir haben die Wohnung also für uns.«

»Gut. Courtney kümmert sich zwar um Bradley, aber sie hat immer noch keine Ahnung, womit er eigentlich seinen Lebensunterhalt verdient.« Fasziniert von dem Gefühl des Fremdkörpers in seinem Mund betastete Kieron erneut mit der Zunge den rechten Stecker. Er fühlte sich riesig an – wie eine Erbse –, doch der Eindruck täuschte. Er wusste, das lag nur an der Empfindlichkeit der Zungenspitze.

»Wann landet Bex' Flug denn?«, fragte Sam.

»Gegen fünf.« Kieron sah auf die Uhr. »Wir sollten uns auf den Weg machen.«

Sam grinste ihn an. »Was glaubst du, wie Bex die Piercings findet?«

»Ich hab dir doch gesagt, dass ich sie nicht damit beeindrucken will«, erwiderte Kieron schnell.

»Sicher?«

»Ich habe sie machen lassen, weil *ich* es wollte! Echt jetzt!«

Aber im Grunde machte dieses Treffen Kieron nervöser, als er zugeben wollte. Sie hatten zusammen so viel in so kurzer Zeit erlebt, und das auf so intensive Art und Weise. Aber er hatte dabei nie ihr Gesicht gesehen und in vielerlei Hinsicht waren sie einander völlig fremd.

»Zuerst ein Eis-Shake, um der alten Zeiten willen?«, fragte Sam und boxte ihm gegen den Oberarm.

Kieron grinste. »Warum nicht?«

Sie holten sich ihre Shakes und verließen das Einkaufszentrum in Richtung Busbahnhof. Der Bus von Newcastle zum Flughafen brauchte eine knappe halbe Stunde.

Ein paar der anderen Fahrgäste musterten sie misstrauisch. Offenbar boten sie einen ungewöhnlichen Anblick: zwei Jungen, ein schlaksiger mit Gesichtspiercings, der andere etwas kleiner, aber genauso mager. Beide mit an den Knien zerrissenen schwarzen Jeans und weiten schwarzen Hoodies, einer mit schwarz gefärbten Haaren, die ihm ins Gesicht hingen, der andere mit genauso langen blau gefärbten Haaren. Und beide tranken ihre Shakes durch gestreifte Strohhalme. Auf jeden Fall sahen sie nicht aus wie die typischen Flugreisenden. Sie sahen aus wie das, was sie waren – Greebs –, auch wenn sie fast jeder, der sie sah, als Emos bezeichnet hätte, ohne zu ahnen, dass zwischen den beiden Richtungen gigantische Unterschiede bestanden.

»Schau mal, wie sie uns anstarren«, bemerkte Sam leise. »Alle gleich angezogen in ihren Anzügen und Krawatten und glänzenden Lederschuhen, mit teuren Rucksäcken, die noch nie einen Berg oder einen Wald gesehen haben. Als würden sie Uniformen tragen.«

»Ja«, sagte Kieron nur, amüsiert, dass Sam die Ironie nicht bemerkte. »Zum Glück sind wir ganz individuell angezogen.« Dabei dachte er bei sich, dass sie selbst Wald bislang hauptsächlich vom Busfenster aus gesehen hatten und richtige Berge meist nur im Fernsehen. Aber das sagte er nicht laut.

Am Flughafen von Newcastle folgten sie den Wegweisern zur Ankunftshalle. Kieron bemerkte, dass die Security-Leute sie eine Zeit lang musterten. Auch Sam war es aufgefallen.

»Als ob sich Terroristen so anziehen würden wie wir«, meinte er abfällig. »Wie bescheuert!«

»Die glauben wahrscheinlich eher, dass wir Drogen schmuggeln«, meinte Kieron, »oder jemanden treffen, der es tut.«

»Das ist ja wie bei den Profilern! Man kann doch nicht

jemanden nur wegen seiner Kleidung verdächtigen. Ich bin entsetzt! Was ist mit meinen Menschenrechten?«

»Ja«, meinte Kieron. »Frag sie doch.« Er hielt inne und fügte dann hinzu: »Du hast nicht zufällig eine dieser Koffeinbomben an Energydrink bei dir? Nur für den Fall, dass sie dich filzen.«

»Sehr witzig. Nein.«

Vor einer Säule, an der ein Bildschirm angebracht war, blieben sie stehen und studierten die ankommenden Flüge. Der nächste Flug aus Dubai sollte pünktlich in einer halben Stunde landen. Sie ignorierten die Security-Leute, die sie von Weitem im Auge behielten, und ließen sich auf die Sitze im Ankunftsbereich fallen, um zu warten. Drüben auf der gegenüberliegenden Seite kamen die Passagiere – aus den verschiedensten Fliegern von weit entfernten Orten – aus einem Durchgang und wurden durch einen abgetrennten Bereich geleitet, bevor sie auf ihre aufgeregten Verwandten oder die uniformierten Chauffeure trafen, die auf sie warteten. Einige der Verwandten trugen Luftballons und kleine Flaggen, die Chauffeure hielten Schilder hoch, auf die sie mit Markern die Namen ihrer Fahrgäste geschrieben hatten. Die ankommenden Fluggäste mussten zuvor noch den wie eine Art kapitalistischer Hindernislauf angelegten Duty-free-Bereich überwinden, in dem Alkohol, Parfums und Zigaretten in Großpackungen angeboten wurden.

»Wer hat bloß diese Sitze entworfen?«, fragte sich Sam, der sich vergeblich bemühte, eine bequeme Stellung zu finden. »Man kann sich nicht hinlegen, weil einen die Armlehnen stören. Da wäre ich ja im TED-Unterricht in der Schule besser dran gewesen.«

»Ich glaube, genau das ist der Grund«, erwiderte Kieron. »Die wollen hier keine Leute, die schnarchend herumliegen und sabbern. Das wirkt so ungepflegt.«

»Aber hier will man doch genau das tun! Was soll man denn sonst machen, wenn man zwischen Ankunft und Weiterflug vier Stunden Zeit hat? Aufrecht sitzen, die Arme verschränken und geradeaus starren?«

Kieron sah sich um. »Ich glaube eher, dass man zum Zeitvertreib in den Läden teure Sachen kaufen soll.«

Etwa fünf Minuten, bevor Bex' Flieger landen sollte, nahm Kieron die AR-Brille aus der Tasche und setzte sie auf. Sie sah wie eine gewöhnliche optische Brille aus. Doch die Gläser waren nicht nur ungeschliffen, sondern sie dienten auch als kleine Computerbildschirme, auf denen Informationen angezeigt wurden und die das übertrugen, was die Brille eines anderen, mit ihm verbundenen Trägers aufnahm. In diesem Fall war es Bex. Während des Fluges würde sie sie zwar nicht tragen, denn schließlich gab es Regeln für die Benutzung von elektronischen Geräten. Aber er vermutete, dass sie sie nach der Landung sofort aufsetzen würde. Und er behielt recht. Sieben Minuten später ertönte ein leises Klingeln in seinem Ohr und die Brille erwachte zum Leben. Vor seinen Augen erschien ein rechteckiger Bildschirm, so durchsichtig, dass er noch die Ankunftshalle sehen konnte. Er zeigte die Rücklehne eines Flugzeugsitzes mit einem eingebauten Bildschirm, auf dem eine grobe Weltkarte mit der Silhouette eines Flugzeugs direkt über Newcastle flimmerte. Durch den Maßstab der Karte sah es aus, als bedecke das Flugzeug fast ganz England.

In Kierons Headset erklang ein statisches Rauschen, gefolgt von einer Frauenstimme: »... soeben in Newcastle International Airport gelandet. Die Temperatur beträgt sieben Grad und die Regenwahrscheinlichkeit ist hoch.«

Das beschrieb Newcastle eigentlich ganz gut, fand Kieron.

»Wir bitten Sie, angeschnallt zu bleiben, bis die Anschnallzeichen erloschen sind. Vielen Dank, dass Sie mit uns geflogen sind, und wir hoffen, Sie bald wieder bei uns begrüßen zu dürfen.«

»Nicht wenn ich es verhindern kann«, knurrte Bex leise.

»Schlechter Flug?«, fragte Kieron.

»Enge Sitze, geschmackloses Essen, schreiende Babys. Aber ich habe mich nett mit meiner Sitznachbarin unterhalten. Kieron?«, fragte Bex dann. »Bist du am Flughafen?«

»Ist das Bex?«, fragte Sam. »Ist sie da? Grüß sie von mir.«

»Sam lässt Sie grüßen«, richtete Kieron aus. »Ja, ich bin hier. Wir sind beide hier in der Ankunftshalle.«

»Super. Ich bin in ein paar Minuten draußen, vorausgesetzt, es gibt keine Schlange an der Passkontrolle.« Sie zögerte. »Wie geht es euch? Habt ihr euch erholt, von dem, was … an dem Ort passiert ist, wo ihr … diese Sache gemacht habt?«

Sie drückte sich vage aus, für den Fall, dass jemand mithörte, doch Kieron wusste, was sie meinte. Sie wollte wissen, ob er sich davon erholt hatte, dass er einen Stützpunkt von Neofaschisten in Brand gesteckt und einen von ihnen mit einem Stromstoß getötet hatte, bevor der ihn erschießen konnte. Das waren der Ort und die Sache, von der sie sprach.

»Ja«, antwortete er, und das war tatsächlich die Wahrheit. Er redete sich nicht ein, das alles sei nur ein böser

Traum gewesen oder so. Er wusste, was passiert war, und er wusste, was er getan hatte, und er war stolz darauf. Die Erinnerung hatte kein mentales Trauma hinterlassen, soweit er das feststellen konnte. »Ja, es geht mir gut. Im Moment sogar richtig gut.«

»Und Sam?«

Sam war ebenfalls dort gewesen – er war kurzzeitig von den Faschisten-Kerlen von Blut und Boden gefangen genommen worden. »Ihm geht es auch gut. Er ist nur ein bisschen schlecht gelaunt.«

In seinem Kopfhörer vernahm Kieron die Stimme der Stewardess: »Meine Damen und Herren, Sie können jetzt …« Der Rest ihrer Worte ging in dem Lärm unter, als mehrere Hundert Menschen gleichzeitig aufstanden und die Gepäckfächer öffneten.

»… Bradley?«, hörte Kieron Bex fragen.

»Sorry, ich habe Sie nicht gehört.«

Etwas lauter, um den Lärm in der Kabine zu übertönen, wiederholte sie: »Ich habe gefragt, wie es Bradley geht.«

»Ganz gut.«

»Ganz gut?« Ihre Stimme hörte sich besorgt an.

»Kopfschmerzen, und er sieht etwas verschwommen. Oh, und natürlich die Blackouts.«

»Ich muss ihn sofort sehen.« Bex war jetzt aufgestanden und drängte sich an den anderen Passagieren vorbei, um aus dem Flugzeug zu kommen.

»Das haben wir uns schon gedacht. Wir brauchen fünfundzwanzig Minuten mit der U-Bahn in die Stadt zurück und dann fünfundvierzig mit dem Bus bis zu Sams Schwester. Wir konnten nicht den Landrover nehmen«, fügte er entschuldigend hinzu. »Wenn man Sam damit erwischt, kriegen wir einen Haufen Ärger.«

»Ich werde weder die Bahn noch den Bus nehmen«, erklärte Bex entschlossen, während sie aus dem Flugzeug in die Gangway zum Terminal trat. »Ich miete einen Wagen. Irgendetwas Unauffälliges.«

»Oh«, machte Kieron. Daran hatte er nicht gedacht. »Vielleicht hätten wir lieber keine Hin- und Rückfahrtickets kaufen sollen …«

Er ging mit Sam zu der Absperrung, an der die ankommenden Passagiere in Empfang genommen wurden. Ab und zu hörten sie begeisterte Rufe, wenn sich Menschen trafen, die sich lange nicht gesehen hatten. Ein junger Mann fiel ihm besonders auf, weil er ganz aufgeregt von einem Fuß auf den anderen hüpfte und erwartungsvoll die Gesichter aller musterte, die herauskamen. Dann trat ein asiatisches Mädchen aus dem Durchgang, sie sah den jungen Mann an, und die Zuneigung in ihren Gesichtern, als sie aufeinander zurannten, machte Kieron traurig. Würde wohl je jemand so für ihn empfinden?

»Glaubst du, sie könnte uns etwas aus dem Duty-free-Shop mitbringen?«, fragte Sam.

»Was?«

»Bex. Sie muss doch an den ganzen Schnapsflaschen vorbei. Kannst du sie fragen, ob sie uns eine Flasche Amaretto mitbringt? Wir haben doch bestimmt eine Belohnung verdient, weil wir die Welt gerettet haben, oder?«

Kieron schüttelte ungläubig den Kopf. »Von allen Dingen, die du dir wünschen könntest, willst du Amaretto?«

»Ja, warum nicht? Der schmeckt nach Marzipan. Ich mag Marzipan.«

»Ich werde sie auf keinen Fall bitten, uns Alkohol zu kaufen, aber wenn ich es tun würde, dann wäre es etwas Stilvolleres als Amaretto.« Er fragte sich, was ein freiberuflicher Agent, der für den MI6 arbeitete, wohl trinken würde. »Vielleicht einen zehn Jahre alten Single-Malt-Whisky.«

»Du könntest einen guten Whiskey doch nicht mal von dem billigen Fusel von der Tankstelle unterscheiden«, schnaubte Sam verächtlich.

Das durchscheinende Bild in Kierons AR-Brille zeigte ihm, dass Bex sich dem Durchgang von der anderen Seite her näherte, und er ging zum Ende der Absperrung, damit sie ihn sehen konnte, sobald sie in die Ankunftshalle kam. Er hatte ihr Spiegelbild schon ein paarmal in Spiegeln und Fenstern gesehen, daher würde er sie wohl erkennen.

Einige Sekunden kam es ihm vor, als würde er seltsam doppelt sehen, und er war völlig verwirrt – er sah die Gesichter der Leute, die auf ihn zukamen, müde vom Flug, aber froh, endlich gelandet zu sein, und gleichzeitig sah er in der AR-Brille ihre Hinterköpfe. Er musste sich konzentrieren, um zu erkennen, *was* er sah und aus welcher Perspektive. Dann wichen die Leute nach rechts und links zurück, und es entstand eine Lücke, durch die er eine junge Frau ansah, die ihn ebenfalls ansah. Er sah sich mit ihren Augen. Oder besser gesagt mit ihrer Brille.

Was er sah, erschreckte ihn – ein magerer Teenager mit Akne auf den Wangen und der Nase und mit schwarzen Haaren, deren Strähnen ihm über die Augen fielen. Hingen seine Kleider tatsächlich so an ihm herunter? Waren seine Stiefel wirklich so klobig?

Er riss sich zusammen und starrte durch das Bild das Mädchen vor ihm an. Sie war genauso groß wie er und hatte ihr braunes Haar zu einem Pferdeschwanz zusammengebunden. Ihre Augen waren auffallend grün und auf der Nase hatte sie ein paar Sommersprossen. Über die Schulter hatte sie lässig einen Rucksack geschwungen und sie zog einen kleinen Hartschalenkoffer hinter sich her. Vor ihm blieb sie stehen und um ihre Mundwinkel zuckte ein kleines Lächeln.

Kieron wollte etwas Bedeutendes, Wichtiges sagen, aber es fiel ihm einfach nichts ein. »Hi«, war einfach nicht genug. Stattdessen kramte er in der Erinnerung an ein paar fast vergessenen Literaturstunden und sagte: »Also seh ich hier die stolze Titania bei Mondlicht mir begegnen!«

Was? Er konnte nicht fassen, was er da gerade von sich gegeben hatte. Zu seinem Entsetzen sah er, wie Bex ihm einen ungläubigen Blick zuwarf. Was hatte er nur getan? Doch dann verwandelte sich ihr Unglaube in ein breites Grinsen, und sie antwortete: »Wie? Oberon, der eifersücht'ge hier? Ihr Elfen, fort!« Da er ihre Stimme bislang nur durch den Kopfhörer – begleitet von statischem Rauschen – gehört hatte, überraschte es ihn, wie voll und tief sie klang.

Kieron holte tief Luft. Er hatte es nicht vermasselt.

Sam stand stirnrunzelnd neben ihnen. »Soll das eine Art Geheimsprache sein?«

»Wir brechen nur das Eis«, erklärte Bex, nahm die Brille ab und den Kopfhörer aus dem Ohr.

Kieron hielt ihr ungelenk die Hand hin. Er wusste nicht recht, ob sie ein Händeschütteln erwartete. Doch stattdessen trat sie abrupt vor, ließ den Rucksackriemen und den Koffergriff los und umarmte ihn kurz. Warm und weich presste sich ihre Wange an die seine.

»Ich habe das Gefühl, dich zu kennen, und dann doch wieder nicht«, meinte sie, als sie zurücktrat.

»Ja, diese Fernbeziehungen …«, erwiderte Kieron.

Über ihre Schulter hinweg sah er, dass sich der englische Junge und das asiatische Mädchen immer noch umarmten. »He«, meinte er und versuchte, möglichst lässig zu klingen, »haben Sie Hunger? Wollen Sie sich etwas zu essen holen?«

»Wenn ich einen Kaffee bekomme und vielleicht ein Croissant zum Mitnehmen, dann reicht mir das schon«, antwortete Bex. Sie sah Sam an, trat auf ihn zu und umarmte ihn ebenfalls kurz. »Du musst Sam sein. Vielen Dank für eure Hilfe und die Risiken, die ihr auf euch genommen habt.«

Sam zuckte mit den Achseln und sah zu Boden. »He, kein Problem.«

»Ich nehme Ihren Koffer«, bot Kieron ihr an, packte den Griff und zog ihn zu einem Kaffeestand. Ein paar Minuten später hatte Bex ihren Kaffee und ihr Croissant und sie gingen weiter zu den Autovermietungsschaltern. Es gab vier davon, alle von verschiedenen Gesellschaften, alle nebeneinander. Kieron fragte sich, warum es so viele sein mussten. Bestimmt boten sie ihre Autos alle zum gleichen Preis an – sonst wären die teureren doch pleitegegangen.

Als sie fertig war, ging Bex ihnen zum Parkhaus voraus. Kieron lief neben ihr her und fragte leise: »Falsche Papiere?«

Instinktiv sah Bex sich um, um sich zu vergewissern, dass niemand nah genug war, um sie belauschen zu können, dann nickte sie. »Ich habe mehrere Identitäten. Die hier kennen meine Arbeitgeber bei SIS-TERR nicht. Ich will sie nicht unbedingt mit der Nase darauf stoßen, dass ich wieder im Lande bin. Jedenfalls nicht, bevor ich weiß, was hier los ist.«

Was hier los ist. Das war eine recht neutrale Beschreibung für die Tatsache, dass jemand im Secret-Intelligence-Service-Terrorist-Technology-Enhanced-Remote-Reinforcement-Team ein Verräter war, der mit der rechtsextremen Gruppe Blut und Boden gemeinsame Sache machte. Bex wollte offensichtlich eine Möglichkeit finden, diesen Verräter ausfindig zu machen, bevor sie SISTERR über ihre Rückkehr informierte. Soweit Kieron wusste, arbeitete sie momentan als freiberufliche Agentin, zusammen mit ihrem Partner Bradley Marshall. Sie waren sicherheitsdienstlich überprüft und gut ausgebildet. Offiziell gehörten sie zwar nicht zum MI6, konnten aber bei Bedarf Aufträge für den Geheimdienst übernehmen und dann praktischerweise verschwinden. Soweit Kieron es beurteilen konnte, war das eine günstige und effiziente Methode, in einer Welt zu agieren, die immer gespaltener und gefährlicher wurde.

Im Parkhaus gingen sie in den Bereich für die Mietwagen, die alle wie frisch gewaschen glänzten – wahrscheinlich waren sie es auch. Neidisch betrachtete Kieron die schlanken schwarzen Limousinen, an denen sie vorbeikamen, doch Bex blieb vor einem weißen Kia stehen.

»O nein«, rief Sam. »Kein Aston Martin! Agenten in einem vernünftigen Mittelklassewagen.«

»Steig einfach ein«, knurrte Kieron.

Als sie drinnen saßen, sagte Bex: »Okay, ihr wisst, dass ich noch nie in Newcastle war – wer von euch lotst mich?«

»Ich!«, erwiderten Kieron und Sam gleichzeitig.

Bex seufzte. »So läuft das? Kein Streit, Kinder, sagt mir einfach, wo wir hinfahren.«

»Zur Wohnung meiner Schwester«, erklärte Sam vom Rücksitz aus. »Da haben wir Bradley untergebracht.«

»Ist deine Schwester zu Hause?«

»Nein, sie arbeitet.« Er hielt kurz inne. »Sie weiß nicht, was Bradley wirklich macht. Sie glaubt, er arbeitet in der IT-Branche. Wir haben ihr erzählt, dass er Prügel gekriegt hat, als er einem Mädchen helfen wollte, das in einem Park angegriffen wurde.«

»Das ist gut. So was würde er auch wirklich tun.« Bex ließ den Wagen an und überprüfte kurz die Armaturen. »Sagtest du nicht, sie ist eine Krankenschwester?«

»Das stimmt«, antwortete Kieron. »Sie kümmert sich um Bradley und sorgt dafür, dass er keine bleibenden Schäden von dem Überfall und den ... den Schlägen davonträgt.«

Er beobachtete Bex' Gesicht bei seinen Worten. Es zeigte keine Regung, die er hätte benennen können, kein Zucken oder Stirnrunzeln. Vielleicht lag es am veränderten Lichteinfall im Auto, aber wer auch immer für die Verletzungen ihres Freundes verantwortlich war, sollte sich in Acht nehmen. Sie würde diejenigen jagen und sie würde bestimmt nicht nett zu ihnen sein.

Davon abgesehen hatte Kieron schon einen von ihnen mit einem Stromstoß ins Jenseits befördert, was ihm sicher ein paar Pluspunkte bei ihr einbrachte. Zufrieden lächelte er.

»Ich weiß zu schätzen, was deine Schwester für Bradley getan hat, aber ich muss ihn so schnell wie möglich dort wegholen«, erklärte Bex. »Als ich in Delhi und Dubai auf meine Anschlussflüge gewartet habe, habe ich ein wenig im Internet herumgesucht. Ich habe uns eine Wohnung in der Innenstadt gemietet. Die werden wir fürs Erste als Basis nutzen.« Sie warf Kieron einen Seitenblick zu. »Und mit *uns* meine ich Bradley und mich. Wir danken euch für das, was ihr für uns getan habt, aber ich kann euch so einem Risiko nicht länger aussetzen.«

Kieron sah sie enttäuscht an. Er hatte gewusst, dass es so kommen würde. »Dürfen wir euch besuchen?«, fragte er.

Sie lächelte sanft. »Ja, das könnt ihr. Aber keine Partys, ja? Ich weiß doch, wie ihr Kids drauf seid.« Sie wandte ihre Aufmerksamkeit darauf zurück, das Auto aus der Parklücke und aus dem Parkhaus zu manövrieren, und fügte leise hinzu: »Es ist schließlich noch nicht so lange her, dass ich selbst ein Teenager war, obwohl es mir manchmal wie Jahrzehnte vorkommt.«

Gemeinsam lotsten Kieron und Sam Bex vom Flughafen zu dem Ende der Stadt, wo Courtney wohnte. Bex war eine gute Fahrerin – nicht zu rasant, sehr aufmerksam und in der Lage, Lücken und den wechselnden Verkehrsfluss zu ihrem Vorteil zu nutzen. Häufig sah sie in Rück- und Außenspiegel. Kieron war sich nicht sicher, ob sie das tat, weil sie eine vorsichtige Fahrerin war, oder ob sie wissen wollte, ob ihnen jemand folgte. Vielleicht ein wenig von beidem. Er vermutete, dass die Dinge, die man als Agent lernte, nach einer Weile zu einer festen Gewohnheit wurden. In ihrem Leben ging es ständig darum, nach Dingen Ausschau zu halten, die ungewöhnlich waren – Warnzeichen dafür, dass ihre Welt ganz plötzlich aus den Fugen geriet.

Es war ein wenig so, wie ein Greeb oder Emo zu sein in einer Stadt, in der man Menschen, die sich anders kleideten und benahmen als normal, nicht mochte, dachte Kieron trübsinnig. Sowohl er als auch Sam waren es gewohnt, ständig darauf zu achten, ob irgendwelche Teenager in ihrer Nähe plötzlich auf sie losgehen wollten, sie beschimpfen oder die Straße entlangjagen oder Streit mit ihnen anfangen wollten.

Schließlich parkte Bex an der Straße ein paar Hundert Meter von Courtneys Wohnung entfernt.

»Na, dann kommt«, forderte sie die Jungen auf und holte tief Luft. »Sehen wir mal, wie es ihm geht.«

Sam führte sie ins Haus und die Treppen zu der Wohnung seiner Schwester hinauf. Er nahm einen Schlüsselbund aus seiner Tasche und suchte den richtigen Schlüssel. Ungläubig starrte Kieron ihn an.

»Nur so aus Interesse«, fragte er, »an wie vielen Orten wohnst du eigentlich?«

Sam warf ihm einen finsteren Blick zu. »Nur zu Hause und hier.«

»Und wofür ist der Rest der Schlüssel?«

»Das ... das sind nur so ein paar, die ich aufgegabelt habe. Nur keine Vorurteile.«

Endlich hatte er den richtigen Schlüssel gefunden, schloss auf und trat ein. Kieron und Bex folgten ihm.

»Bradley?«, rief er. »Ich bin es, Sam. Kieron und Bex sind bei mir.«

Keine Antwort.

»Bradley? Sind Sie hier?«

Immer noch nichts.

»Vielleicht ist er rausgegangen«, sagte Kieron vorsichtig.

Sam ging den kurzen Flur entlang und stieß die Tür zum Wohnzimmer auf. Kieron und Bex folgten ihm.

Die Abendsonne fiel durch die großen Fenster auf Bradleys Körper, der mit dem Gesicht nach unten auf dem Holzfußboden lag.

KAPITEL 2

Mit einem leisen Aufschrei drängte sich Bex an Sam und Kieron vorbei, kniete sich neben Bradley und fühlte an seinem Hals nach einem Puls. Sie spürte das Pulsieren des Blutes in der Halsschlagader unter ihren Fingern, doch es war langsam und schwach. Flatternd nannten sie das in den Arztserien im Fernsehen. Auch der Atem ging flach.

»Er lebt«, stellte sie fest. »Helft mir, ihn in die stabile Seitenlage zu bringen.«

Kieron und Sam liefen zu ihr, packten Bradley an den Armen und legten ihn auf die Seite. Bex hob seine Augenlider an. Die Pupillen waren nicht erweitert und reagierten normal auf das Licht. Ein Teil von ihr – der professionelle Teil – war erleichtert, dass er nicht verletzt zu sein schien: Es war kein Blut zu sehen und auch keine blauen Flecken. Sie sah auf den Boden. Auch dort waren keine Blutspuren. Vielleicht war er einfach nur ohnmächtig geworden. Ein anderer Teil von ihr – der Teil, der ihre Freunde und ihre Familie liebte und nicht wollte, dass ihnen etwas passierte – war in Panik.

Die beiden Jungen hielten sich zurück und wussten nicht so recht, was sie tun sollten.

»Was ist denn mit ihm los?«, fragte Kieron nervös.

»Ich weiß nicht. Du hast gesagt, er sei schon mal ohnmächtig geworden? Vielleicht ist es einfach noch mal passiert. Nicht, dass das ein gutes Zeichen ist, aber als wir reingekommen sind, habe ich befürchtet, dass er überfallen worden ist oder gestürzt und dass er sich den Schädel eingeschlagen hat.« Sie sah sich in dem kleinen, ordentlichen Wohnzimmer um. Es gab ein Sofa und zwei Sessel, Beistelltischchen, einen großen Flachbildfernseher an der Wand und ein Bücherregal. Auf einem der Tische stand eine leere Tasse. »Vielleicht ist er aufgestanden, um sich einen Tee zu machen. Dann wurde ihm schwindelig, und er ist ohnmächtig geworden, bevor er sich wieder hinsetzen konnte.«

»Sollen wir einen Krankenwagen rufen?«, fragte Sam.

»Auf keinen Fall.« Sie kauerte sich neben Bradley und beugte sich zu seinem Ohr. »Bradley? Kannst du mich hören? Ich bin es, Bex.«

Seine Augenlider flatterten, und seine Lippen bewegten sich und formten Worte, die Bex nicht verstehen konnte.

Sie legte ihm die Hand auf die Stirn und fühlte seine Temperatur. Doch Fieber schien er nicht zu haben.

Schließlich schlug er die Augen ganz auf, rollte sich auf den Rücken und sah sie an. »Bex? Du bist hier?«

»Wo soll ich denn sonst sein?« Sie wuschelte ihm durch die Haare. »Ehrlich – dich kann man auch nicht ein Mal allein lassen, ohne dass du gleich in Schwierigkeiten gerätst.«

»Und du?«, fragte er und richtete sich ein wenig weiter auf. »Atomwaffen? Schießereien in Pakistan?«

Sie verzog das Gesicht. »Ja, das stand eigentlich nicht auf dem Reiseplan.« Sie reichte ihm ein Glas Wasser, das Sam aus der Küche geholt hatte. Sein Gesicht hatte wieder mehr Farbe, und er schien wieder zu Kräften zu kommen, doch sie glaubte, seine Hände leicht zittern zu sehen. Sie wandte sich zu Sam und Kieron, die sie von der Küchentür aus beobachteten. »Jungs, könnt ihr uns einen Augenblick allein lassen? Wir müssen uns unterhalten, und zwar unter vier Augen.«

Kieron nickte und schob Sam in die Küche. Ein paar Sekunden später hörte Bex das Radio. Es schien ein Mainstream-Rocksender zu sein, der offenbar Chris Reas »Road to Hell, Part 2« spielte. Noch bevor das Intro vorbei war, hörte sie Sam sagen: »O Mann, das ist doch was für alte Leute. Gibt es denn keinen Screamo- oder Dark-Wave-Sender?«

»Doch, schon«, erwiderte Kieron. »Das ist ein Digitalradio. Da gibt es so ziemlich alles. Und falls wir nichts finden, kann ich einfach mein Handy anschließen.«

Bex überließ sie ihren Sorgen und wandte sich Bradley zu. »Ganz ehrlich. Wie geht's dir?«

Bradley zuckte die Achseln. »Manchmal denke ich, es geht mir gut, doch dann überanstrenge ich mich und kippe wieder um.« Er deutete auf den Boden, wohin er gestürzt war. Bex bemerkte, dass dort noch ein Handy und eine Brille lagen, ungefähr dort, wo sein Kopf gelegen hatte. »Ob du es glaubst oder nicht, ich habe gerade einfach nur mit Courtneys Ersatzbrille dagestanden und mir das Handy seitlich an den Kopf gehalten, um die Reflexion des Bildschirms auf den Brillengläsern zu sehen. Kieron hatte die AR-Brille mitgenommen, um mit dir in Kontakt treten zu können, aber ich wollte wissen, ob ich mich aus dieser Entfernung auf einen reflektierenden Bildschirm konzentrieren kann.« Er verzog das Gesicht. »Ich schätze, das beweist, dass ich es nicht kann. Ich weiß nicht, ob es am Licht liegt oder am Flimmern oder ob ich ein Problem damit habe, scharf zu sehen, aber nach ein paar Sekunden ist mir schwindelig geworden. Und als Nächstes weiß ich, dass ich auf dem Boden liege und du dich über mich beugst.«

»Einen Handybildschirm aus der Nähe zu betrachten, ist nicht ganz dasselbe, wie die Informationen auf der AR-Brille zu sehen«, überlegte Bex. »Das ist eine ganz andere Technologie.«

»Ich weiß, aber es ist doch ähnlich genug. Ich werde es noch einmal mit der Brille versuchen, um zu sehen, ob es anders ist, aber ich habe nicht viel Hoffnung.« Er sah zur Küche und wollte schon den Mund aufmachen, um Kieron zu rufen, doch Bex hielt den Finger an die Lippen.

»Noch nicht jetzt«, verlangte sie. »Warte, bis du dich noch ein wenig erholt hast.« Sie überlegte einen Augenblick. »Wir sollten dich gründlich durchchecken lassen. Ich weiß, dass Courtney Krankenschwester ist, aber ich bezweifle, dass sie eine Spezialistin für Neurologie ist.« Sie schnitt eine Grimasse. »Das Problem wird nur, eine Untersuchung für dich zu arrangieren, ohne dass unsere Auftraggeber mitbekommen, wo wir sind. Lass mich mal etwas darüber nachdenken.« Plötzlich fiel ihr etwas daran auf, was er zuvor gesagt hatte: »Courtneys Ersatzbrille? Das klingt, als würdest du dich hier gut auskennen. Sind Courtney und du etwa …?«

Sie erwartete, dass er es sofort leugnete, wie immer, wenn sie ihn mit einem Mädchen aufzog, das er getroffen hatte. Doch dieses Mal sah er nur zu Boden und wurde rot.

»Weißt du was?«, antwortete er leise. »Ich weiß es nicht, ich meine, wir haben nicht darüber geredet, aber manchmal, wenn ich sie ansehe und sie mich ansieht, dann ist es, als ob zwischen uns ein wortloses Gespräch stattfindet…« Seine Lippen verzogen sich zu einem leisen Lächeln. »Ja, ich glaube, ich habe Gefühle für sie, und ich hoffe, sie hat auch welche für mich. Ist das ein Problem?«

»Echt?«, meinte Bex. »Keine Ahnung. Schließlich haben wir keinen Job, bei dem wir uns häuslich niederlassen und zwei Komma vier Kinder und null Komma fünf Hunde haben könnten.«

»Haben wir nicht?« Er sah vom Boden zu ihr auf. »Ich weiß, dass wir noch nie über die Zukunft gesprochen haben. Wir waren viel zu sehr damit beschäftigt, uns beim aufregendsten Job der Welt zu amüsieren…«

»Und unserem Land zu dienen«, warf Bex pikiert ein.

»Ja, das auch. Aber sollen wir das für immer und ewig machen? Oder bis wir auf irgendeiner Mission ins Gras beißen? Was sieht denn hier der Karriereplan vor?«

»Gute Frage.« Und eine, über die sie auf dem Rückflug selbst hatte nachdenken müssen. »Wir sind irgendwie in diese Sache geraten, ohne eine Rückzugsstrategie zu haben. Vielleicht ist es an der Zeit, mal darüber nachzudenken, wo wir stehen und wo wir hinwollen. Besonders hinsichtlich dessen, was wir kürzlich herausgefunden haben. Unsere künftige Anstellung könnte gewissermaßen ein wenig problematisch sein.«

Bradley zuckte mit den Schultern. »Ich weiß nur, dass ich schon mit einer Menge Mädchen Dates hatte und ich mich immer gut amüsiert habe. Aber es ist das erste Mal, dass ich mit jemandem auf einem Sofa sitze, fernsehe und denke: ›Weißt du was? Das gefällt mir!‹«

»Du hast ihr aber nicht erzählt, was du machst, oder?«

Bradley schüttelte den Kopf. »Natürlich nicht. Ich habe unsere Standardgeschichte erzählt. Dass ich ein freiberuflicher Fachmann für Computernetzwerke bin. Und das ist ja gar nicht so weit weg von der Wahrheit. Mit Computern kenne ich mich aus.« Er hielt inne und lächelte. »Ich habe ihr gesagt, du seist mein Boss und dass du viel ins Ausland reisen musst, um Computernetzwerke für große Firmen und die britischen Botschaften einzurichten. Und ich bin dein technischer Support hier in England.«

Bex kam ein anderer Gedanke. »Was glaubt sie, wo du wohnst?«

»Ich habe erzählt, ich hätte eine Wohnung in London, würde aber viel im Land herumreisen und in Hotels wohnen. Was der Wahrheit ja auch wieder ziemlich nahekommt.« Er grinste und sah weg. »Unser Job ist toll, aber es bleibt uns nicht viel Zeit, um andere Menschen kennenzulernen. Courtney ist die Erste, die ich treffe, bei der ich es schrecklich finde, sie anzulügen.«

Bex wollte gerade etwas sagen, das ihn beruhigen sollte, als aus der Küche plötzlich laute Musik erscholl. Es kam ihr vor, als würden mehrere Heavy-Metal-Bands gleichzeitig unterschiedliche Songs falsch spielen.

»Sorry!«, rief Kieron und reduzierte die Lautstärke auf die Hälfte.

»Wir werden echt alt«, stellte Bradley fest. Er richtete sich weiter auf, bis er richtig saß und nicht mehr halb auf den Kissen lag. »Es gab eine Zeit, da war ich davon überzeugt, dass man keine Art von Musik erfinden könnte, die ich mir nicht anhören würde – na ja, abgesehen von Country und Westernmusik. Aber sie haben es geschafft.

Das ist es«, seufzte er. »Aber wir reden um das Thema herum, um das es eigentlich gehen sollte, Bex.«

Sie nickte. »Ja ich weiß. Der Verräter beim MI6.«

»Hat dir Kieron von dem Treffen erzählt, das er und Sam im Baltic Centre belauscht haben? Wo die Verräterin aufgetaucht ist, um den Kerlen von Blut und Boden Anweisungen zu geben?«

»Hat er. Daher wissen wir zumindest, dass es eine Frau ist.« Bex biss sich auf die Lippe. »Das Problem ist nur, es gibt viele Frauen beim MI6 – besonders in der Abteilung, für die wir arbeiten. Mir fallen ungefähr fünfzehn Frauen in verschiedenen Positionen bei oder in der Umgebung von SIS-TERR ein. Und da sie sich höchstwahrscheinlich verkleidet hatte, wird uns Kierons Beschreibung kaum weiterhelfen, wie sie wirklich aussieht.«

Bradley lächelte. »Das Komische ist nur, dass die meisten Leute sich als etwas völlig anderes verkleiden. Wir wissen also, dass die Verräterin definitiv nicht so aussieht wie Kieron sie beschreibt. Vielleicht grenzt es das etwas ein. Wenn er sagt, sie ist alt, dann ist sie jung. Wenn er sagt, sie ist rothaarig, dann hat sie blondes, braunes oder schwarzes Haar. Wenn ich je undercover arbeiten müsste, würde ich als Hipster mit Bart und Brille losziehen. Das würde jeden in die Irre führen.«

Bex befühlte demonstrativ seine Stirn. »Ich glaube, du hast Fieber.«

Er lächelte und berührte kurz ihre Hand. »Ich bin froh, dass du wieder da bist.«

»Ich auch.«

»Ich habe nachgedacht. Du weißt, dass es zwei Dinge gibt, die wir *nicht* tun können. Erstens können wir dem MI6 nicht erzählen, dass es bei SIS-TERR einen Verräter gibt, der mit einer neofaschistischen Organisation zusammenarbeitet, um bestimmte Bereiche der Welt sozusagen ethnisch zu säubern. Wir haben keine Beweise und keiner würde uns glauben. Schlimmer noch – wenn wir nur die Anschuldigung vorbringen, wirft das ein schlechtes Licht auf uns, und wir würden wahrscheinlich nie wieder für den MI6 arbeiten. Und weil wir uns zeigen müssten, wenn wir diese Anklage vorbringen, würde die Verräterin wissen, wo wir sind, und wahrscheinlich irgendwelche Gegenmaßnahmen einleiten.«

»Das ist wahr«, nickte Bex.

»Zweitens dürfen wir nicht kündigen, sondern müssen weiter für SIS-TERR arbeiten, zumindest in nächster Zeit. Zum einen brauchen wir natürlich das Geld, um unsere Rechnungen bezahlen zu können. Aber wir müssen auch mit dem MI6 in Kontakt bleiben und Beweise dafür finden, wer die Verräterin ist.« Er hielt inne. »Ich gehe mal davon aus, dass wir versuchen werden, die Verräterin aufzustöbern? Ich meine, wir werden doch nicht einfach weitermachen und die Sache vergessen?«

»Diese Verräterin ist dafür verantwortlich, dass du verletzt worden bist, und das heißt, dass ich sie bis ans Ende der Welt verfolgen werde, wenn es sein muss«, erklärte Bex leise, aber entschlossen. »Und außerdem haben sie einen Plan verfolgt, bei dem Hunderttausende Menschen von Nuklearwaffen getötet werden sollten.«

»Vielen Dank, dass du ihre Verfehlungen in dieser Reihenfolge siehst.« Bradley dachte einen Moment nach. »Ich schätze, wir können eine Weile unter dem Radar bleiben. Hoffentlich verschafft mir das genügend Zeit, mich so weit zu erholen, dass ich wieder mit dem Equipment arbeiten kann.«

»Denk daran«, erinnerte ihn Bex, »wir sind nicht ganz auf uns gestellt. Wir haben Freunde.«

Bradley sah zur Küche. »Ich dachte, du wolltest die Jungen da raushalten.«

»Will ich ja auch. Ich meinte Agni Patel.«

Bradley nickte. »Ach ja, dieser mysteriöse Geschäftsmann, der Massenvernichtungswaffen aus verschiedenen Schurkenstaaten stiehlt, um sie zu ›vernichten‹. Das macht er wohl lieber, als sie sich an die Wand zu hängen, um sie in den langen Tropennächten zu bewundern. Oder als sie vielleicht auch an Terrororganisationen zu verkaufen.«

Bex glaubte plötzlich, Patel verteidigen zu müssen. »He, ich habe gesehen, wie seine Organisation arbeitet. Er vernichtet diese Waffen tatsächlich und dazu verwendet er eine Menge seines eigenen Geldes. Er will die Welt verbessern. Wenn er nicht gewesen wäre, wären jetzt dort, wo Islamabad und die vier anderen Städte liegen, nur noch riesige, strahlende Krater.«

Bradley zuckte mit den Schultern. »Also, wenn du ihm vertraust, vertraue ich ihm auch. Ich habe ihn nur noch nicht persönlich kennengelernt.«

»Er wird bald nach England kommen. Ich habe ein Treffen mit ihm arrangiert. Dann werde ich euch einander vorstellen.«

»Vielleicht bietet er uns ja einen Job an.«

Bex machte schon den Mund auf, um etwas zu sagen, klappte ihn dann aber wieder zu. Denn Agni Patel hatte ihr – und Bradley – tatsächlich bereits einen Job angeboten. Als sie und sein Team mit der von Blut und Boden gestohlenen Nuklearbombe aus dem pakistanischen Hinterland zurückgekehrt waren, und nachdem klar war, dass Kieron und Sam die Aussendung des Signals zur Zündung der vier anderen Bomben verhindert hatten, hatte Agni sie überreden wollen, mit ihm zusammenzuarbeiten. Er hatte ihr gesagt, wie beeindruckt er von ihrem Einsatz und ihrem Talent war und dass er sie gern in seinem Team hätte – und Bradley auch, wenn sie sich für ihn verbürge. Sie hatte ernsthaft über das Angebot nachgedacht, aber sie hatte beschlossen, erst nach England zurückzukehren – zumindest so lange, bis sie herausgefunden hatte, wer die Verräterin war.

»Wer weiß?«, sagte sie schließlich.

»Ich nehme an, du willst, dass ich hier ausziehe«, seufzte Bradley. »Wie ich dich kenne – und ich kenne dich gut –, hast du wahrscheinlich schon etwas gemietet, wo wir uns eine Weile verkriechen können. Es ist klar, dass wir vorerst nicht in unsere Wohnungen in London zurückkönnen, denn da würde diese Verräterin oder ihre Blut-und-Boden-Stoßtruppen zuerst suchen. Also hast du für uns eine Wohnung organisiert.« Stirnrunzelnd fuhr er fort: »Du hast einen Ort gefunden, von dem du glaubst, dass sie uns dort nicht suchen werden. Und weil du dir Sorgen um meine Gesundheit machst, willst du mir keine lange Reise zumuten, also wird es hier irgendwo in der Nähe sein. Außerdem willst du Autobahnen, Bahnhöfe und Flughäfen in Reichweite haben. Das heißt also … du hast etwas in Newcastle gefunden. Wie war ich?«

Beeindruckt nickte Bex. »Na, ein paar Rädchen scheinen in deinem Gehirn ja noch zu funktionieren. Ja, ich habe eine Wohnung in der Innenstadt von Newcastle aufgetan. Es ist ein neu errichteter Wohnhauskomplex. Unten steht ein Wagen, das heißt, wir können los, sobald du so weit bist.« Sie klopfte ihm aufs Knie. »Die Tatsache, dass es nah genug ist, um deine Freundin jederzeit besuchen zu können, ist ein außerplanmäßiger, aber willkommener Bonus.«

»Sie ist nicht meine Freundin!«, protestierte Bradley, während gleichzeitig Sams empörte Stimme aus der Küche erklang: »Sie ist nicht seine Freundin!«

»He, wolltet ihr uns nicht ein wenig Privatsphäre lassen?«, rief Bex zurück.

»Das ist eine kleine Wohnung«, schrie Kieron, »mit dünnen Wänden.« Einen Moment schwieg er, dann fügte er hinzu: »Können wir mitkommen und uns die Wohnung ansehen? Bitte!«

»Also, ich glaube nicht …«, begann Bex, doch er unterbrach sie.

»Wir können euch sagen, wo die besten Restaurants sind, wo es das beste Essen gibt, wo man lieber nicht hingehen sollte … Wir können euch so ziemlich die ganze Gegend zeigen.«

Bex seufzte. Insiderwissen von Einheimischen war immer nützlich. »Na gut. Dann helft mir mal, Bradley ins Auto zu bringen.«

»Einen Moment«, verlangte Bradley und stand mühsam auf. »Ich hole noch meinen Teddybären.«

»Deinen … was?« Bex war völlig fassungslos.

»Den hat Courtney mir geschenkt«, verteidigte sich Bradley. »Das war ein Scherz.«

»Und hat dein Teddy auch einen Namen?«, erkundigte sich Bex, die sich das Lachen kaum verkneifen konnte.

»Nein«, antwortet Bradley. Doch Bex erkannte an seinem Gesichtsausdruck, dass er es nur nicht zugeben wollte.

Kieron und Sam halfen Bradley mit dem Teddy im Arm die Treppe hinunter, während Bex vorausging und das

Auto holte. Jetzt, wo sie Bradley gesehen hatte, fühlte sie sich schon viel besser. Wenn sie arbeiteten, sahen sie sich nicht gerade häufig. Meist war sie irgendwo in der Welt undercover unterwegs, während er in England blieb und sie von dort aus mit Informationen versorgte. Doch er war eine beständige und beruhigende Stimme in ihrem Ohr. Immer wenn sie eine Mission beendet hatten, kam sie zurück und verbrachte einige Tage mit ihm, um sich beide zu entspannen und sich zu amüsieren, indem sie zusammen ins Kino gingen, fernsahen oder sich unterhielten.

Als sie bei dem Mietwagen ankam, bückte sie sich kurz und tat, als müsse sie die Schnürsenkel ihrer Turnschuhe neu binden, doch in Wahrheit überprüfte sie die Unterseite des Wagens auf irgendwelche Objekte, die dort vielleicht angebracht worden waren. Sie hatte keinen Grund, anzunehmen, dass irgendjemand dort eine Bombe oder ein Ortungsgerät platziert hatte, denn außer Bradley und ihr, den beiden Jungen und Agni Patel wusste niemand, dass sie überhaupt schon wieder in England war. Doch jahrelanges Training und ein paar schlechte Erfahrungen hatten es ihr zur Gewohnheit werden lassen. Keine Angewohnheit, die sie besonders schätzte, aber sie schien ihr notwendig.

Sie fragte sich, wie lange sie diese Angewohnheit wohl beibehalten würde, wenn sie und Bradley tatsächlich ausstiegen. Vielleicht für immer. Vielleicht würde sie als verrückte alte Katzenlady enden, die noch mit sechsundneunzig einen Blick unter ihren Wagen warf.

Mit Bradley auf dem Beifahrersitz und den Jungen im Fond lenkte Bex den Mietwagen in Richtung Innenstadt zurück. Sie hatte sich den Weg eingeprägt, und bald näherten sie sich dem Gebäudekomplex, der auf der Nordseite des Tyne und westlich des Bahnhofs lag. Es war ein altes Kaufhaus, das zu neuen Wohnungen umgebaut worden war.

»Beeindruckend«, fand Bradley und versuchte, an dem roten Backsteingebäude hinaufzuschauen. »Ich glaube, so vornehm habe ich noch nie gewohnt.«

»Zwei Schlafzimmer«, erklärte Bex und fuhr um das Haus herum, wobei sie im Rückspiegel darauf achtete, ob andere Autos ihr folgten. Nachdem sie keines sah, fuhr sie durch einen Torbogen auf den Parkplatz hinter dem Gebäude. Kieron und Sam sahen sich verlegen um, als sie ausstiegen. Bex musste lächeln. Sie kamen sich wahrscheinlich fehl am Platze vor. Irgendwann würde sie ihnen sagen müssen, dass der Schlüssel für jede Undercoveraktion war, dass man immer so aussehen musste, als würde man dazugehören, egal in welcher Umgebung.

Sie deutete auf den Kofferraum. »Kieron, Sam, könnt ihr bitte meine Taschen nehmen und nach oben tragen?«

Durch eine Tür mit einem elektronischen Sicherheitsschloss gelangten sie in eine geradezu grell weiß gestrichene Lobby. Außer den beiden Aufzügen, einer modernen Briefkastenanlage und mehreren strategisch günstig platzierten Topfpflanzen war die Halle leer.

»Woher kennen Sie den Code für das Sicherheitsschloss?«, wollte Kieron wissen.

»Den hat mir die Verwaltung zugemailt, nachdem sie bestätigt hatten, dass meine Kaution eingegangen ist«, antwortete sie. »Das ging alles schriftlich, ohne dass ich jemanden treffen musste.« Sie ging zu den Schließfächern, tippte eine Nummer in ein Tastenfeld seitlich von ihnen ein und eine der Türen piepte und sprang auf. »Den Code hierfür haben sie mir auch gegeben.«

»Was ist da drin?«, fragte Kieron.

Bex griff hinein und nahm einen dicken Umschlag heraus. »Der Wohnungsschlüssel.«

Bradley runzelte die Stirn. »Dem beeindruckenden technischen Niveau des Eingangs nach zu urteilen, hätte ich vermutet, dass die Wohnungstür sich stimmgesteuert öffnen lässt.«

»Oder durch einen Netzhautscan«, fügte Kieron hinzu.

»Oder Gehirnwellen«, ergänzte Sam.

Bex starrte sie an und schüttelte langsam den Kopf. »Ihr Jungs seid echt zu lange allein zusammen gewesen.«

Sie nahmen den Aufzug ins oberste Stockwerk, wo die Tür zu ihrer Wohnung am Ende eines strahlend weißen Ganges lag.

Bex nickte zu einer Ecke an der Decke gegenüber der Aufzugstür. »Dort könnten wir eine kleine Bluetooth-Kamera anbringen«, schlug sie leise vor. »Dann wären wir vorgewarnt, wer kommt und geht.«

Hinter der Wohnungstür lag eine geräumige Wohnung mit Holzfußboden und einem großen Fenster zum Tyne. Die Möbel waren klobig, schwer und gemütlich. An einer Seite befand sich eine große Küche, die vom Wohnbereich durch eine Frühstücksbar abgetrennt war.

»Hier könnte ich mich wohlfühlen«, meinte Bradley und sah sich anerkennend um.

Kieron war direkt zur Stereoanlage hinübergegangen, während Sam auf den LCD-Bildschirm an der Wand zusteuerte.

»Festplattenspeicher«, stellte Kieron anerkennend fest.

»4K-Display«, murmelte Sam. »Stell dir mal vor, was wir damit und mit einer anständigen Spielekonsole anfangen könnten.«

»Finger weg!«, warnte Bex. Sie versuchte, ernst zu klingen, doch eigentlich wurde ihr richtig warm ums Herz. Es war, als sehe sie den Brüdern zu, die sie nie gehabt hatte. »Das ist unser neues Hauptquartier, kein Kinderspielplatz!«

»Frei stehende Badewanne mit Löwenkrallen«, rief Bradley von einer Tür aus. »Und Sprudelbad-Kugeln!«

»Meine!«, rief Bex schnell. »Ich darf als Erste in die Wanne, ich bin den ganzen Tag unterwegs gewesen.«

Nachdem sie ein schönes, langes, heißes Bad genommen hatte – mit Badeschaum, von dem sie eine ganze Auswahl gefunden hatte –, sich abgetrocknet und mit relativ sauberen Sachen aus ihrem Koffer versorgt hatte, fand sie die Jungen vor dem Fernseher sitzen und sich YouTube-Videos ansehen, während Bradley langsam in der Küche herumhantierte.

»Ich mache uns eine Tasse Tee«, erklärte er. »Ich wollte nur warten, bis du aus dem Bad bist, bevor ich mir die AR-Brille aufsetze und online ein paar Sachen zum Essen bestelle.«

»Das ist der totale Missbrauch von hochtechnologischen Geräten.«

Er starrte sie kurz an und fragte dann: »Hast du denn Lust, rauszugehen und einzukaufen?«

»Gutes Argument. Mir wäre es lieber, wenn wir alle zusammen und in Deckung bleiben. Ich habe mehrere Kreditkarten auf verschiedene Identitäten registriert, die wir benutzen können.«

Bradley stellte eine Tasse vor sie hin und ging rüber in den Wohnbereich. »Kieron, kann ich bitte meine AR-Brille und das Headset zurückhaben?«

Kieron sah … unglücklich aus, fand Bex.

»Kann ich etwas für Sie tun?«, fragte er. »Ich meine, ich benutze sie wirklich gerne und ich bin sehr gut darin.«

Bradley wackelte nur mit dem Finger. »Meins«, beharrte er. »Gib her.«

Kieron nickte, steckte die Hand in eine seiner vielen Taschen und holte die Brille und das Headset heraus. »Ich wollte sie ja nicht für immer behalten«, murmelte er, als er sie Bradley reichte. »Nur noch ein bisschen. Bis es Ihnen besser geht.«

»Irgendwann muss ich wieder aufs Pferd steigen«, erklärte Bradley und nahm die Sachen. »Und das heißt, dass du runtermusst.« Er setzte sich in einen bequemen Sessel und zögerte kurz. Dann setzte er sich die Brille auf und steckte den Kopfhörer ins Ohr. Er sah zu Bex auf, die ihn beobachtete. »Los geht's«, meinte er und berührte den versteckten Knopf am Brillengestell.

Bex konnte von ihrem Standort aus nicht sehen, was die Brille anzeigte, aber dafür war sie konstruiert. Niemand, der den Träger ansah, konnte erkennen, dass er etwas betrachtete, was von winzigen Lasern auf die Innenseite der Gläser projiziert wurde.

Bradley runzelte angestrengt die Stirn. Mit der rechten Hand begann er Dinge zu berühren, die nur er sehen konnte. In seiner Konzentration streckte er leicht die Zunge aus dem Mund und leckte sich über die Lippen. »Du hast an den Einstellungen herumgespielt«, stellte er fest.

»Sorry.« Kieron saß auf der Kante des Sessels, bereit, aufzuspringen und Bradley die Brille wegzuschnappen. »Ich wollte sie wieder zurückstellen.«

»Keine Sorge«, meinte Bradley abgelenkt. »Ich denke, ich kann … *autsch!*«

»Was ist?«, fragte Bex und trat näher.

Bradleys Gesicht verzog sich zu einer schmerzhaften Grimasse. »Ich denke … *autsch! Au!*« Mit beiden Händen griff er nach seinem Gesicht und fegte die Brille weg, sodass sie ihm vom Kopf flog. Er kniff die Augen zu, presste die Handflächen fest an die Schläfen und beugte sich nach vorn. »Tut mir leid – ich habe auf einmal alles nur noch verschwommen gesehen und einen scharfen Schmerz zwischen den Augen verspürt. Es war, als hätte mir jemand eine Stricknadel in die Stirn gebohrt.« Er klang gestresst. Mehr noch, eher frustriert.

Bex sah ihn mitfühlend an. Sie wusste, wie gern Bradley wieder an die Arbeit gehen wollte.

»Geh und leg dich etwas hin«, forderte sie streng. »Kieron, hilf ihm. Sam, vorn in meinem Rucksack in der kleinen Tasche sind ein paar Schmerztabletten. Holst du sie bitte und gibst sie Bradley mit einem Glas Wasser?«

»Das kann ich selbst«, behauptete Bradley und versuchte aufzustehen.

»Dann mach.«

Als die drei aus dem Raum gingen, hob Bex die AR-Brille vom Boden hinter dem Sessel auf, bevor noch jemand darauf trat. Niedergeschlagen starrte sie sie an. Sie konnte sie natürlich benutzen. Zwar nicht so gut wie Bradley, aber sie wusste, wie sie funktionierte und was sie konnte. Aber bei der Aufgabe, die vor ihnen lag, konnte sie sie nicht tragen. Wenn sie das tat, wer sollte dann ihre Brille auf der Mission tragen? In ihrem Team mussten sie unbedingt zu zweit sein.

»Was stimmt nicht?«, fragte Kieron von einer der Zimmertüren her. Er klang besorgt.

»Was immer ihm fehlt, es beeinträchtigt seine Fähigkeit, die AR-Geräte zu benutzen«, antwortete sie. »Ich weiß nicht, ob das ein neurologisches oder psychosomatisches Problem ist. Er muss sich unbedingt untersuchen lassen.« Sie hielt die Brille hoch. »Aber ich muss auch wissen, ob der MI6 uns irgendwelche Nachrichten geschickt hat. Es ist eine ganze Weile her, seit wir nachgesehen haben, und ich sollte ihnen ein Update über die letzten Ereignisse liefern.«

Kieron ging zu ihr und nahm ihr die Brille ab. Sie sah, dass er den Kopfhörer in der Hand hatte. Er hatte ihn wohl Bradley aus dem Ohr genommen.

»Setzen Sie sich. Ich kenne das Gerät. Ich habe es in letzter Zeit häufiger genutzt als Sie. Ich werde nach den Nachrichten sehen, und Sie können mir sagen, was ich darauf antworten soll.« Als sie zögerte, fuhr er fort: »Sie sind hergeflogen, wahrscheinlich haben Sie einen Jetlag. Und seit Sie gelandet sind, standen Sie ständig unter Strom. Also setzen Sie sich doch einfach hin und trinken Sie ihren Tee. Sie müssen sich nicht um uns alle kümmern. Lassen Sie mich mal etwas für Sie tun.«

Die Erwähnung des Jetlags gab den Ausschlag. Bex hatte ihn verdrängt und versucht, so zu tun, als gebe es ihn nicht. Doch tatsächlich hatte sie während des ganzen Fluges nicht geschlafen und war mittlerweile länger am Stück wach, als ihr lieb war.

»Na gut«, meinte sie. »Ich füge mich. Aber nur dieses eine Mal.«

Sie ließ sich auf dem Sessel nieder, auf dem eben noch Bradley gesessen hatte, während Kieron sich auf das Sofa hockte und die Brille aufsetzte. Sofort begann er mit den Händen in der Luft zu wedeln, als wolle er eine komplizierte unsichtbare Maschine zusammensetzen. Bex sah ihm erstaunt zu und bewunderte, mit welcher Leichtigkeit er das Gerät bediente. Bradley war kompetent, aber bei Kieron schien es fast intuitiv zu geschehen.

»Also«, sagte er, »ich habe hier das geschützte E-Mail-Programm aufgerufen. Dafür brauche ich aber offenbar ein eigenes Passwort.«

»TAG-LOL-GID«, zitierte Bex automatisch. »Es ist ein zufallsgeneriertes Passwort aus drei Silben. Das verhindert, dass Leute die Namen ihrer Haustiere oder ihren Straßennamen eingeben. So etwas kann man immer recherchieren.«

Kierons Finger zuckten. »Ich hab's. Also gut. Wow – kein Spam!«

»Natürlich nicht! Das ist ein MI6-Server. Der ist getrennt vom öffentlichen Internet und hat alle möglichen Firewalls.«

»Weiß ich, ich habe sie mir angesehen. Sehr beeindruckend.« Er hielt inne und las. »Es gibt ein paar Anfragen, wie Ihre Mission läuft.«

»Wo soll ich anfangen?«, seufzte Bex.

»Und eine E-Mail mit einer neuen Mission! Da steht, Sie sollen den Empfang bestätigen und Bescheid sagen, wann Sie ungefähr damit anfangen können.«

»Von wem kommt das?«

»Da steht kein Name, nur so etwas wie ein Titel: *Stellvertretender Direktor SIS-TERR.*«

Bex holte tief Luft. Sie musste ihren Bossen natürlich Bericht erstatten, was in Mumbai passiert war. Aber da sie eigentlich undercover war, warteten sie zum Glück normalerweise, bis sie bereit war, sodass sie Bradley auf den neuesten Stand bringen konnte. Aber dieser neue Auftrag – war der echt, oder war es ein Trick, um sie und Bradley rauszulocken?

»Worum geht es bei dem Auftrag?«, wollte sie wissen.

»So wie es hier steht«, sagte Kieron langsam, »gab es unter den Angestellten eines Betriebs namens ›Goldfinch-Institut‹ wohl mehrere Todesfälle.« Seine Finger tanzten in der Luft. »Ja – hier ist ein Link mit weiteren Informationen. Das Goldfinch-Institut ist offensichtlich eine Forschungseinrichtung mit Sitz in Albuquerque, aber mit Zweigstellen auf der ganzen Welt. Sie fertigen streng geheime Waffensysteme für die britische Armee, für MI5, MI6 und SIS-TERR in Großbritannien und auch für die CIA, NSA und das FBI in den Vereinigten Staaten.« Er hielt kurz inne. »Moment mal – ich gehe zurück zu der E-Mail. Also, im Briefing steht, dass die Todesfälle auf den ersten Blick eine natürliche Todesursache zu haben scheinen. Aber dass sie alle in etwa gleichzeitig aufgetreten sind, hat auf dieser Seite des Atlantiks Verdacht erregt. Dieser stellvertretende Direktor will, dass Sie nach Albuquerque fliegen und verdeckt ermitteln, um zu sehen, ob britische Interessen irgendwie betroffen sind. Im Grunde sollen Sie herausfinden, ob die Leute tatsächlich eines natürlichen Todes gestorben sind oder ob sie ermordet wurden.« Er runzelte die Stirn. »Albuquerque, das ist in den Staaten, nicht wahr? Irgendwo tief im Süden? New Mexico?«

»New Mexico«, bestätigte Bex abwesend. »Deine Geografiekenntnisse sind erstaunlich gut.« Ihre Gedanken waren mit dem Inhalt der E-Mail beschäftigt, die Kieron ihr gerade vorgelesen hatte. Todesfälle in einer geheimen amerikanischen Einrichtung untersuchen? Sie hatte mit Bradley zusammen solche Aufgaben zwar schon erledigt, aber noch nie in den USA. Es gab innerhalb des Geheimdienstwesens sogar Regeln, die den Mitgliedern der Geheimdienste der sogenannten Five Eyes, bestehend aus den USA, Großbritannien, Kanada, Australien und Neuseeland, verboten, sich gegenseitig auszuspionieren. Es war allgemein bekannt, dass sich die Amerikaner nicht im Mindesten um dieses Verbot scherten, während die anderen so taten, als bemerkten sie es nicht. Doch dass man sie bat, in den USA zu operieren … das bedeutete, es musste wichtig sein. Und das bedeutete wiederum, es war ein Auftrag, den sie wirklich nicht ablehnen sollte. Auch die Bezahlung würde gut sein, was sie im Moment gut brauchen konnten.

»Aber das habe ich nicht aus der Schule«, erwiderte Kieron. »Ich weiß, dass das in New Mexico ist, weil meine Lieblingsband ihre Alben dort in einem Studio aufnimmt.«

»Lethal Insomnia?«, fragte Bex zögernd.

Er grinste. »Sie hören ja doch zu. Sam meinte, sie würden nicht zuhören, aber da hatte er wohl unrecht.«

»Steht da noch etwas?«, wollte Bex wissen.

»Ein paar Dateianhänge – sieht aus wie Autopsieberichte der toten Angestellten – und ein paar Karten von der Umgebung. O ja, und ein Budget. Wenn Sie eine bestimmte Summe überschreiten, müssen Sie um Genehmigung bitten. Und diese Summe ist …« Er keuchte auf. »… *gigantisch!* Da wundert es mich nicht mehr, dass Sie sich so eine Wohnung leisten können.«

Bex zuckte mit den Schultern und fühlte sich gezwungen, sich zu verteidigen.

»Wenn man's genau nimmt, ist das gar nicht so viel«, sagte sie. »Wir müssen all unsere Reisekosten selbst bezahlen, und manchmal müssen wir undercover agieren und vielleicht in guten Hotels absteigen und uns ein paar Sachen kaufen wie … äh, Armbanduhren oder … Autos, um glaubhaft zu wirken.« Sie fand selbst, dass ihre Worte schal klangen. »Außerdem ist es eine Gefahrenzulage. Der Job ist riskant. Wenn etwas schiefgeht, würde die britische Regierung behaupten, nichts von uns zu wissen, und uns unserem Schicksal überlassen. Das ist einer der Gründe, warum der MI6 freiberufliche Agententeams einsetzt – uns kann man einfach verleugnen.«

»Ja, aber ...« Kieron riss hinter den Brillengläsern die Augen auf. »Das ist eine ungeheure Summe!«

»Wir müssen für unsere Rente selbst vorsorgen und die Krankenversicherung bezahlen«, erklärte Bex kleinlaut.

»Meine Mutter könnte sich davon eine eigene Wohnung kaufen.« Kieron klang nicht vorwurfsvoll, eher ein wenig traurig, vielleicht sogar wehmütig. Wie jemand, der das perfekte Weihnachtsgeschenk beschreibt und weiß, dass er es nie, nie bekommen wird.

»Also«, begann Bex, die ihm gern ein paar Tatsachen erklären wollte, doch noch bevor sie anfangen konnte, unterbrach er sie.

»Oh!«

»Was ist?«

»Offensichtlich gibt es ein Zeitlimit bei diesem Auftrag. Er muss innerhalb einer Woche erledigt werden, was bedeutet, dass Sie ihn entweder innerhalb der nächsten Stunde annehmen müssen oder sie geben ihn an ein anderes Team.«

»Das«, meinte sie, »stellt uns vor ein größeres Problem.«

Kieron nickte. »Bradley kann Ihnen nicht helfen.«

»Aber wenn ich die Mission ablehne, wird SIS-TERR zu einem anderen Team gehen, und dann sind wir bei der nächsten Mission auch nicht mehr an erster Stelle. Und wenn unser Team zu lange keinen Auftrag annimmt, dann streichen sie uns schließlich ganz von der Liste.«

»Dann gibt es nur eine Antwort«, stellte Kieron fest. Vielleicht lag es ja an den Gläsern der AR-Brille, aber seine Augen schienen irre geweitet.

Bex nickte. »Hast du Lust auf einen Aushilfsjob?«, fragte sie.

KAPITEL 3

Kieron war ganz aufgeregt, versuchte aber, möglichst gelassen zu klingen.

»Wenn Sie meine Hilfe brauchen, mache ich das natürlich gern«, sagte er.

»Tu nicht so!«, lachte Bex über ihn. »Ich weiß genau, dass du dir den kleinen Finger abschneiden würdest, um noch einmal das AR-Equipment zu benutzen.«

Kieron versuchte, möglichst beleidigt auszusehen.

»Nicht *meinen* kleinen Finger. Höchstens *Sams.* Und dann auch nur den *linken* kleinen Finger.«

Bex stand auf und sagte: »Ich muss nach Bradley sehen, und dann werde ich arrangieren, dass sein Gesundheitszustand abgeklärt wird, und zwar nicht von Sams Schwester, in die er verliebt ist.« Sie lächelte, um ihren Worten etwas von ihrer Schärfe zu nehmen. »Du kannst dich solange nützlich machen und mir ein paar Unterlagen zum Goldfinch-Institut zusammenstellen.«

Als sie das Wohnzimmer verließ, flogen Kierons Finger bereits über die virtuelle Tastatur, die nur er sehen konnte. Er stellte Suchanfragen über das Goldfinch-Institut, und zwar nicht nur im normalen Internet, sondern auch im Darknet, wo man alle mögliche illegale Software finden konnte und mit virtueller Währung alle möglichen illegalen Dinge kaufen konnte. Darüber hinaus recherchierte er auch in den verschiedenen streng geheimen britischen Datenbanken der Regierung, auf die er mit dem Equipment Zugriff hatte. Schon wenige Minuten später hatte er ein virtuelles Dossier an Informationen über den Konzern zusammengetragen, angefangen mit online erhältlichen Aufzeichnungen, weiter gehend über die Grundrisse der Anlagen in Albuquerque und die Angestelltenlisten bis hin zu einer Liste der unterschiedlichen streng geheimen Projekte, an denen das Institut für verschiedene Klienten arbeitete. Er stellte fest, dass sie viel Zeit damit verbrachten, Waffensysteme zu entwickeln – nicht nur Schusswaffen, Raketen und Bomben, sondern auch nichttödliche Waffen: Geräte, mit denen man aufständische Massen aufhalten oder bewaffnete Kriminelle zur Strecke bringen konnte, ohne sie ernsthaft zu verletzen. Na ja, jedenfalls ohne bleibende Schäden. Von einigen Informationen aus recherchierte er in andere Richtungen und folgte Links zu Mainstream-Seiten wie Wikipedia. Er entdeckte, dass es unter der Anhängerschaft der »nichttödlichen«-Waffen eine überraschend große Debatte gab. Einige Leute gaben sich mit dem Ausdruck »nichttödlich« zufrieden, während andere ihn durch »weniger tödlich« ersetzen wollten, weil auch die nichttödlichen Waffen gelegentlich Menschen umbrachten, trotz der guten Absichten derer, die sie abfeuerten. Kieron verstand den Sinn nicht. Wenn man sie so bezeichnete, dann konnte man seiner Meinung nach auch die tödlichen Waffen als »mehr als nur verletzende«-Waffen bezeichnen, denn manchmal starben Leute auch *nicht,* obwohl man eine Waffe abgefeuert oder eine Bombe gezündet hatte. Also, was sollte das?

Er fügte die verschiedenen Informationen zu dem Dossier hinzu und nutzte die Möglichkeiten des AR-Computers – eigentlich ein Chip irgendwo in der Brille –, um einen Index und ein Inhaltsverzeichnis anzulegen. Er erhielt sogar eine einseitige Zusammenfassung, um die Sache noch übersichtlicher zu machen.

Gerade als er damit fertig war, kam Bex zurück. Sie hielt ihr Handy ans Ohr gedrückt.

»Ja, vielen Dank, das weiß ich zu schätzen. Ja, es ist jemand hier, der Sie hereinlassen kann. Keine Sorge. Vielen Dank – auf Wiedersehen.« Sie steckte das Handy ein und sagte: »Ich habe eine Ärztin gefunden, die Bradley untersuchen wird. Sie praktiziert privat und kostet uns ein Vermögen, deshalb wird es keine Informationsspur geben, die man von SIS-TERR aus zurückverfolgen kann, falls uns jemand aufspüren will.« Sie lachte kurz. »Sie denkt wohl, wir sind Kriminelle und dass sie sich um eine Schussverletzung kümmern soll.«

»Und wenn schon«, meinte Kieron zögernd, »mit dem AR-Equipment könnte ich immer noch ihre Computeraufzeichnungen von hier aus löschen.«

»Das könntest du tun?«, fragte Bex offensichtlich erstaunt.

»Das Ding hier kann so ziemlich alles, vorausgesetzt, es hat eine Satellitenverbindung und kann aufs Web zugreifen.«

»Wow.« Bex schien beeindruckt. »Das lassen wir erst mal, aber wir merken es uns für später. Hattest du Glück mit der Suche nach Infos über das Goldfinch-Institut?«

»Ja. Soll ich es an den Drucker schicken oder möchten Sie es sich mit der Brille ansehen?«

»Die Brille bitte. Es ist nie gut, Geheiminformationen herumliegen zu lassen, wo sie jemand sehen kann – zufällig auftauchende Ärztinnen eingeschlossen.«

Kieron zögerte unwillkürlich ein wenig, als er die Brille abnahm und sie Bex reichte, die sie aufsetzte.

»Sie können die Informationen mit dem …«, begann er.

»Schon gut, ich habe das schon mal gemacht«, wehrte Bex ab. Sie wedelte mit der Hand, doch er war sich nicht sicher, ob sie das AR-System aktivierte oder ob es ihm galt. »Bradley und ich haben gleich nach der Uni an diesen Geräten gearbeitet. Wir haben eine Firma gegründet, um uns zu finanzieren, wurden aber vom MI6 aufgekauft. So sind wir an diese Missionen geraten. Sie wollten, dass wir als technische Berater in Reichweite sind, aber da wir besser damit umgehen konnten als sonst jemand, haben sie angefangen, uns direkt mit Aufgaben zu betrauen.«

Ein paar Minuten schwieg sie, und Kieron sah zu, wie sie Informationen verschob und zwischen den virtuellen Bildschirmen hin und her schaltete. Abgesehen davon, als sie Bradley in dem Einkaufszentrum in Newcastle zum ersten Mal gesehen hatten – und ein paar Mal bei Sam –, hatte er noch nie zugesehen, wie jemand das AR-Equipment benutzte. Schon gar nicht so, wie es richtig eingesetzt werden sollte. Bex' Bewegungen waren fließend und präzise wie die einer Tänzerin. Er fragte sich, wie er wohl aussah, wenn er es benutzte. Wahrscheinlich eher wie ein schwerfälliger Tanzbär, vermutete er.

»Oh. O nein!«

»Was ist los?«, fragte Kieron und beugte sich vor.

»Funktioniert das Gerät? Sie haben doch kein Kopfweh, oder?«

»Doch, aber das hat keine medizinischen Gründe.« Abrupt setzte sie die Brille ab, legte sie auf die Lehne des Sofas und runzelte nachdenklich die Stirn. »Ich habe in den Informationen nur etwas gefunden, was mir überhaupt nicht gefällt.«

»Tut mir leid.«

»Das ist nicht deine Schuld, Kieron.«

»Was ist es?«

Sie schwieg eine Weile, um ihre Gedanken zu ordnen.

»Der Plan war, dass ich unter falschem Namen und mit meinem Teil des AR-Equipments – dem unauffälligen Teil – nach Albuquerque reise, um am Goldfinch-Institut Nachforschungen darüber anzustellen, wie und warum es zu diesen Todesfällen kam, nicht wahr? Vielleicht würde ich von einem USB-Stick einen Trojaner in ihr Computersystem laden, das mir die erforderlichen Informationen sucht. In der Zwischenzeit sollte Bradley – oder, was wahrscheinlicher ist, du – mich unterstützen und mir weitere Informationen liefern.«

Kieron nickte. »Stimmt.«

»Das Problem ist nur, dass ich einen der Namen auf der Angestelltenliste von Goldfinch kenne. Tara Gallagher. Sie ist wohl die Sicherheitschefin des Instituts und untersteht dem Boss direkt, einem Todd Zanderbergen. Sie war früher beim MI6. Wir saßen zwei Jahre lang zusammen in einem Büro. Sie würde mich sofort erkennen. Und selbst wenn ich mich verkleide, wäre das Risiko zu groß.«

»Vielleicht ist das eine andere Tara Gallagher«, meinte Kieron.

»Nein, so viel Glück haben wir nicht. Ich habe das Foto

in ihrer Personalakte gesehen und ihr Geburtsdatum gecheckt. Sie ist es definitiv. Sie sieht älter aus, aber das tue ich wahrscheinlich auch.« Sie schwieg und dachte an die Zeit zurück. »Wir haben uns nicht nahegestanden und auch keine Verbindung gehalten. Ich hatte gehört, dass sie zur Armee gegangen ist, und eine Weile später, dass sie von den Royal Marines rekrutiert worden ist. Dann hat sie da wohl aufgehört und sich in der Securitybranche selbstständig gemacht. Für eine Technologiefirma ist sie eine gute Wahl. Sie ist hochintelligent.« Bex seufzte. »Damit fällt unser ganzer Plan wohl ins Wasser. Da kann ich auf keinen Fall hin. Es ist viel zu riskant.«

»Und was ist mit Bradley?«, fragte Kieron. »Kann er nicht gehen? Ich meine, wenn er nicht diesen Teil der Brille hier benutzt – den, der die Informationen projiziert –, dann sollte doch alles okay sein, oder?«

Bex schüttelte entschlossen den Kopf. »Ich werde nicht das Risiko eingehen, dass er einen weiteren Anfall bekommt oder das Bewusstsein verliert, während er undercover ist. Nein, ich werde dem MI6 sagen müssen, dass ich die Mission ablehne. Sie können sie jemand anders geben.«

»Wenn du das machst, können wir uns von unseren Jobs verabschieden«, erklärte Bradley von der Schlafzimmertür her. »Sie werden fragen, warum, und du musst zugeben, dass ich krank bin. Das wird sie verunsichern. Es gibt noch mehr Teams, die gern oben auf der Liste stehen würden. Wenn einer von denen den Job bekommt, werden wir überflüssig. Im übertragenen wie im wörtlichen Sinne. Du weißt ganz genau, was sie sagen – man lehnt nur ein Mal eine Mission ab.«

»Ja, aber …«, begann Bex.

Bradley wartete nicht ab, was sie vielleicht zu sagen

hatte, sondern fuhr fort: »Wir müssen ganz oben bleiben. Besonders, wenn wir die Verräterin bei SIS-TERR identifizieren wollen. Wir können es uns nicht leisten, dass sie argwöhnisch werden und vermuten, dass etwas nicht in Ordnung ist.«

Bex starrte ihn an. »Was schlägst du also vor?«

»So weit war ich noch nicht ...«, erwiderte Bradley kopfschüttelnd. »Vielleicht sollte ich schneller wieder gesund werden?«

»Vielleicht könnte ich ja gehen«, warf Kieron leise ein.

»Vielleicht könnten wir auch jemanden anheuern, den wir kennen«, fuhr Bradley fort. »Jemanden mit einer hohen Sicherheitsstufe, mit dem wir zusammenarbeiten können.«

»Ich könnte gehen«, wiederholte Kieron.

»Vielleicht könnten wir auch einen Arzt anheuern, der mit dir geht«, überlegte Bex weiter und sah Bradley an. »Der könnte dafür sorgen, dass es dir gut geht, solange du arbeitest, und dich behandeln, wenn es ein Problem gibt.«

»Oder ich könnte gehen«, wiederholte Kieron lauter. »Ihr hört mir gar nicht zu!«

»Doch, tun wir«, seufzte Bex. »Wir wollen nur nicht hören, was du da sagst.«

Bradley schüttelte den Kopf. Er hielt sich immer noch mit beiden Händen am Türrahmen fest. »Nein, es ist besser, wenn ich gehe.«

»Kannst du mir einen Gefallen tun?«, bat Bex. »Kannst du mal diesen Türrahmen loslassen?«

Erst nach einer ganzen Weile antwortete Bradley: »Nein, kann ich nicht. Wenn ich das mache, kippe ich um.«

»Dachte ich mir«, nickte Bex. »Deine Fingerknöchel

sind ganz weiß. Dein ganzes Gewicht ruht auf deinen Händen, nicht wahr?«

Bradley schwieg, und Kieron vermutete, dass er intensiv über eine Antwort nachdachte, die nicht verriet, wie sehr er tatsächlich außer Gefecht gesetzt war.

»Vielleicht«, erwiderte er schließlich.

Kieron dachte gerade über ein Totschlagargument nach, das die ganze Diskussion auf einen Schlag beenden würde, als sein Handy klingelte.

»Sorry«, sagte er und nahm es aus der Tasche. »Ich hätte … oh!« Er brach ab, als er die Worte auf dem Bildschirm las. »Das ist meine Mutter. Da muss ich rangehen.«

»James Bonds Mutter ruft ihn nie an, wenn er auf einer Mission ist!«, erklang Sams Stimme von irgendwo hinter Bradley.

Kieron wischte über den Bildschirm, um den Anruf entgegenzunehmen, und lief ins Bad, um ungestört zu sein – und nicht noch mehr in Verlegenheit gebracht zu werden. »Hallo? Mum?«

»Kieron? Du solltest wirklich öfter ans Telefon gehen, weißt du? Ich habe dir sieben Nachrichten hinterlassen.«

»Du hast drei Nachrichten hinterlassen«, korrigierte er sie. »Und in einer davon hast du einen Barista irgendwo in einem Café beschimpft, weil die Bohnen, mit denen er deinen Latte gemacht hat, verbrannt waren. Ich glaube, das nennt man ein Hosentaschentelefonat.«

»Sie waren ja auch verbrannt«, verteidigte sie sich. »Er hat versucht, mir zu erzählen, der Kaffee müsse so schmecken, aber das habe ich ihm nicht abgenommen.« Plötzlich schien ihr wieder einzufallen, dass sie diejenige war, die ihm Vorwürfe machen sollte. »Wie auch immer: Wo bist du? Ich habe dich seit Tagen nicht mehr gesehen!«

»Das liegt daran, dass du spät nach Hause kommst und früh wieder gehst. Unsere Zeiten zu Hause überschneiden sich kaum.« Bevor sie sich jetzt entschuldigen konnte und er die Tränen in ihrer Stimme hören musste, fuhr er schnell fort: »Nicht, dass das eine Rolle spielte. Ich komme ganz gut allein klar. Na ja, nicht ganz allein. Ich habe ja Sam.«

»Nur Sam?«, fragte sie. »Nicht, dass ich etwas gegen ihn habe – ich mag ihn wirklich gern –, aber irgendwie ist es doch ungesund, wenn zwei Gruftis ihre gesamte Zeit miteinander verbringen. So was endet mit Highschoolmassakern. Ich weiß das, das habe ich in der Zeitung gelesen.«

»Wir sind doch keine Gothics«, erklärte er geduldig, nun schon zum gefühlten tausendsten Mal. »Wir sind Greebs. Und wir werden sicher nicht an irgendeine Schule in Newcastle gehen und Leute erschießen. Nicht mal mit Schaumkugeln aus bunten Plastikgewehren.«

»Aber du hast doch auch noch andere Freunde, oder? Und mit Freunden meine ich andere als diese Gruppe von Kids, die immer am Busbahnhof herumhängen.«

»Also, ehrlich gesagt sind einige dieser Kids vom Busbahnhof meine Freunde«, erwiderte Kieron. »Und wir hängen da nur herum, weil wir keinen Kaffee mögen und sie uns in die Bars nicht reinlassen.« Bevor sie etwas sagen konnte, fuhr er schnell fort: »Und ja, ich habe auch noch andere Freunde. Ich bin gerade bei ihnen und spiele an ihrem Computer.« So weit von der Wahrheit entfernt war das ja gar nicht, fand er.

»Oh, jemand, den ich kenne? Wie heißen sie denn?«

»Bex und Bradley«, antwortete er und hätte sich im gleichen Moment ohrfeigen können. Er war so damit beschäftigt gewesen, seine Mutter zu besänftigen, dass er ihre richtigen Namen genannt hatte!

»Bex und Bradley. Die kenne ich nicht, oder? Sind sie an deiner Schule?«

»Nein«, erwiderte Kieron und suchte nach einer Möglichkeit, das Thema zu wechseln. »Ich habe sie erst vor Kurzem kennengelernt.«

»Und diese Bex – das ist eine Abkürzung für Rebecca, nicht wahr? –, bist du … an ihr interessiert? Ich meine, seid ihr mehr als nur Freunde? Sollten wir uns darüber unterhalten?«

»Nein, so ist das nicht«, antwortete Kieron. Er verspürte einen leichten Stich im Herzen. Es war mit niemandem so – das war ja sein Problem. Das, was einem Mädchen, auf das er stand, am nächsten kam, war Sams Schwester Courtney. Und die war nicht nur zu alt für ihn, sondern auch noch ganz offensichtlich mehr an Bradley interessiert. Was ja auch in Ordnung war. »Mach dir keine Sorgen – dieses Gespräch können wir uns für ein anderes Mal aufheben. Oder es auch überhaupt nicht führen – schließlich habe ich seit Jahren Biologie an der Schule. Ich weiß alles darüber.«

»Es ist nicht die Biologie, die mir Sorgen macht, sondern die Soziologie.« Seine Mutter hielt inne, und Kieron stellte sich vor, wie sie mit den Achseln zuckte. »Nun, ich hoffe, Bradley und Bex sind anständige Jugendliche. Vielleicht kannst du ja dafür sorgen, dass ich mal ihre Eltern kennenlerne? Wer weiß, vielleicht verstehen wir uns ja.« Ihre Stimme bekam einen neuen merkwürdigen Unterton, und Kieron stellte mit leichtem Schrecken fest, dass er, ohne es zu merken, wohl erwachsen wurde, denn er erkannte es als Selbstmitleid. »Schließlich habe ich in Newcastle nicht allzu viele Freunde.«

»Das ist eine gute Idee«, versicherte er ihr, ohne die leiseste Absicht, diesen Vorschlag in die Tat umzusetzen. »Aber vielleicht sollten wir beide ja auch mal wieder einen Abend zusammen verbringen. Wir könnten eine Pizza essen gehen und uns vielleicht einen Film ansehen. Es muss doch irgendetwas geben, das wir uns beide ansehen können, ohne dass sich einer von uns beiden am liebsten übergeben würde.«

Wie er es gehofft hatte, musste seine Mutter lachen. »Na, jetzt, wo du langsam aus dem Alter raus bist, als du auf ›Thomas, die kleine Lokomotive‹ standst, komme ich wohl mit deiner Filmwahl klar. Ich habe nichts gegen Superheldenfilme oder Actionthriller.«

»Dann machen wir das«, sagte Kieron und stellte überrascht fest, dass sich in seiner Brust ein warmes Gefühl ausbreitete.

»Ich werde mir einen Abend freischaufeln«, versprach seine Mutter. »Und du, pass auf dich auf. Du bedeutest mir eine Menge. Und du wirst so schnell erwachsen. Ich habe Angst, große Teile deines Lebens zu verpassen.«

»Ich hab dich auch lieb!« Bevor seine Mutter noch sentimentaler werden konnte, sagte er schnell: »Ich muss los. Sag Bescheid, wann wir den Pizza-und-Film-Abend machen.«

»Mach ich. Und du, dusch dich, und zieh dir immer was Frisches an, und putz dir ordentlich die Zähne. Mädchen mögen keine Jungs, die nach Schweiß stinken und schlechten Atem haben.«

Dann war sie weg. Kieron holte tief Luft und versuchte, sich zu beruhigen. Er hatte das Gefühl, auf einem schmalen Grat zu balancieren, von dem er abzustürzen drohte. Auf einer Seite des Grats war seine Kindheit, die er genossen hatte, aber aus der er herausgewachsen war, und auf der anderen Seite das Erwachsenenleben, das ihn gleichermaßen beängstigte und faszinierte.

Schließlich steckte er das Handy wieder ein und ging zu den anderen zurück.

Bradley hatte sich mittlerweile wieder aufs Sofa gesetzt und Sam saß neben ihm. Bex hatte sich nicht von der Stelle gerührt. Sie sah ärgerlich aus. Und frustriert.

»Du hast recht, Kieron«, sagte Bradley. »Du musst nach Amerika, um Nachforschungen am Goldfinch-Institut anzustellen.«

Kieron verspürte eine Welle von Glück, und ja, auch Nervosität. Er versuchte, sich seine Aufregung nicht anmerken zu lassen, als Bradley fortfuhr: »Es gibt eine ganze Reihe von Gründen, warum du es nicht tun solltest, und wir sind die meisten davon in den letzten paar Minuten durchgegangen. Aber am Ende läuft alles auf drei einfache Fakten hinaus: Die Mission muss durchgeführt werden, damit man bei SIS-TERR unseretwegen nicht misstrauisch wird. Bex' Tarnung würde dort auffliegen, weil sie von dieser Tara Gallagher sofort erkannt werden würde, und ich kann Bex nicht mit der technischen Hilfe unterstützen, die sie braucht. Nicht, bevor es mir wieder besser geht.« Er sah aus, als bereiteten die Worte ihm körperliche Schmerzen. Wahrscheinlich war es auch genauso. »Daher bleibt uns nur eine einzige einfache Alternative: Du gehst und Bex geht mit dir. Du führst die Untersuchung durch und sie hilft dir mit dem AR-Gerät.«

Er warf einen kurzen Blick auf Bex, die mit verschränkten Armen die Wand anstarrte, und wandte sich wieder Kieron zu. »Aber beim leisesten Anzeichen, dass etwas schiefläuft, holen wir dich da raus. Verstanden? Keine Heldentaten!«

»Keine Laster zu Schrott fahren, nichts abfackeln und keine Leute grillen«, fügte Sam hinzu.

»Das ist nicht hilfreich«, bemerkte Kieron und sah Bradley an. Eingedenk des Gesprächs, das er eben mit seiner Mutter geführt hatte, meinte er zögernd: »Ich weiß ja, dass meine Mum nicht viel Zeit in unserer Wohnung verbringt, aber sie würde merken, dass ich nicht da bin. Und damit meine ich wirklich nicht da, nicht nur ›mit Sam unterwegs‹, sondern richtig in einem anderen Land unterwegs.«

Bradley machte schon den Mund auf, um etwas zu sagen, doch Bex kam ihm zuvor.

»Darüber haben wir schon nachgedacht«, sagte sie. »Du hast doch erzählt, dass deine Lieblingsband ihr neues Album in Albuquerque probt und einspielt?«

»Lethal Insomnia«, erinnerte Sam hilfsbereit.

»Ja, Lethal Insomnia.« So, wie sie es sagte, schien der Bandname unsichtbare Anführungszeichen zu besitzen. »Wir dachten, wir könnten ein Preisausschreiben vortäuschen, das du gewonnen hast. Vielleicht könnten wir sagen, dass es ein Preisrätsel auf einer Webseite war oder auf einem Flyer zu ihrem letzten Album. Deiner Mutter sagen wir, dass der Preis eine voll bezahlte Reise nach Albuquerque zu den Proben für das neue Lethal-Insomnia-Album ist. Einschließlich Studiotour und Führung, drei Nächte in einem Hotel inklusive Essen, Hin- und Rückflug. Wie könnte sie dir das abschlagen? Es ist eine einmalige Gelegenheit.«

»Sie ist nicht blöd«, meinte Kieron. »Sie wird wissen, dass ein Online-Preisausschreiben, bei dem ein Teenager allein nach Amerika fliegen darf, höchstwahrscheinlich gefälscht ist.«

»Stimmt«, gab Bradley zu. »Deshalb haben wir gedacht, wir stellen die Reise für zwei Personen aus. Die Chance, dass deine Mutter von ihrer Firma nicht freibekommt, ist hoch – du hast uns ja von den vielen Überstunden erzählt. Aber selbst wenn sie glaubt, sie könnte es möglich machen, können wir mit dem AR-Equipment auf das Computersystem ihrer Firma zugreifen und für irgendeine berufliche Krise sorgen, die es notwendig macht, dass sie in Newcastle bleibt.«

»Dann wird sie mich einfach nicht gehen lassen.« Kierons anfängliche Begeisterung fiel in sich zusammen wie ein Ballon, der ein Loch hatte. »Nicht allein.«

Bradley nickte. »Wie wär's, wenn wir ihr sagen, dass Bex auch mitkommt, als jemand von der Gesellschaft, die das Preisausschreiben ausgerichtet hat? Soweit es deine Mutter angeht, wird sie sich die ganze Zeit um dich kümmern.«

Kieron dachte darüber nach und sagte zweifelnd: »Das könnte funktionieren. Aber vorher würde sie Bex treffen wollen. Sie würde mich nicht allein mit einer Frau, die sie noch nie gesehen hat, nach Amerika reisen lassen.« Er sah Bex an. »Und Sie müssten betonen, dass es auch eine Bildungsreise ist, nicht nur zum Spaß. Sie wissen schon, ich werde ein anderes Land kennenlernen und einen Einblick in das Musikgeschäft bekommen. So was eben.«

»Vielleicht«, sagte Sam und überlegte beim Sprechen weiter, »könnte Bex ihr erzählen, die Möglichkeit bestünde, dass dieser Besuch zu einem Job in der PR-Abteilung der Band hier in England führt oder so. Du weißt doch, wie sehr sie sich Sorgen macht, dass du nie einen vernünftigen Job kriegst.«

»Können wir erster Klasse fliegen?«, fragte Kieron hoffnungsvoll.

»Träum weiter«, schnaubte Bex.

»Aber es ist doch ein Preisausschreiben! Da werden die Gewinner immer mit Erster-Klasse-Reisen, Limousinen und allem möglichen Luxus verwöhnt!«

»Ich möchte dich an meine erste Antwort verweisen.« Bex sah ihn ernst an. »Diese Geschichte hat ausgedient, sobald du dich von deiner Mutter verabschiedet hast. Danach werden wir beide unter falschem Namen als zwei einfache Reisende auf dem Weg nach New Mexico sein.«

Sam räusperte sich. »Also«, meinte er, »das wollte ich gerade fragen ... Wenn Kierons Mum nicht mitkann – aus ganz offensichtlichen Gründen –, vielleicht könnte ich dann ihren Platz einnehmen? Ich meine, ich habe diese Preisausschreiben gesehen. Meine Mutter schneidet sie aus Zeitschriften aus und schickt ständig welche ein. Auf unserem Küchentisch liegen sie haufenweise herum. Und auf allen steht das Gleiche: »Sie *und ein Freund* gewinnen eine Reise nach ... irgendwohin eben.« Erwartungsvoll sah er alle nacheinander an. »Na, und ich bin sein einziger Freund. Kann ich mitkommen?«

Bex schüttelte den Kopf. »Ich hasse es, dir das sagen zu müssen, Sam, aber das ist tatsächlich Arbeit. Wir werden dieser Band nicht wirklich bei der Einspielung ihres Albums zusehen. Und es ist kein richtiges Preisausschreiben.«

»Oh«, machte Sam enttäuscht. »Ich dachte nur ...«

»Denk nicht. Du bleibst hier.«

»Okay.«

Bradley hob die Hand. »Ich habe darüber nachgedacht, wie es läuft, wenn ihr dort ankommt«, sagte er. »Lasst mich das mal kurz erläutern.« Er hielt inne und sammelte sich. »Offensichtlich müssen wir Kieron irgendwie ins Goldfinch-Institut einschleusen, damit er sich dort umsehen kann. Von einem Hotelzimmer aus kann er – oder du – nicht viel tun, außer mit den Freunden und Verwandten der Leute zu reden, die gestorben sind, und eventuell heimlich die Autopsieberichte lesen. Das können wir genauso gut auch von hier aus. Also sollten wir Kieron einen Grund liefern, dort zu sein, nicht wahr? Wir könnten ihn mit einer falschen Identität ausstatten, die ihn zu einem jungen Computerfreak macht, der scheinbar eine neue Methode gefunden hat, Computercodes zu knacken oder Prozessoren zu beschleunigen oder etwas in der Art. Er ist nach Albuquerque geflogen, um sich mit dem Kerl zu unterhalten, der das Goldfinch-Institut leitet …«

»Todd Zanderbergen«, warf Bex ein.

»Genau der. Wir müssten die Geschichte sorgfältig ausarbeiten und dafür sorgen, dass Kieron klingt, als wisse er, wovon er redet. Aber so etwas tun wir sowieso ständig.« Plötzlich sah er wehmütig drein. »Na, zumindest habe ich so etwas bis jetzt ständig getan.« Er sah Kieron an. »Hast du schon mal Theater gespielt?«

»Er war mal ein Baum«, warf Sam ein, »in der Schulaufführung von *Hänsel und Gretel*.«

»Ich hab durchaus schon mehr gespielt!«, verteidigte sich Kieron empört. »Ich hatte eine Hauptrolle in Bertolt Brechts *Mutter Courage und ihre Kinder* und hab auch in einem Theaterstück von Alan Ayckbourn mitgespielt. Ich habe jede Menge Bühnenerfahrung. Das Einzige, was du je gespielt hast, war das Vorderteil des Pferdes in *Cinderella*. Und dabei ist dir der Kopf runtergefallen.«

»Der war nicht richtig festgemacht«, protestierte Sam.

»Okay, das ist ja alles schön und gut«, unterbrach Bex sie entschlossen. »Wir wissen also, was wir zuerst machen müssen: eine falsche Webseite für dieses Preisausschreiben einrichten. Zweitens müssen wir einen Brief an Kierons Adresse schicken, in dem ihm mitgeteilt wird, dass er gewonnen hat, und drittens falsche Pässe und Reiseunterlagen besorgen. Viertens Flüge und Hotelzimmer buchen, fünftens müssen wir uns mit Todd Zanderbergen in Verbindung setzen und eine Verabredung mit ihm treffen. Und sechstens: irgendetwas finden, das Kieron mitnehmen kann und das aussieht, als enthielte es eine brisante neue Software.« Sie lächelte strahlend. »Und das alles innerhalb von ein paar Tagen.«

»Und siebtens«, fügte Kieron hinzu, »müssen wir eine Art Trojaner basteln und auf einen USB-Stick laden.« Er runzelte die Stirn. »Vielleicht könnten wir eine Geheimhaltungsvereinbarung auf den Stick laden und diesen Todd bitten, sie zu prüfen. Wenn er den Stick in seinen Computer steckt, kopiert sich der Virus in ihr System. Ganz einfach.«

»Ich werde den Lowtech-Teil übernehmen und wegen der Reisevorbereitungen herumtelefonieren«, verkündete Bradley.

»Bist du sicher, dass du das schaffst?«, fragte Bex.

Er nickte. »Ja, solange ich diese Brille nicht trage. Und ich habe ein paar nicht registrierte Prepaidhandys, mit denen man uns nicht aufspüren kann. Die Soft- und Hardware, die Kieron ins Goldfinch-Institut bringen soll, bereitet mir schon mehr Kopfzerbrechen.«

»Also«, meinte Kieron, »dafür habe ich möglicherweise eine Lösung. Lasst mir eine halbe Stunde Zeit, um ein wenig zu recherchieren.«

Bex und Bradley schienen zwar nicht überzeugt, aber sie hatten im Moment selbst genug zu tun.

Während Bradley loszog, um ihnen falsche Pässe zu besorgen, und Bex sich in ihren Laptop einloggte, um die Preisausschreibenseite für Lethal Insomnia aufzusetzen, winkte Kieron Sam zu sich herüber.

»Das Goldfinch-Institut befasst sich mit nichttödlichen Waffen«, erklärte er. »Ihre größte Publicity-Masche ist es, dass sie Militär- und Polizeitruppen von tödlichen Waffen abbringen und mit Geräten ausstatten wollen, die keine Menschen töten. Wenn wir sie davon überzeugen können, dass ich eine wirklich gute nichttödliche Waffe erfunden habe, haben sie bestimmt Interesse daran, mit mir zu sprechen.«

Sam sah ihn skeptisch an. »Willst du dir etwa eine völlig neue, nichttödliche Waffe ausdenken?«, fragte er. »Eine, an die zuvor noch nie jemand gedacht hat? Innerhalb der nächsten halben Stunde?«

»Sie muss ja nicht wirklich funktionieren«, überlegte Kieron. »Sie muss nur so aussehen, als ob sie es tut. Und wir müssen sie auch nicht erfinden, sondern nur jemanden finden, der so etwas hat, und sie stehlen, damit wir sie benutzen können.«

»Oh«, meinte Sam erleichtert. »Und ich dachte einen Moment lang schon, du würdest etwas vorschlagen, was unglaublich schwierig und wahnsinnig riskant ist.«

Während der nächsten halben Stunde tauschten die beiden Ideen aus, die hauptsächlich auf Dingen basierten, die sie in Computerspielen gesehen hatten. Schnell kamen sie von den einfachen Lösungen ab, die die meisten Polizeikräfte benutzten – Geschosse, die wie ein Schlag in den Magen wirkten, oder Taser, die dem Nervensystem eine lähmende Dosis Strom verpassten. Betäubungsgase waren offensichtlich auch keine Lösung, denn niemand würde glauben, dass ein Teenager in seiner Garage ein Betäubungsmittel anrühren konnte. Eine Weile diskutierten sie über die Vortex-Pistolen, die Bex in Pakistan benutzt hatte – Waffen, die mithilfe von durch Explosionen gebildete ringförmige Luftdruckwellen Menschen umwerfen oder sogar betäuben konnten. Doch die gehörten zu Agni Patels Arsenal, und Kieron war sich ziemlich sicher, dass Bex nicht wollen würde, dass er sie enthüllte.

»Was ist mit Geräuschen?«, schlug Sam schließlich vor.

»Was?«

»Hast du schon mal vom »braunen Ton« gehört?«

Kieron schüttelte den Kopf. »Ich glaube nicht.«

»Das ist in der Theorie ein Ton außerhalb des menschlichen Hörvermögens, der angeblich eine Wirkung auf den Körper hat.«

»Was für eine Wirkung?«, fragte Kieron misstrauisch.

Sam grinste. »Anscheinend will man – wie soll ich es sagen – sofort aufs Klo. Ganz plötzlich und unkontrollierbar.«

Kieron schüttelte nachdenklich den Kopf. »Ich nehme mal an, dass man ihn nicht den ›braunen Ton‹ nennt, weil er so etwas Ähnliches ist wie das weiße Rauschen?«

»O nein. Ich bin im Internet ein paarmal darauf gestoßen und auch ab und zu im Fernsehen. Den Ton selbst hat noch nie jemand gefunden, aber er wäre doch die absolut perfekte nichttödliche Waffe. Und so etwas könnte man erfinden, wenn man mit einem Synthesizer oder einer Bassgitarre und einem Riesenverstärker herumspielt.«

»Ja. Ich denke, das legen wir erst mal auf Eis. Aber vielen Dank.«

»Ich nehme an, du hast eine bessere Idee?«, meinte Sam herausfordernd.

»Habe ich tatsächlich.« Kieron hielt inne. »Du weißt doch, dass das Gehirn elektrische Wellen erzeugt?«

»Ja.«

»Und du erinnerst dich noch an das Experiment in Physik, wo man in einem Teich Wellen macht und dann noch mehr Wellen, in der gleichen Größe, aber um hundertachtzig Grad in der Phase verschoben, sodass die Spitzen der ersten Wellen von den Tälern der neuen ausgeglichen werden?«

Sam nickte nachdenklich. »Ja, auf dem Prinzip basieren lärmreduzierende Kopfhörer. Sie zeichnen die Hintergrundgeräusche deiner Umgebung auf – wie einen Zug oder ein Flugzeug – und spielen ihn ein paar Millisekunden phasenversetzt wieder ein, sodass sie den ursprünglichen Lärm ausblenden.«

»Genau.« Kieron beugte sich vor. »Was passiert, wenn man das eine auf das andere anwendet? Wenn man die Gehirnwellen von jemandem aufzeichnen und sie dann phasenversetzt wieder einspielen könnte?«

Es entstand eine längere Pause, während der Sam über Kierons Worte nachdachte. »Das könnte das Gehirn tatsächlich abschalten«, meinte er schließlich nachdenklich. »Ich meine, komplett. Vielleicht auch die Atmung stoppen.«

»Oder es beeinträchtigt nur das Bewusstsein und lässt dich ohnmächtig werden.« Kieron sah Sam an und versuchte ihm die Idee schmackhaft zu machen. »Denk dran – es muss nicht funktionieren. Es muss nur so klingen, als könnte es funktionieren.«

»Weißt du«, erwiderte Sam langsam, »das könnte tatsächlich funktionieren. Wir könnten ein Vermögen damit machen!«

»Ganz kleine Schritte, Sam! Konzentrieren wir uns erst mal auf das Wichtigste: die Idee zu verkaufen.«

»Okay.« Sam beugte sich ebenfalls vor, sodass seine Stirn nur noch ein paar Millimeter von der Kierons entfernt war. »Wie zeichnet man Gehirnwellen auf.«

»Elektroden«, antwortete Kieron. »Die klebt man auf den Schädel.«

»Ganz leicht in einem Krankenhaus, schwieriger, wenn man einem Kerl mit Pistole gegenübersteht.«

»Genau. Also, wie machen wir das tragbar und einfach?« Kieron spürte, wie er immer aufgeregter wurde, als die Ideenmaschine in seinem Kopf langsam loslegte. »Wir haben so etwas wie ein Haarnetz, mit Elektroden besetzt und zu einer Kugel zusammengepresst. Es wird aus einem Gerät auf eine Person abgeschossen, entfaltet sich im Flug und wickelt sich um ihren Kopf …«

»Oder es ist ein Plastiknetz voller Elektroden, das sich beim Abfeuern irgendwie erwärmt und elastisch wird und sich um den Kopf der Zielperson legt, dann abkühlt und eine Art Käfig bildet.« Sam zuckte mit den Schultern. »So etwas benutzen sie für Gesichtsmasken bei einer Strahlentherapie gegen Gehirntumore. Sie passen sie an das Gesicht an, beim Erkalten werden die Masken fest, damit man seinen Kopf nicht mehr bewegen kann.« Er sah zur Seite. »Mein Opa hatte so eine. Er hat mich damit spielen lassen. Sie war lila.«

»Okay«, fuhr Kieron fort. »Wie auch immer, es wickelt sich um den Kopf der Zielperson. Mit einem Draht ist sie mit einem Gerät verbunden, das die Gehirnströme der Zielperson aufzeichnet und sie dann phasenversetzt zurückspielt und sie bewusstlos macht. Voll genial!«

»Und auf jeden Fall die Art von Idee, auf die ein Teenager kommen würde. Du musst sie davon überzeugen, dass die Sache funktioniert. Außerdem musst du ihnen eine Art Prototyp zeigen können. Das muss nicht wirklich funktionieren, es muss nur gut aussehen.«

»Also, was brauchen wir?«

Sam dachte einen Augenblick lang nach. »Etwas entsprechend Medizinisches. Elektroden, Plastik, Drähte – und vielleicht ein Oszilloskop. Oh, und etwas Theorie, die die ganze Sache einigermaßen überzeugend klingen lässt.«

»Und woher bekommen wir das alles?«

Sam überlegte. »Ich denke, das Zeug selbst kriegen wir aus der Neurologie eines Krankenhauses. Da haben sie so etwas. Ich meine, da müssen sie doch ständig irgendwelche Gehirnströme messen.«

»Also aus einem großen Krankenhaus?«

Sam sah ein wenig zweifelnd drein. »Ich bin ja eigentlich für so ein bisschen Einbrechen und so, das weißt du, oder? Aber ich bin nicht sicher, ob ich etwas aus einem Krankenhaus klauen will. Ich meine, was ist, wenn sie das Zeug brauchen?«

»Gutes Argument. Und wenn wir es uns nur ausleihen und dann einen Teil des Geldes, das wir von SIS-TERR kriegen, spenden?«

»Damit könnte ich leben.«

Kieron sah sich im Wohnzimmer um, doch weder Bex noch Bradley achteten auf sie.

»Ich glaube, es ist an der Zeit, dass Bradley deine Schwester zu einem Kaffee einlädt«, meinte er.

»Das glaube ich nicht!«, warnte Sam.

Bradley sah auf. »Habe ich da etwa meinen Namen gehört?«

Kieron grinste. »Wir dachten daran, einen kleinen Ausflug zu machen«, sagte er. »Wollen Sie mitkommen?«

Eine gute Viertelstunde brauchten sie, um alles zu erklären und zu diskutieren, doch dann saßen alle vier – Kieron, Sam, Bex und Bradley – draußen im Auto.

»Ich halte das immer noch für keine gute Idee«, nörgelte Sam, als Bex den Motor anließ.

Zum Walkergate Hospital brauchten sie lediglich zwanzig Minuten. Dort gingen sie durch den Haupteingang und suchten nach der Abteilung für Diagnostik, in der Sams Schwester arbeitete. Im Aufzug auf dem Weg nach oben übernahm Bex die weitere Planung.

»Sam, Bradley – ihr geht in die Abteilung und sucht nach Courtney. Sag ihr, du wolltest fragen, wann sie Schluss macht, damit du sie zum Essen einladen kannst als Dank für alles. Ich greife mir von irgendwo eine Pförtnerjacke und einen Rollstuhl. Wenn du mich kommen siehst, Bradley, dann tust du so, als hättest du einen Anfall.«

»Ich muss möglicherweise nicht mal so tun«, erklärte Bradley. Er sah tatsächlich etwas blass aus.

»Während Courtney sich um dich kümmert, komme ich mit einem Rollstuhl, als wollte ich jemanden abholen. Ich werde mir ein Set mit Elektroden und ein EEG-Gerät greifen. Das Tolle an Krankenhäusern ist, dass alles beschriftet ist, damit sich neue Krankenschwestern schnell zurechtfinden. Courtney sollte so abgelenkt sein, dass sie nur Augen für Bradley hat. Ich will nicht, dass sie mich dummerweise sieht. Während ihr Courtney also daran hindert, sich umzudrehen, lege ich die Sachen auf den Rollstuhl und verschwinde. Verstanden?«

»Verstanden«, erwiderten die anderen.

Drinnen lief alles wie am Schnürchen. Courtney war allein in der Diagnostik, wie sie es Sam und Bradley einmal erzählt hatte.

»Was macht ihr denn hier?«, fragte sie überrascht.

Bradley schaltete in seinen »Süßholzraspelmodus«, wie Kieron feststellte.

»Wir wollten dich zum Essen einladen, wenn deine Schicht zu Ende ist«, sagte er. »Als Dankeschön dafür, dass du dich um mich gekümmert hast.«

»Was – ihr alle?«, fragte sie mit einem Blick auf Sam und Kieron.

»Ja, wir alle!«, erklärte Sam entschlossen.

Bradley lächelte. »Sie haben darauf bestanden, die Lieben.«

»Meine Schicht ist in einer halben Stunde zu Ende – wollt ihr hier auf mich warten? Wir haben heute Nachmittag keine Patienten hier.«

Aus dem Augenwinkel sah Kieron Bex einen Rollstuhl zur Tür hereinschieben. Bevor Courtney sie sehen konnte, stieß er Bradley in den Rücken.

Der hob die Hand an die Stirn und verzog das Gesicht. »Ehrlich gesagt würde ich mich ganz gern setzen. Die Treppe …«

»Oh, du hast doch wohl nicht die Treppe genommen?«, fragte Courtney und bugsierte ihn zu einer Nische mit einem Bett. »In deinem Zustand?«

»Ich habe geglaubt, es ginge mir besser«, protestierte er.

Zu dritt halfen sie Bradley ins Bett und Kieron warf einen Blick über die Schulter. Bex war zu einer Reihe von Schränken gegangen und machte einen davon auf. Sie nahm etwa heraus, sah Kieron an und nickte. Sie hatte es.

Jetzt, dachte Kieron, mussten sie nur noch das Essen überstehen, ohne sich allzu verdächtig zu benehmen.

KAPITEL 4

»Das wird nicht reichen ...« Bex deutete auf das Netz mit den Elektroden in ihrer Hand, das sie sich »geborgt« hatte.

Es war am Morgen des nächsten Tages. Sie saßen im Wohnzimmer der Wohnung, die Bex gemietet hatte. Kieron und Sam waren noch ganz berauscht von dem Erfolg ihrer Mission, die EEG-Messelektroden aus dem Krankenhaus entführt zu haben, während Bradley erschöpft von der Anstrengung schien.

Kieron sah zu Bex hinüber. »Aber das ist eine Standardkopfgröße – das passt jedem.«

»Das meine ich nicht. Ihr habt jetzt die Standardelektroden aus der Klinik, die man am Kopf anbringt. Das ist großartig, aber es ist nur eine Requisite. Nur Staffage. Man kann nicht nur mit einer Requisite in der Hand und einer Idee im Kopf bei einem Hightech-Unternehmen einsteigen. Da braucht es schon etwas mehr.«

Kieron runzelte die Stirn, und Sam fragte: »Was denn zum Beispiel?«

»Okay, erklärt mir eure Idee noch mal. So langsam,

dass jemand, der nicht mit YouTube aufgewachsen ist, es verstehen kann. Dann kann ich euch sagen, was wir noch brauchen.«

Kieron beugte sich vor. »Schall ist eine Welle, nicht wahr? Es ist eine Druckwelle, die sich durch die Luft fortbewegt. Geräusche, die man hört, werden durch den zu- und abnehmenden Druck auf das Trommelfell verursacht.«

»Bin dabei.«

»Stellen Sie sich diese Druckwellen in einer Grafik vor, als Berge und Täler.«

Bex nickte. »Weiter.«

»Jetzt stellen Sie sich vor, Sie könnten ein anderes Geräusch erzeugen, das genau das Gegenteil dieser Grafik darstellt – überall da, wo bei dem einen Geräusch ein Berg ist, ist beim anderen ein Tal. Und umgekehrt.«

»Dann würden sie sich gegenseitig aufheben«, erkannte Bex, die sich das alles bildlich vorstellte. »Es gäbe gar keine Berge – sorry, gar kein Geräusch mehr. Alles wäre flach.«

»Genau.« Kieron wollte schon weitererzählen, doch Sam fiel ihm ins Wort.

»Gehirnwellen sind genauso wie Geräuschwellen, nur dass sie von positiven und negativen elektrischen Strömen erzeugt werden anstatt durch die physische Bewegung von Luftmolekülen. Wenn man sich die Grafik von Gehirnwellen ansieht, sieht sie genauso aus wie eine von Schallwellen. Das Prinzip ist das gleiche.«

»Also«, resümierte Bex, während sie dem Gedankengang folgte, »wenn man eine Gehirnwelle in ein Gehirn bringen kann, die das Gegenteil der existierenden Gehirnwelle ist, dann werden sie sich gegenseitig aufheben.

Das ist eure Theorie? Der Vorteil liegt in der Einfachheit, schätze ich.«

Kieron nickte. »So ist es«, sagte er schnell, bevor Sam ihm wieder zuvorkommen konnte. »Die Frage ist nur: Wie kriegt man eine neue Gehirnwelle in ein Gehirn?«

»Und außerdem«, murmelte Bradley, der mit halb geschlossenen Augen schlapp auf dem Sofa hing, »woher weiß man, dass man das Gehirn nur zeitweilig und nicht ganz abschaltet?«

»Ja, darüber habe ich auch schon nachgedacht.«

Bex musste Kierons schauspielerische Fähigkeiten bewundern. Sie vermutete, dass er nicht halb so selbstsicher war, wie er sich gab.

»Wir verhindern ja nicht, dass das Gehirn Gehirnwellen produziert«, erklärte Kieron seine Theorie. »Wir gleichen sie nur aus, nachdem sie entstanden sind. Wenn wir wieder zu dem Vergleich mit den Geräuschwellen zurückkehren, ist es so, dass die Tuba noch spielt, man sie aber nicht mehr hören kann.«

»Ich hasse Tubas«, stellte Bradley leise fest.

Bex war sich nicht sicher, ob er die Wahrheit sagte, einen Scherz machte oder langsam das Gespür für die Realität verlor. Er richtete sich jedoch etwas auf und fuhr fort: »Wenn du sagst, dass du die Gehirnwellen neutralisierst, gilt das dann auch für die Signale, die das Herz schlagen lassen oder die Lungen sich ausdehnen und zusammenziehen lassen?«

Bex entspannte sich. Bradley wusste also doch noch, worum es ging.

»Wir sagen ja nicht, dass es funktioniert«, gab Sam zu. »Wir sagen nur, dass es so klingen muss, als könnte es funktionieren.«

»Und abgesehen davon«, warf Kieron ein, »haben wir nachgeforscht. Echt jetzt. Das Gehirn produziert viele verschiedene Arten von Gehirnwellen – Alphawellen, Betawellen, Gammawellen, Deltawellen und wahrscheinlich noch einen Haufen mehr. Manche von ihnen stehen mit den bewussten Gedanken in Verbindung – das sind die Alphawellen. Andere verbindet man eher mit autonomen Körperfunktionen wie Herzschlag und Atmung. Das sind dann die Deltawellen oder so was. Wir wollen sie ja nicht alle neutralisieren – nur die, die das bewusste Denken betreffen.«

»Echt jetzt«, wiederholte Bradley, lehnte sich zurück und schloss wieder die Augen. »Mir gefällt die Fachsprache. Das ist so beruhigend.«

»Wir haben ja nicht vor, auch nur *eine* davon auszublenden«, erinnerte Sam sie noch einmal. »Wir *sagen* nur, dass wir es können.« Er zeigte auf das Netz mit den Elektroden in Bex' Hand. »Das da ist sozusagen Mikrofon und Lautsprecher in einem. Wir sagen, wir können es benutzen, um die Wellen aufzuzeichnen, die das Gehirn produziert, um sie dann umgekehrt wieder abzuspielen.«

Bex versuchte sich das vorzustellen. »Also – ihr schießt jemandem so ein Netz über den Kopf und leitet dann Signale rein. Klingt echt kompliziert.«

»Ich habe schon eine Flash-Animation dazu gebastelt, um zu demonstrieren, wie es in Aktion aussieht«, berichtete Kieron. »Macht sich gut.«

»Da bin ich mir sicher.« Bex dachte kurz nach. Sam wollte etwas sagen, doch sie brachte ihn mit einer Handbewegung zum Schweigen. »Okay, so wie ich das sehe, haben wir folgendes Problem: Ihr habt eure Requisite und ihr habt eure Flash-Animation. Das sollte ausreichen, um die Tür ins Goldfinch-Institut aufzustoßen. Das ist der Köder, wenn man es so nennen will. Er lockt den Fisch an. Aber sieh es mal mit den Augen des Fischs. Wenn er dicht genug am Köder dran ist und feststellt, dass da gar kein Wurm dranhängt, schwimmt er wieder weg. Was ist euer Wurm?«

Sam sah sie verwirrt an. »Das verstehe ich nicht.«

Doch Kieron hatte mitgedacht und nickte langsam. »Sie meinen, wenn wir nur mit der Idee vor ihrer Nase herumwedeln, könnten sie sagen: »Coole Idee, Jungs«, uns den Kopf tätscheln und uns nach Hause schicken, um die Idee selbst umzusetzen. Also brauchen wir etwas, was sie *nicht* selbst entwickeln können. Zumindest nicht so schnell. Etwas, wofür sie uns brauchen.«

Bex nickte. »Du brauchst einen Wurm.«

Kieron und Sam tauschten Blicke. Bex war beeindruckt, dass sie manchmal fast Gedanken auszutauschen schienen. Sie mussten gar nichts sagen, sie wussten einfach, was der andere dachte. Das war wirklich eine enge Freundschaft.

»Was wir brauchen, ist ...«, begann Kieron.

»... eine Art mathematische Simulation von Gehirnwellen«, fuhr Sam fort.

»Eine, die mit einem schematischen Herz, Atmungssystem und so weiter verbunden ist«, ergänzte Kieron.

»Auf diese Weise ...«

Kieron unterbrach ihn: »... können wir zeigen, dass die Übertragung einer umgekehrten Gehirnwelle nur die oberste Ebene des Gehirns außer Kraft setzt, während die unteren Ebenen weiterfunktionieren.«

»Wir brauchen eine simulierte Person«, schlossen sie wie aus einem Mund.

»Korrekt.« Bex hatte keine Ahnung, ob es korrekt war

oder nicht, aber es klang überzeugend. »Und woher bekommt ihr so eine?«

Die beiden Jungen starrten einander an.

»Neuronales Netz?«, fragte Sam.

Kieron nickte. »So was in der Art. Lass mich mal nachsehen.« Er setzte die AR-Brille auf und begann mit den Händen zu wedeln und Informationen aus dem Netz zu laden.

Bex sah zu Bradley hinüber. »Wie geht es dir, Brad?«

»Geht so«, antwortete er mit immer noch geschlossenen Augen. »Ich bekomme so kleine Energieschübe, aber dann verschwimmt wieder alles für eine Weile.«

»Hoffentlich bekommt die Ärztin das in den Griff.« Bex versuchte, weniger besorgt zu klingen, als sie tatsächlich war.

»Wann kommt sie denn?«

Bex wand sich ein wenig. »Leider wohl erst, wenn wir schon nach Amerika unterwegs sind. Schaffst du es, sie reinzulassen?«

Bradley grinste. »Vielleicht lade ich Courtney ein. Dann kann sie sie reinlassen.«

Bex wollte schon sagen, dass sie lieber keine Fremden in der Wohnung haben wollte, als ihr klar wurde, dass die Ärztin, die Bradley untersuchen sollte, technisch gesehen eine Fremde war – im Gegensatz zu Courtney. Noch bevor sie diesen verzwickten Gedankengang zufriedenstellend lösen konnte, fuhr Bradley fort: »Hast du schon Kontakt mit SIS-TERR aufgenommen? Hast du die neue Mission angenommen?«

Sie nickte, aber da Bradley die Augen geschlossen hatte, sagte sie: »Ja, ich habe ihnen eine Nachricht geschickt. Nur eine einfache Bestätigung.«

»Und was ist mit dem letzten Job? Dem in Mumbai? Was hast du ihnen darüber berichtet?«

Bex runzelte die Stirn. »Das war schon schwieriger. Ich konnte ja schlecht zugeben, was tatsächlich passiert ist – dass diese Blut-und-Boden-Gruppe die Aktentasche gestohlen hat, dass ich sie verfolgt habe und dabei entdeckt habe, dass sie im Nahen Osten und Pakistan fünf Neutronenbomben zünden wollten, dass ich mich mit einem Multimilliardär eingelassen habe, um die Bomben zu finden, und mich dann auf zwei Teenager verlassen musste, um zu verhindern, dass das Signal zur Zündung gesendet wurde. Ich meine, das wäre einfach zu irre. Selbst wenn sie mir glauben würden – und ich glaube es ja selbst kaum –, sie würden uns fallen lassen wie eine heiße Kartoffel.« Sie seufzte. »Letztendlich habe ich auf die Tatsache zurückgegriffen, dass mein Einsatzbefehl lautete, die Übergabe der Aktentasche mit den Informationen zum Aufenthaltsort der letzten Neutronenbombe zu beobachten. Ich habe gesagt, ich hätte gesehen, wie sie an zwei Westeuropäer mit kurzen blonden Haaren übergeben wurde. Das stimmt ja auch so ziemlich mit der Wahrheit überein. Das, was danach passiert ist, müssen sie ja nicht unbedingt wissen.«

»Nur damit ich Bescheid weiß«, meinte Bradley, »damit ich dir nicht widerspreche, falls ich gefragt werde.«

Bex bemerkte, dass Kieron sie ansah, als wolle er etwas sagen. »Was gibt es, Kieron?«

»An der Universität Newcastle gibt es einen Forscher, der sich mit der Schnittstelle zwischen Gehirn und Körper befasst«, erzählte er. »Er versucht, herauszufinden, ob die Selbstwahrnehmung ein unausweichliches Resultat der Verbindung zwischen Körper und Geist ist oder etwas anderes.«

»Selbstwahrnehmung?«, fragte Bradley nach.

Sam antwortete ihm: »Hunde haben eine Selbstwahrnehmung. Wenn man einen Hund vor einen Spiegel setzt, erkennt er, dass das ein Spiegelbild seiner selbst ist und nicht ein anderer Hund. Setzt man hingegen eine Katze vor den Spiegel, glaubt sie, eine andere Katze zu sehen. Hunde verfügen über eine Selbstwahrnehmung, genauso wie Elefanten und Delfine. Katzen nicht.«

»Und es werden Leute für solche Forschungen bezahlt?«, staunte Bex. »Wir sind ganz offensichtlich in der falschen Branche tätig.«

»Wie auch immer«, fuhr Kieron fort, »dieser Kerl hat ein Gehirn simuliert, das genau solche Gehirnwellen produziert wie ein richtiges Gehirn. Das will er mit verschiedenen mechanischen Armen und Sensoren wie Kameras verbinden, um zu sehen, ob es eine Selbstwahrnehmung entwickelt. Genau das brauchen wir – diese Simulation. Das können wir diesem Todd am Institut dann vorführen.« Er runzelte plötzlich die Stirn. »Es gibt allerdings ein Problem. Die Forschung wird vom Verteidigungsministerium gesponsert. Sie hoffen, damit eine Möglichkeit zu finden, Flugzeuge und Panzer mithilfe von Gehirnströmen anstatt mit Computertastaturen oder Fernsteuerungen zu lenken. Das Labor ist vom Rest der Universität abgetrennt und liegt in einem Hochsicherheitstrakt. Es wird wohl schwierig werden, da hineinzukommen und uns die Simulation zu schnappen.« Er zuckte mit den Achseln. »Andererseits bedeutet das auch, das Goldfinch-Institut hat keinen Zugriff darauf.« Er grinste. »Das ist dann ein Wurm, mit dem sonst niemand angeln kann.«

»Das wird wohl nicht das einzige Problem sein, das ihr bekommt«, warf Bradley ein. Er hob die Hand und tippte sich an den Kopf. »Was ist, wenn dieses simulierte Gehirn tatsächlich ein Gehirn ist – eine wirkliche Intelligenz? Wird das die Sache nicht verkomplizieren?«

Kieron entkräftete den Einwand. »Das ist es aber nicht. Es ist eine Replik – wie ein Synthesizer, der künstlich das Geräusch einer Tuba nachahmt. Es ist keine richtige Tuba und wird auch nie eine sein. Es ist nur die Darstellung davon.« Er sah Sam an. »Stimmt doch, oder?«

»Ich hasse Tubas«, sagte Bradley leise. »Hatte ich schon erwähnt.«

»Und wir werden doch nicht das gesamte Werk dieses Forschers mitnehmen, oder?«, erkundigte sich Bex, wobei sie Bradleys Einwurf ignorierte. »Ich meine, diese Mission ist zwar wichtig, aber ich würde nur ungern die Karriere eines Mannes zerstören.«

Kieron schüttelte den Kopf. »Wir machen nur eine Kopie. Das sind zwar mehrere Terabytes an Daten, aber ich habe eine Festplatte, auf die wir das speichern können.«

Bex seufzte. »Also, nachdem wir gerade etwas aus einem Krankenhaus gestohlen haben, wollt ihr jetzt etwas aus einer militärischen Forschungseinrichtung klauen. Ihr Jungen macht keine halben Sachen, oder? Wo ist das denn?«

»Eine halbe Stunde von hier mit dem Auto.«

Bex schloss kurz die Augen. Das fing an, alles ziemlich kompliziert zu werden. »Und es liegt auf einem Militärstützpunkt?«

»Nein, auf dem Universitätsgelände, aber das Labor selbst hat Alarmanlagen und Sicherheitssysteme.«

»Und wie sieht dein Plan aus, um da reinzukommen und die Daten zu stehlen?«, erkundigte sie sich.

Kieron zuckte mit den Achseln. »Das hängt davon ab. Können wir Ihre Kreditkarte benutzen?«

Zu Kierons Plan gehörte es, zu einem nahe gelegenen Elektronikgeschäft zu fahren. Als Bex sah, was er kaufen wollte – eine kleine Drohne mit fünf Propellern und einer hochauflösenden Kamera mit Fernsteuerung –, hätte sie sich fast geweigert.

»Es ist doch nicht Weihnachten!«, sagte sie und bemühte sich, leise zu sprechen, um nicht die Aufmerksamkeit des Verkäufers hinter der Kasse zu erregen. »Ich kaufe dir kein Spielzeug!«

»Oh«, fiel Kieron ein, während er sie völlig ignorierte und weiter den Gang entlangging, »ich brauche auch noch einen Funktransmitter. Und wir könnten eine 5-Terabyte-Festplatte kaufen. Dann muss ich dafür nicht extra nach Hause.« Er sah sie ein bisschen verlegen an. »Außerdem habe ich da die Downloads von ganz vielen Comics drauf. Die würde ich nur ungern löschen.«

Plötzlich kam Bex ein Gedanke. Sie spähte zu dem Verkäufer hinüber und fragte dann leise: »Moment mal, warum können wir eigentlich nicht mit dem AR-Equipment auf den Rechner dieses Forschers zugreifen und uns die ganze Sache auf diese Weise herunterladen? Dann müssten wir nicht extra in eine gesicherte Einrichtung einbrechen.«

Kieron schüttelte den Kopf. »Aus zwei Gründen. Erstens, weil es technisch gesehen ein Computer des Verteidigungsministeriums ist, das heißt, er ist autark, ohne Verbindung zum Internet oder irgendwelchen Netzwerken, damit er nicht von den Chinesen oder Russen gehackt werden kann. Mit dem AR-Gerät komme ich da nicht rein. Außerdem ist die Bandbreite nicht groß genug, um mehrere Terabyte an Informationen in kürzester Zeit zu speichern. Selbst wenn ich einen Zugang von außen bekommen würde, würde es Stunden dauern, die Daten zu übertragen, und in dieser Zeit könnte alles Mögliche passieren. Der Forscher könnte merken, dass wir uns eingeloggt haben, ein Alarm könnte losgehen, der Computer könnte abgeschaltet werden oder sogar abstürzen – alles wäre möglich. Mit dem AR-Zeug kann ich seine Passwörter oder mögliche Verschlüsselungen umgehen, aber danach ist es, als würde man versuchen, einen Swimmingpool voller Daten in einen Eimer zu kriegen.«

»Daher …«, sagte Bex und deutete auf den Einkaufskorb.

Kieron nickte. »Genau.«

Sam kam um die Ecke zu ihnen. Als er die Drohne sah, meinte er nur: »Oh, schick!«

»Was hast du da hinter deinem Rücken?«, wollte Bex misstrauisch wissen, weil ihr auffiel, dass er seltsam verkrampft dastand.

»Hinter meinem … oh, das?« Er streckte seine Hand nach vorn, in der er eine Schachtel hielt.

»Was ist das?«, fragte Bex.

»Das ist eine Game-Capture-Karte«, erklärte Kieron, da Sam nicht antwortete. »Man braucht sie, um Computerspiele aufzuzeichnen, die man spielt, damit man sie hochladen und bei YouTube einstellen kann, um andere Leute zusehen zu lassen.«

»Na, das ist echt die Höhe«, meinte Bex kopfschüttelnd. »Das Letzte auf dem Feld des Passivsports: Kids, die anderen Kids zusehen, wie sie Computerspiele spielen, anstatt selbst zu spielen. Das ist ja noch fauler, als Fußball zu schauen, anstatt selbst zu spielen!«

Kieron und Sam schenkten ihr einen Blick, der ihr verdächtig nach Mitleid aussah.

»Das verstehen Sie nicht«, behaupteten sie gleichzeitig, und Sam fügte leise hinzu: »Warum sollte sich jemand Fußballspiele ansehen wollen?«

Von dem Geschäft aus fuhren sie direkt zum Universitätsgelände. Kieron hatte noch ein Schnellladegerät für Akkus in den Einkaufskorb geworfen und lud damit die Akkus der Drohne, während Bex fuhr. Der Campus der Universität lag außerhalb von Newcastle, schon fast auf dem Land. Es war zum größten Teil offenes Gelände, und Bex fuhr langsam die Straße entlang, die um den Campus herumführte, während sie darauf wartete, dass Kieron ihr sagte, wo sie anhalten sollte. Überall waren Studenten. Gruppen, Händchen haltende Pärchen und Einzelpersonen, die sich beeilten, zu ihren Vorlesungen zu kommen.

Bex warf einen Seitenblick auf Kieron, der die Studenten mit wehmütigem Ausdruck ansah.

»Hast du schon mal daran gedacht, aufs College zu gehen?«, fragte sie leise.

»Daran gedacht schon«, gab er zu, »aber zuerst mal muss ich meinen Schulabschluss machen. Und dann weiß ich nicht, was ich studieren soll.« Er zuckte mit den Achseln. »Aber selbst wenn ich es wüsste, ich bin nicht sicher, ob ich mit diesem Lebensstil klarkommen würde. Wissen Sie, ich bin nicht der gesellige Typ. Ich bevorzuge meine eigene Gesellschaft und die einiger weniger Freunde.« Er deutete mit dem Daumen nach hinten. »Wie ihn.«

»Vielleicht will Sam ja auch aufs College. Und selbst wenn nicht, dann gibt es dort noch andere Menschen wie dich – Menschen, die …«, … sozial inkompetent sind, hatte sie sagen wollen, hielt sich aber im letzten Moment noch zurück. Das klang so klinisch, so hart. »... die nur ein paar wirklich gute Freunde haben anstatt einen Haufen beliebiger Bekannter«, beendete sie ihren Satz ein wenig lahm.

»Vielleicht«, erwiderte er achselzuckend und sah zur Seite.

Bex war sich nicht sicher, ob sie ihn noch weiter drängen sollte. Doch noch bevor sie etwas sagen konnte, deutete er aus dem Fenster.

»Da entlang«, sagte er und zeigte auf eine Straße, die vom Universitätsgelände wegführte.

Ein paar Minuten später standen sie auf einem halb leeren Parkplatz. Von der Straße aus musste man durch eine Schranke fahren, aber da sie offen war, konnte Bex ungehindert auf den Parkplatz einbiegen. Sie stellte den Wagen an einer Stelle ab, wo keine anderen Autos in der Nähe standen und wo sie außerdem von ein paar Bäumen abgeschirmt wurden.

Hinter einem Maschendrahtzaun auf der anderen Seite des Parkplatzes lag ein einstöckiges Gebäude. Oben auf dem Zaun glänzte scharfer Stacheldraht in der Sonne. Ein Stück weiter sah Bex eine Drehkreuztür im Zaun mit einem Kartenleser. Auf das Drehkreuz war eine Kamera gerichtet, die wohl aufzeichnen sollte, wer das Gelände betrat oder verließ.

»Bist du bereit?«, fragte Bex Kieron.

»Bereit«, bestätigte er. »Machen Sie einfach nur das Fenster auf.«

Sie tat es und er hielt die Drohne raus. »Sam, bereit?«

»Bereit«, kam es zurück. Sofort stieg die Drohne von Kierons Hand in die Luft. Mit Kabelbindern hatte er die

Festplatte daran befestigt. Außerdem hatte er einen Plastikstreifen von der Verpackung der Drohne so angebracht, dass das USB-Kabel der Festplatte wie eine Lanze nach vorne stand. Oder wie ein Stachel.

»Du glaubst doch wohl nicht, dass irgendjemand dieses Ding durch die Vordertür reinlässt?«, fragte Bex. Doch eigentlich hatte sie eine ziemlich genaue Vorstellung davon, was er tun würde – oder zumindest davon, was sie unter diesen Umständen tun würde. Sie wollte nur wissen, ob er das alles durchdacht hatte.

»Es ist warm heute«, erwiderte Kieron und sah der Drohne nach, die Sam durch die Luft steuerte, niedrig und im Schatten der vielen Bäume und Büsche. »Die Fenster stehen offen. Das kann man sehen. Wir sollten die Drohne durch das Fenster ins Labor steuern können.«

Bex runzelte die Stirn. Als die Drohne sich nach oben schwang, über den Zaun flog und sofort wieder nach unten tauchte, um zwischen ein paar großen grünen Mülltonnen in Deckung zu gehen, sagte sie: »Aber wenn das Fenster offen ist, könnte der Forscher drinnen sein. Dann sieht er die Drohne sofort, wenn sie hereinkommt.«

»Daran haben wir auch gedacht«, sagte Kieron.

Er streckte die Hand nach hinten aus. »Gib mir das Tablet.«

Sam reichte ihm das Tablet, mit dem er die Drohne steuerte und das das Bild aus der HD-Kamera zeigte, machte dann die Tür auf und schlüpfte hinaus. Geduckt lief er zu einem der Fahrzeuge, die in der Nähe des Zauns standen.

»Ist ihnen schon mal aufgefallen«, fragte Kieron leicht abgelenkt dadurch, dass er die Drohne um eine Ecke steuern musste, wobei er sich auf die Bilder verließ, die

die Kamera ihm zeigte, »dass Sie, wenn die Alarmanlage von Ihrem Auto losgeht, immer genau wissen, dass es *Ihr* Wagen ist und kein anderer? Courtney kann sogar noch von ihrer Wohnung im vierten Stock aus ihre Alarmanlage von anderen unterscheiden. Und außerdem kann sie die Treppe glatt in dreißig Sekunden hinuntersausen, bevor irgendein Dieb die Chance hat, abzuhauen.« Er grinste. »Sam hat erzählt, er hätte gesehen, wie sie ein paar Autodiebe die Straße entlanggejagt und mit Steinen beworfen hat, bis sie außer Reichweite waren.«

Sam war mittlerweile bei einem bestimmten Auto angekommen. Er sah sich um, ob ihn jemand beobachtete, bückte sich dann und hob einen dicken Ast auf, der von dem Baum über ihm heruntergefallen war. Dann stellte er sich breitbeinig hin, holte aus wie ein amerikanischer Baseballspieler, der sich anschickt, einen Ball zu treffen, und schlug kräftig zu. Der Ast landete im Kühlergrill des Wagens und augenblicklich wurde die friedliche Stille auf dem Parkplatz von dem schrillen elektronischen Heulen der Alarmanlage des Autos zerrissen. Sam zog sich in den Schatten des Baumes zurück, ließ den Ast fallen und schlüpfte dann an den Büschen entlang wieder zu Bex' Auto.

»Wartet ein paar Minuten«, riet er, als er einstieg.

»Das ist doch das richtige Auto, oder?«, fragte Bex.

»Nach den Informationen, die ich über den Forscher gefunden habe, ja«, antwortete Kieron. »Das ist sein Auto. Eindeutig.«

»Dann wollen wir mal hoffen, dass er den Wagen nicht in den letzten Tagen einem Kollegen verkauft hat.«

Kieron grinste. »Ist trotzdem noch seine Alarmanlage«, war er überzeugt. »Die vergisst er so schnell nicht. Rauszukommen ist fast wie ein Reflex.« Abwesend sah er aus dem Fenster und erzählte: »Meine Mutter hat gesagt, dass sie, als ich mit zwanzig oder dreißig Kindern im Kindergarten war, immer wusste, ob ich weinte. Wenn sie mich abholen kam und jemanden weinen hörte, wusste sie sofort, ob ich es war oder nicht.« Der abwesende Ausdruck verschwand aus seinem Gesicht und wich der Aufregung. »Sehen Sie? Da ist er!«

Tatsächlich kam ein Mann in Cordhosen und einem weit ausgeschnittenen T-Shirt den Weg entlang, der vom Forschungsgebäude zum Sicherheitstor im Zaun führte. In der Hosentasche kramte er nach dem Autoschlüssel.

»Und los geht's«, sagte Kieron und strich mit den Fingern über das Tablet.

Bex sah, wie sich das Bild auf dem Monitor änderte. Bislang hatte die Drohne dicht über dem Boden unter einem der Fenster geschwebt, doch jetzt stieg sie auf. Soweit die Kamera es überblicken konnte, war der Raum leer. Vorsichtig lenkte Kieron die Drohne hinein. Bex sah mehrere große Computer sowie Tafeln mit Diagrammen und Gleichungen und ein Regal voller Bücher, Zeitschriften und mit Papieren vollgestopfte Akten.

Der Forscher war mittlerweile durch das Drehkreuz gekommen. Mit dem Autoschlüssel schaltete er die Alarmanlage aus und sah sich misstrauisch um.

Kieron manövrierte die Drohne zu einem der Computer.

»Woher weißt du, dass das der richtige ist?«, wollte Bex wissen.

»Seine Jacke hängt am Stuhl.« Das USB-Kabel, das von oben in das Bild aus der Kamera ragte, wackelte leicht, wenn sich die Drohne bewegte, aber es zielte auf einen leeren USB-Anschluss an dem Rechner. »Außerdem ist er als Einziger eingeschaltet«, fuhr Kieron fort.

»Und wie willst du die Datei finden?«, erkundigte sich Bex. »Ich meine, du kannst mit der Drohne ja kaum die Tastatur bedienen, egal, wie gut du bist.«

»Muss er auch nicht«, erwiderte Sam von hinten. »Das mobile Laufwerk hat eine automatische Back-up-Funktion. Das macht es leichter für Leute, die keine Computerexperten sind – wie wir. Man schließt es an, und es saugt einfach alles auf, was es findet.« Er schniefte leicht. »Habe ich auf dem Weg hierher konfiguriert.«

Auf dem Bildschirm beobachteten sie, wie Kieron den USB-Stecker mit der Drohne manövrierte. Er brauchte ein paar Versuche, aber schließlich berührte er damit die Schnittstelle.

»Jetzt hoffen wir mal, dass diese Propeller genug Power haben, um das Ding richtig reinzustecken.«

»Und es dann auch wieder rauszuziehen«, bemerkte Sam. »Vergesst den Teil nicht.«

Auf dem Parkplatz untersuchte der Forscher jetzt sein Auto auf mögliche Schäden oder kaputte Scheiben.

»Ich hab's!«, rief Kieron, als der USB-Stecker in die Buchse glitt. »Ich kann aber nicht sehen, ob das Laufwerk tatsächlich ein Back-up macht. Hoffentlich hast du es richtig konfiguriert.«

»Mach dir lieber Sorgen um deinen eigenen Kram«, murrte Sam. »Ich habe meinen Job gemacht.«

»Wie lange wird der Transfer denn ungefähr dauern?«, fragte Kieron.

Sam überlegte einen Moment. »Weniger als eine Minute«, sagte er.

Der Forscher sah sich noch ein letztes Mal um, schloss

dann das Auto wieder ab und ging zurück zu dem Drehkreuz.

»Mir ist gerade etwas eingefallen«, bemerkte Sam. Es klang, als müsse er sich bemühen, besonders locker und unbekümmert zu klingen.

»Und das wäre?«, fragte Kieron.

»Wir wissen nicht genau, wann der Transfer abgeschlossen ist.«

Kieron fluchte leise. »Du hast gesagt, es dauert eine Minute! Weniger als eine Minute, hast du gesagt!«

»He, das war eine Schätzung! Ich könnte mich irren.«

»Und was passiert, wenn wir den Stecker zu früh ziehen?«

Sam zuckte mit den Achseln. »Das kommt drauf an. Es könnte sein, dass wir nicht alle Dateien haben. Oder die Festplatte wird beschädigt.«

Der Forscher war mittlerweile durch das Drehkreuz und hatte das Gebäude fast erreicht. Da öffnete sich die Tür, ein Mann in der Uniform eines Security-Mitarbeiters erschien und ließ den Forscher ein. Bevor er hineinging, wechselten sie ein paar Worte.

»Ich werde jetzt den Stecker ziehen«, verkündete Kieron.

»Warte!«, kreischte Sam. »Warte noch ein paar Sekunden!«

Kierons Finger schwebten über der Oberfläche des Tablets. Offensichtlich war er hin- und hergerissen zwischen dem, was er für das Beste hielt, und dem, was Sam sagte.

»Nur noch ein bisschen!«, drängte Sam.

Bex schüttelte entschieden den Kopf. »Hol sie sofort da raus. Wenn er in sein Labor zurückkommt und die Drohne sieht, sind wir erledigt.«

Kieron nickte und tippte auf den Bildschirm des Tablets, um die Drohne vom Computer abzukoppeln. Das Display zeigte, wie sie langsam zurückfuhr, das USB-Kabel problemlos aus dem Anschluss zog und beim Rückzug mehr und mehr vom Computer und dem Labor zeigte.

Plötzlich erschollen aus dem Gebäude innerhalb des Drahtzauns laute Alarmsirenen.

Bex ließ den Wagen an.

Kieron zeichnete einen großen Kreis auf dem Tablet. Die Drohne drehte sich um und zeigte verschwommene Ansichten der Regale und Tafeln, bevor sich die Kamera auf die Tür scharf stellte.

Dort stand der Forscher. Sein Gesicht drückte ungläubiges Staunen aus, doch seine Hand lag auf einem Alarmknopf in einer Box neben der Tür.

»Wir verschwinden hier«, befahl Bex, der ein plötzlicher Adrenalinstoß wie Flammen durch die Adern schoss. Ihr Herzschlag erhöhte sich und ihr wurde plötzlich schlecht. Wie immer verging das Gefühl schnell wieder. Sie legte den Rückwärtsgang ein, legte den Fuß aufs Gaspedal und ließ die Kupplung kommen, bis der Motor reagierte. Langsam rollte der Wagen zurück.

Sie sah zum Gebäude, wo gerade die Tür aufging und mehrere uniformierte Männer herausstürmten. Unsicher sahen sie sich um. Einer von ihnen sah das Auto und rief etwas. Bex konnte zwar nicht verstehen, was er sagte, doch ihr war klar, was er wollte. Er wollte, dass sie anhielten.

Sie sah auf das Tablet in Kierons Hand, während sie automatisch den ersten Gang einlegte und in einem weiten Bogen aus ihrer abgelegenen Parklücke auf die Schranke zufuhr. Der flüchtige Blick auf den Monitor sagte ihr, dass

Kieron die Drohne erfolgreich durch das offene Fenster gesteuert hatte. Sie sah blauen Himmel und ein flaches Asphaltdach.

Die Schranke!

Sie senkte sich schnell herab.

Instinktiv hieb sie den Fuß aufs Gas und schaltete einen Gang höher. Das Auto machte einen Satz, dass Kieron in den Sitz gepresst wurde. Bex hörte Sam hinter ihr unterdrückt fluchen, weil er unversehens mit dem Kopf gegen seine Kopfstütze geknallt war.

Die Schranke war jetzt halb unten – eine dicke schwarze Diagonale vor dem klaren blauen Himmel. Im Rückspiegel sah sie die Securityleute auf sie zurennen, um sie abzufangen. Das Drehkreuz stand nun aufgrund einer Notfalleinstellung weit offen.

Das Auto war halb durch die Schranke, als sie auf das Dach knallte. Das Kreischen von Metall auf Metall ließ Bex' Zähne schmerzen, als hätte sie auf ein Stück Alufolie gebissen. Das Auto schleuderte, stockte und riss sich dann los, um in einer Kurve über den Asphalt zu schlittern und eine qualmende schwarze Gummispur zurückzulassen.

»Langsamer!«, verlangte Kieron.

»Ich werde *nicht* langsamer!«, schrie Bex zurück. »Wie kommst du darauf?«

»Wegen der Drohne!«, rief er.

Bex sah zur Seite. Die Drohne befand sich auf halbem Weg zwischen dem Gebäude und ihnen. Das USB-Kabel hatte sich aus den Kabelbindern gelöst und hing im Fahrtwind flatternd herab.

»Sam«, befahl Bex, »mach das Fenster auf. Kieron, steuer das Ding zu uns. Ich fahre so langsam wie möglich, werde aber nicht riskieren, dass wir geschnappt werden. Diese Wachen werden gleich zum Telefon greifen. Wir müssen schleunigst hier weg.«

Sie fuhr so langsam, wie sie es wagen konnte. Wenn die Security-Leute sich das Kennzeichen nicht gemerkt hatten und wenn sie sie im dichten Verkehr einer Hauptstraße abhängen konnte, dann könnten sie es schaffen. Das Auto würden sie später stehen lassen, da es sicher von einer Überwachungskamera aufgenommen worden war. Im Augenblick mussten sie sich nur darauf konzentrieren, so weit wie möglich wegzukommen.

Die Drohne schwebte neben ihnen. Sie flog so schnell wie möglich und schwankte unbeständig.

»Bring sie durch das Fenster rein!«, schrie Sam.

»Kann ich nicht!«, schrie Kieron panisch zurück. »Wenn ich versuche, sie seitwärts zu steuern, verliert sie an Geschwindigkeit. Sie fliegt so schon so schnell wie möglich, um mit uns mitzuhalten.«

Über das Motorengeräusch und den durch das Fenster pfeifenden Fahrtwind hörte Bex Sam verärgert seufzen. Dann spürte sie, wie er auf dem Rücksitz herumrutschte. Sie sah in den Seitenspiegel, ob ihnen jemand folgte. Einen Moment lang sah sie nur die leere Straße hinter ihnen, doch dann wurde ihr die Sicht von Sams Kopf und Oberkörper versperrt. Er kletterte aus dem hinteren Fenster!

»Was zum Teufel machst du da?«, schrie sie.

»Was ich tun muss!«, rief er zurück. Mit einem Arm hielt er sich am Auto fest und setzte sich auf das offene Fenster. Mit der freien Hand griff er nach der Drohne über ihnen.

»Schalt die Motoren ab!«, rief er Kieron zu. »Ich hab sie!«

Gleich darauf zog er sich wieder ins Innere und hielt die Drohne triumphierend hoch. Beim Rückzug durch das Fenster waren zwei der Rotoren beschädigt worden, aber das vor allem wichtige Festplattenlaufwerk hing noch unter der Drohne.

Atemlos keuchte er: »Können wir so etwas bitte nie, nie wieder machen?«

KAPITEL 5

Als Kieron nach Hause kam, saß seine Mutter mit einem Glas Wein auf dem Sofa. Ihren Mantel hatte sie einfach über einen Stuhl geworfen und ihre Schuhe lagen achtlos mit den Sohlen nach oben und zeigten in unterschiedliche Richtungen.

Als er hereinkam, riss sie ihre Aufmerksamkeit von der Nachrichtensendung los, die sie gerade sah, und blickte ihn fragend an. Ihr leicht glasiger Blick sagte ihm, dass sie bereits ein großes Glas Wein getrunken hatte. Möglicherweise sogar zwei. Das war für die Abende, an denen sie nicht bis spät in die Nacht arbeitete, ziemlich normal. Er brachte es nicht über sich, ihr deswegen Vorwürfe zu machen. Sie arbeitete hart, um den Kredit für die Wohnung abzubezahlen und die Lebensmittel sowie seine Kleidung, sein Telefon, seinen Computer und alles andere. Seit sein Vater sie verlassen hatte, übernahm sie alle Überstunden, die sie kriegen konnte, um den Haushalt am Laufen zu halten, und das bedeutete, dass er sie kaum zu Gesicht bekam. Er war nicht wütend darüber – jedenfalls nicht auf seine Mutter. Vielleicht auf seinen Vater, ein bisschen zumindest. Aber hauptsächlich machte es ihn traurig. Und es bestärkte seine Entschlossenheit, einen Job zu finden (sobald sich einer bot, bei dem es nicht um niedere Dienste in einem Laden ging), um etwas zu den Finanzen beizutragen, damit seine Mutter ein wenig mehr Freizeit hatte. Vielleicht hatte Sam ja recht, dachte er – vielleicht könnten sie wirklich jemanden für diese nichttödliche Gehirnwellenwaffe interessieren, der ihnen die Idee abkaufte.

»Kieron?«, fragte seine Mutter. »Was ist mit deiner Lippe passiert?«

Zuerst verstand er gar nicht, wovon sie redete. Er hob die Hand, um zu sehen, ob da Blut war oder Essensreste oder so was. Dann fühlte er die Piercings in seiner Unterlippe und ein plötzliches Schuldgefühl durchzuckte ihn. Er hatte es ihr nicht gesagt! Er hatte sie nicht einmal gefragt! Vor ein paar Stunden hatte er sich noch so erwachsen gefühlt, doch jetzt war er wieder ein kleines Kind, das zu erklären versuchte, wie die Vase umgefallen war oder wie die Wachsmalstiftbilder an die Wand gekommen waren.

»Äh«, sagte er, »ich habe mir Piercings machen lassen.«

»Das sehe ich.«

»Ich hätte dich wohl erst fragen sollen.«

»Du hättest mich definitiv zuerst fragen sollen.«

Er spürte, wie seine Wangen vor Verlegenheit brannten. »Sorry – ich hatte sie mir nur so sehr gewünscht.«

Die lange Stille, die entstand, ließ ihn sich noch unbehaglicher fühlen. Seine Mutter starrte die Piercings nur mit leichtem Stirnrunzeln an.

»Hat es wehgetan?«, fragte sie schließlich.

»Ein kleines bisschen«, gab er zu.

»Wie hast du dir das leisten können?«

»Ich habe gespart.«

»Und wegen deines Alters hast du gelogen?«

Er wand sich. »Ja.«

Wieder schwieg sie eine Weile, dann sagte sie: »Steht dir gut.«

»Echt?« Er konnte kaum glauben, was er hörte.

»Doch, wirklich. Ich meine, ich würde mich nicht so anziehen wie du, aber wenn ich es täte, dann würde ich mir wahrscheinlich genau solche Piercings stechen lassen.«

»Man nennt sie Snakebites.«

»Sicher.« Sie legte den Kopf schief. »Bitte sag mir, dass du dir nicht auch noch Tattoos hast machen lassen!«

»Keine Tattoos. Versprochen.«

»Falls du je darüber nachdenkst, dass du ein Tattoo haben willst, sprich erst mit mir. Ich kann dir ein paar persönliche Horrorstorys darüber erzählen.«

»Du hast Tattoos?«, fragte er verblüfft.

Sie nickte. »Seit ich sechzehn war.«

Kieron traute seinen Ohren nicht. »Wo denn?«

Sie zog eine Augenbraue hoch und er sah weg.

»Okay, schon gut«, sagte er. Und da die Dinge gerade so gut liefen, entschloss er sich, aufs Ganze zu gehen. »Mum, kann ich nach Amerika fliegen?«

»Wie bitte?« Sie schüttelte den Kopf. »Einen Moment lang habe ich wirklich geglaubt, du hättest gefragt, ob du nach Amerika fliegen kannst.« Sie warf einen Blick auf das Glas in ihrer Hand. »Das Zeug muss stärker sein, als ich dachte.«

»Nein, im Ernst! Darf ich nach Amerika fliegen?«

Sie seufzte. »Oh, Kieron, das haben wir doch schon öfter besprochen. Alles Geld, das ich verdiene, brauchen wir, um diese Wohnung zu halten und für Essen und alles Notwendige. Ich wünschte, ich würde genug verdienen, dass wir Urlaub im Ausland machen können, aber das tue ich nicht. Ich werde mich umsehen, ob es in Newcastle vielleicht einen anderen Job für mich gibt, einen, der besser bezahlt wird. Oder ich marschiere ins Büro meiner Chefin und bitte um eine Gehaltserhöhung. Man weiß ja nie – vielleicht klappt es. Aber schraub deine Hoffnungen nicht zu hoch, mein Junge.«

»Nein, ich meinte nicht, dass wir Urlaub machen.« Er wedelte mit der Hand, um anzudeuten, dass etwas Überraschendes und Erfreuliches passiert war. »Da gab es so ein Preisausschreiben. Im Plattenladen hatten sie Flyer dazu mit einer Webseite. Man sollte sich einen Titel für das neue Lethal-Insomnia-Album ausdenken. Der Titel, der der Band am besten gefällt, gewinnt, und der, der ihn erfunden hat, bekommt eine All-inclusive-Reise nach Amerika, um zuzusehen, wie sie das Album aufnehmen.« Er machte eine kleine Kunstpause und verkündete dann: »Ich habe gewonnen!«

Seine Mutter riss die Augen auf, und einen Moment lang fürchtete er, sie würde ihren Wein verschütten. Hastig nahm sie einen großen Schluck.

»Im Ernst? Natürlich ist es dein Ernst. Du hast tatsächlich einen Wettbewerb gewonnen!«

»Ja, habe ich«, lächelte er.

»Ich bin ja so stolz auf dich! Ich glaube nicht, dass ich schon jemals etwas gewonnen habe. Ich dachte immer, wir seien eine glücklose Familie, weil uns nie etwas Gutes passiert. Und jetzt eine Reise nach Amerika! Ich meine, ich hätte ein Exemplar des Albums erwartet oder eine Erwähnung im Impressum, vielleicht sogar ein VIP-Ticket für das nächste Konzert in England, aber dich gleich nach Amerika fliegen zu lassen?« Sie fächelte sich mit der Hand Luft zu. »Mir wird ganz schwach!«

»Hol mal Luft«, forderte Kieron sie auf.

»Das wird die aufregendste Erfahrung deines ganzen Lebens!«, versprach seine Mutter ihm. »Du brauchst neue Sachen, eine neue Zahnbürste und Gepäck. Ich glaube, dein Vater hat die großen Koffer mitgenommen, als er gegangen ist – was wahrscheinlich gut war, denn sonst hätte ich ihn umgebracht, klein gehackt und darin zur nächsten Müllkippe gebracht.« Sie berührte ihn leicht am Arm. »Keine Sorge, ich mache nur Spaß. Ich hätte keine guten Koffer für die Beseitigung seiner Leiche verschwendet.« Ihr Gesicht, das ungefähr fünf Jahre jünger geworden war, da freudige Überraschung ihre üblichen Sorgenfalten ersetzt hatte, nahm wieder das Aussehen an, das Kieron nur zu gut kannte. »Oh, Moment! Das ist nicht wahr, stimmt's? Das kann nicht wahr sein!«

Kieron verspürte einen Anflug von Panik. Was hatten sie vergessen? Wodurch hatten sie sich verraten?

»Ich habe schon von so etwas gehört«, fuhr seine Mutter beherrschter und leiser fort. »Man nennt so etwas ›Phishing‹, nicht wahr? Das haben sie in der Zeitung erklärt. Die setzen eine falsche Webseite auf, um nichts ahnende Teenager anzulocken. Und wenn sie die Kids am Haken haben, sollen sie irgendwo zu einem harmlosen Treffen gehen, wo sie dann aber entführt werden und ihnen entsetzliche Dinge passieren. Also, Kieron, es tut mir wirklich leid, dir das sagen zu müssen, aber ich glaube, das ist eine Falle. Man hat dich reingelegt.«

Die Welle der Panik ebbte ab, aber sie lauerte noch im Hintergrund.

»Ich glaube nicht«, antwortete er und versuchte, so ruhig und vernünftig wie möglich zu klingen. Er wollte jetzt wirklich keinen Streit anfangen. Das würde nur schlecht für ihn ausgehen. »Der Wettbewerb ist auf der Webseite des Aufnahmestudios und auch auf der der Band ausgeschrieben – und das ist ein sehr bekanntes Label, kein windiges Unternehmen. Hier, ich zeige es dir. Gib mir mal dein Tablet.«

Seine Mutter griff unter ein Sofakissen und zog ihr Tablet hervor. Zögernd reichte sie es ihm und sagte: »Diese Seiten können gefälscht sein, weißt du? ›Spoofing‹ nennt man das. Bei der Arbeit haben sie uns davor gewarnt. Eine der Finanzassistentinnen ist vor ein paar Monaten auf so etwas hereingefallen. Sie bekam per E-Mail eine Rechnung über zehntausend Pfund. Sie hat die Firma im Internet überprüft, und sie schien legal zu sein, daher hat sie die Rechnung beglichen. Aber es war ein Trick. Jemand anderes hatte die Arbeit ausgeführt und sie hat die falsche Firma bezahlt. Als die Polizei versucht hat, sie aufzuspüren, haben sie die Webseite geschlossen und sind untergetaucht.« Wieder berührte sie seinen Arm. »Ich will nicht, dass dir auch so etwas passiert.«

»Ich habe keine zehntausend Pfund«, bemerkte er, rief den Browser auf und gab die Adresse der falschen Webseite ein, die Bex aufgesetzt hatte. Seine Mutter hatte recht – das ging viel zu leicht.

»Du weißt genau, was ich meine. Schlimme Dinge eben.«

Kieron reichte ihr das Tablet zurück. »Da, sieh es dir an.«

Seine Mutter runzelte die Stirn. »Warte mal – ich hab's doch eigentlich passwortgeschützt!«

»Ist es auch. Aber du nimmst immer meinen Geburtstag als Passwort.«

Sie seufzte: »Du bist viel zu schlau. Ich weiß wirklich nicht, von wem du das hast. Von deinem Vater bestimmt nicht.« Sie sah sich die Webseite an. »Das sieht schon ziemlich authentisch aus, aber wie soll ich das wissen? Diese Leute sind clever. Tut mir leid, Kieron, aber ich bin noch nicht überzeugt.«

Zeit, die schweren Geschütze aufzufahren, fand Kieron. »In der E-Mail, in der sie mir mitgeteilt haben, dass ich gewonnen habe, stand, dass sie die Einzelheiten schriftlich bestätigen wollen. Vielleicht ist dieser Brief ja schon heute Morgen angekommen?«

»Willst du mal nachsehen gehen?«, fragte sie unsicher.

Kieron rannte zur Haustür und hob den Brief auf, den er auf die Fußmatte gelegt hatte, als er vor zehn Minuten heimgekommen war. Bradley und Bex hatten ihn vor einer Stunde geschrieben, ausgedruckt und in einen Umschlag gesteckt. Er hatte sich zu mehreren anderen Briefen gesellt, die seine Mutter dort hatte liegen lassen. Er wusste nur zu gut, dass sie dazu neigte, die Post liegen zu lassen, bis man beinahe darüber stolperte, und erst dann die Umschläge öffnete und sich leise über ihren Inhalt beschwerte.

»Hier: ›Eltern oder Vormund von Kieron Mellor‹ – das bist doch du, oder? Mach auf!«

Seine Mutter wog den Brief in der Hand. »Hochwertiges Papier«, stellte sie fest. Mit einem Fingernagel riss sie den Umschlag auf. Darin befanden sich mehrere Bogen Papier. Sie nahm sie heraus und begann zu lesen.

»Sehr höflich«, murmelte sie, als sie die Seiten überflog. »Das ist kein Formbrief. Auch Grammatik und

Rechtschreibung sind in Ordnung. Die falschen E-Mails, in denen steht, dass einem jemand zehntausend Dollar überweisen will, wenn man ihnen seine Bankdaten durchgibt und eine Bearbeitungsgebühr von zehn Dollar bezahlt, sind immer furchtbar schlecht geschrieben. Ich frage mich oft, ob das deshalb ist, um die allzu misstrauischen Leute gleich auszusieben und nur mit den Idioten weiterzuarbeiten, die wahrscheinlich darauf hereinfallen. Also, ja, das ist von dem Plattenlabel, und hier steht, dass du den Wettbewerb um den nächsten Namen für das neue Album der Band Lethal Insomnia gewonnen hast – der erste Preis ist eine All-inclusive-Reise nach Albuquerque, um die Band zu treffen und bei den Aufnahmen dabei zu sein.« Sie sah ihn an. »Wie heißt denn der Titel? Hoffentlich war es nichts allzu Schreckliches. Ich kenne doch die Musik, die du so hörst.«

Kieron starrte sie entsetzt an. Bei all der Planung und den Vorbereitungen und all den Mühen mit dem Einrichten der Webseite und dem Verfassen des Briefes und dem Entwurf der Geschichte, die sinnvoll und schlüssig sein musste, hatten sie das Einfachste außer Acht gelassen – sie hatten nicht an seinen Gewinnerbeitrag gedacht! Er musste sich schnell etwas ausdenken, sonst würde seine Mutter glauben, dass das alles nur eine Falle war. Er konnte nicht behaupten, er hätte den Titel vergessen – so etwas Wichtiges vergaß man nicht. Aber wie sollten Lethal Insomnia ihr neues Album nennen? Was für ein Titel würde zu ihnen passen?

Schnell suchte er nach ein paar Ideen, doch alles, was ihm einfiel, war entweder langweilig, dumm oder zu offensichtlich.

»Komm schon«, forderte seine Mutter ihn auf. »Du

kannst es mir sagen. Nur keine falsche Bescheidenheit. Schließlich wird es sowieso bald jeder wissen.«

»Sakkaden«, stieß er plötzlich hervor. Er hatte keine Ahnung, wie er gerade auf dieses Wort gekommen war. Es war ihm einfach so eingefallen.

»Sakkaden?«, fragte seine Mutter nach. »Was bedeutet das denn?«

»Das ist der medizinische Ausdruck für die winzigen willkürlichen Augenbewegungen«, erklärte Kieron, dem gerade noch eingefallen war, was das war. »Wenn man etwas ansieht, wenn man zum Beispiel bei einem Gespräch jemandem in die Augen sieht, dann wandert der Blick eigentlich unwillkürlich über ein kleines Gebiet und nimmt dabei alle möglichen anderen Details auf, die einem gar nicht bewusst werden. Ich fand, dass das ein gutes, interessantes Wort ist, und es gibt keine anderen Alben mit diesem Namen. Auf so etwas muss man bei einer Band achten: Es bringt nichts, ein Album *Live in Newcastle* zu nennen, wenn es schon sechzehn verschiedene andere *Live in Newcastle*-Alben gibt.«

»Wow«, machte seine Mutter beeindruckt. »Du weißt so viel mehr als ich. Wie kriegst du nur all das Wissen in deinen Kopf?«

»Manchmal wünschte ich, ich könnte das nicht«, gab er erleichtert zu.

Seine Mutter wandte sich wieder dem Brief zu. Es war seltsam, ihr zuzusehen. Sie bewegte zwar nicht die Lippen, wie Sam es tat, wenn er etwas las, aber ihre Augenbrauen zuckten leicht auf und ab, und sie machte die Augen weiter auf oder kniff sie zusammen, während sie die Worte auf dem Papier las und verarbeitete.

»Eigentlich sieht das ganz okay aus«, fand sie schließlich. »Die Frau, die das geschrieben hat – Chloe Gibbons heißt sie –, arbeitet wohl in der PR-Abteilung des Labels und sagt, ich könne sie jederzeit anrufen. Sie sagt, sie weiß, wie überraschend das kommt und dass alle vernünftigen Eltern misstrauisch sein würden. Sie würde gern nach Newcastle kommen und mir beim Mittagessen alles erklären.« Sie nickte. »Ich muss schon sagen, ich mag sie jetzt schon.«

Chloe Gibbons – das war natürlich Bex, die gleich um die Ecke wartete. Aber sie und Kieron hatten sich darauf geeinigt, dass seine Mutter wohl die Rückversicherung brauchte, dass sich jemand aus der Organisation dieses Preisausschreibens persönlich mit ihr treffen wollte.

»Und was hältst du davon?«, fragte Kieron nervös.

»Ich glaube, ich werde diese Chloe Gibbons mal anrufen«, verkündete seine Mutter und erhob sich mit dem Weinglas in der einen und dem Brief in der anderen Hand ungelenk vom Sofa. »Mal sehen, ob sie am Wochenende arbeitet.«

»Sie arbeitet für eine Rockband«, meinte Kieron. »Wahrscheinlich arbeitet sie zu den unmöglichsten Zeiten.«

Kieron sah seiner Mutter auf dem Weg in die Küche nach. Eigentlich wäre er ihr gern gefolgt, damit er zumindest ihren Teil des Gesprächs mit Bex hören konnte, aber er wusste, dass es besser war, seine Mutter dabei in Ruhe zu lassen. Wie sagten sie im Fernsehen bei anspruchsvollen Dokus immer so schön? Sie musste es sich »zu eigen machen«.

Nervös blieb er sitzen und lauschte auf die Stimme aus der Küche. Er konnte nicht sagen, ob seine Mutter ärgerlich, dankbar, misstrauisch oder begeistert war. Er dachte daran, den Fernseher einzuschalten, um sich abzulenken, oder auf dem Tablet seiner Mutter nach einem Spiel zu suchen, aber ihm war klar, dass er sich auf nichts würde konzentrieren können. Dazu war er viel zu nervös.

Schließlich hörte er, wie sich seine Mutter verabschiedete. Gleich darauf kam sie wieder ins Wohnzimmer zurück und machte ein ernstes Gesicht. Sie setzte sich auf die Armlehne des Sofas und sah ihn ein paar Sekunden lang an. Er musste sich zwingen, nichts zu sagen.

»Also – es gibt gute Nachrichten und schlechte. Und dann noch mehr gute«, begann sie. »Die erste gute Nachricht ist, dass alles in Ordnung scheint und diese Chloe Gibbons gern herkommt und sich morgen irgendwo am Bahnhof mit uns zum Mittagessen trifft, um uns alles Weitere zu erklären.«

»Und die schlechte Nachricht?«, fragte Kieron.

»Die schlechte Nachricht ist, dass die einzigen Reisedaten, die die Plattengesellschaft anbieten kann, mitten in einer neuen Projektphase bei mir in der Arbeit liegen. Das ist ein ganz blöder Zufall, Kieron, aber ich werde nicht wegkönnen. Es tut mir leid.«

»Soll das heißen, ich darf auch nicht?«

Sie schüttelte den Kopf. »Nicht unbedingt. Chloe hat gesagt, dass sie mitfährt, um sicherzustellen, dass auf der Reise alles nach Plan verläuft, und sie wird sich gern um dich kümmern. Natürlich nur, wenn ich mich nach unserem Treffen morgen einverstanden erkläre. Auf keinen Fall kann ich dich in den Händen von jemandem lassen, den ich nicht mag oder dem ich nicht vertraue. Es tut mir wirklich leid, dass ich nicht mitkann – würdest du denn allein mit dieser Chloe nach Amerika fliegen?«

Kieron war mehr als bereit, mit Bex überallhin zu fliegen, aber er machte ein ernstes Gesicht und sagte: »Ich denke schon, wenn ich sie kennengelernt habe. Schließlich muss ich ja irgendwann mal erwachsen werden.«

»Das bist du schon«, sagte seine Mutter traurig. »Und das so schnell.« Sie lächelte. »Lass uns Essen bestellen, um das zu feiern.«

»Äh, warte mal«, erinnerte sich Kieron. »Du hast gesagt, es gebe mehrere gute Nachrichten. Was denn?«

»O ja!« Seine Mutter grinste triumphierend. Dieses Lächeln machte Kieron immer nervös. So lächelte sie immer, wenn sie glaubte, etwas besonders Gutes für ihn erreicht zu haben, wie wenn sie ihm ein Buch schenkte, von dem er wusste, dass er es nie lesen würde, oder das Album einer Band, die er hasste. »Ich habe diese Chloe gefragt, ob du statt mir vielleicht einen anderen Gast mitnehmen könntest. Sie klang erst ein bisschen überrascht, als wäre ihr der Gedanke noch gar nicht gekommen, aber dann sagte sie, das ginge wohl, es käme darauf an, wer es ist. Ich habe deinen Freund vorgeschlagen, Sam. Ich hoffe, das ist in Ordnung – mir wäre wesentlich wohler dabei, wenn du von einem Freund begleitet würdest. Dann bist du nicht so einsam. Und außerdem wäre es natürlich auch toll für Sam. Ich weiß, dass seine Familie dieses Jahr auch keinen Urlaub gemacht hat.« Plötzlich erschrak sie. »Oh, ich hoffe, sie halten das nicht für Almosen. Ich werde betonen, dass es eine kostenlose Reise ist, die du in einem Preisausschreiben gewonnen hast.«

»Und diese … Chloe. Ist es ihr recht, dass Sam mitkommt?«

»Das scheint in Ordnung zu gehen. Ich gehe und rufe Sams Mutter an. Du wartest hier. Und ich bestelle das Essen. Ist dir indisch recht?«

»Ja, gern!«, sagte er, als sie in die Küche zurückging. Aus irgendeinem Grund wollte sie ihre Telefongespräche immer außer seiner Hörweite machen. Das hatte begonnen, als sie sich von seinem Vater getrennt hatte, und sich fortgesetzt, als diverse Firmen anriefen und unbezahlten Rechnungen nachjagten. Schließlich war es reine Gewohnheit geworden. Überrascht stellte Kieron fest, dass er nicht sicher war, ob es ihm gefiel, dass Sam mitkommen sollte. Einerseits war Sam sein Freund, andererseits hatte er allerdings irgendwie das Gefühl, dass das *sein* Abenteuer war.

Plötzlich wurde er rot vor Scham. Er war nicht fair. Sam war von dieser faschistischen Organisation Blut und Boden verletzt worden, und er hatte sein Leben riskiert, Kieron und Bex zu helfen. Er hatte es verdient, mitzukommen. Es war schade, dass sie Lethal Insomnia nicht würden sehen können, aber es war bestimmt schön, einen Gleichaltrigen dabeizuhaben, mit dem man seine Aufzeichnungen vergleichen und während des Fluges Spiele spielen konnte. Er glaubte, dass Bex sehr geschäftsmäßig werden würde, sobald sie erst mal unterwegs waren.

Das Gespräch seiner Mutter mit der von Sam verlief gut, wie sie sagte, als sie zurückkam. Eine halbe Stunde später wurde das Essen geliefert und sie aßen beide Hühnchen-Korma, Lamm-Pasanda und Paneer-Käse mit Fladenbrot und Reis. Schließlich erzählten sie sich von alten Zeiten – Kierons früheste Erinnerungen –, wie er sich auf einem Indoor-Kinderspielplatz den Arm gebrochen hatte, als er mit vollem Karacho mit ausgestrecktem Arm gegen einen gepolsterten Pfosten gelaufen war; und wie er zum ersten Mal im Leben eine Hummel gesehen hatte und aufgeregt rief: »Sieh mal, Mami, da ist eine

Fliege mit Bademantel!« Und als das Gespräch auf seinen Vater kam, flossen ein paar Tränen. Es war einer dieser magischen Abende, die rein zufällig zustande kamen und die ihn und seine Mutter einander näherbrachten – zumindest eine Weile.

Später, als er den Rest der Korma-Soße mit einem Stück Fladenbrot über den Teller jagte, sah er seiner Mutter zu, wie sie die E-Mails auf ihrem Tablet checkte. Um die Augen und die Mundwinkel hatte sie feine Fältchen, die ihm noch nie aufgefallen waren. Auch ein paar graue Strähnen entdeckte er in ihrem hinter die Ohren gestrichenen Haar. Er wurde erwachsen, während sie alt wurde – langsam, aber sicher. Plötzlich hatte Kieron eine Zukunftsvision – sie alt und zunehmend gebrechlich, und er, der sie besuchte und in der Wohnung die Dinge erledigte, zu denen sie selbst nicht mehr in der Lage war: einkaufen und ihre Rezepte abholen. So eine Zukunft wollte er nicht. Die Aussicht ließ ihn schaudern. Wo würde er dann sein? Wohnte er in einer eigenen Wohnung irgendwo in Newcastle? Vielleicht zusammen mit Sam?

Er musste zugeben – die Zukunft beängstigte ihn. Erwachsen zu werden, schien keine Vorteile zu bringen: Es bedeutete nur, dass man sich um noch mehr Dinge sorgen musste und dabei weniger Energie und weniger Freizeit hatte. Er wollte nicht alt werden. Er wollte eigentlich für immer genau so alt bleiben, wie er war.

Seiner Mutter fiel auf, wie nachdenklich er war, wuschelte ihm durchs Haar und sagte mit vom Wein undeutlicher Stimme: »Kopf hoch! Es muss nicht so kommen.«

»O doch, das wird es«, erwiderte er trübsinnig. »Ich kann es nicht verhindern.«

Bald darauf stellte er fest, dass sie auf dem Sofa eingeschlafen war. Er räumte die Teller ab, deckte sie zu und ging ins Bett.

Lange konnte er nicht einschlafen, und schließlich schrieb er Sam eine Nachricht, um zu sehen, ob er noch wach war.

So wie ich das sehe, kommst du mit nach Amerika, tippte er. *Hätte ich nicht erwartet.*

Bex auch nicht, kam sofort die Antwort.

Ich glaube, meine Mutter hat sie überrascht, schrieb Kieron zurück.

Macht es dir was aus? Es schien eine harmlose Frage, aber Kieron spürte trotz der nüchternen Worte, dass Sam sich Sorgen machte.

Keine Autos klauen und ohne Führerschein herumkutschieren!, schrieb er zurück und erinnerte Sam daran, was passiert war, als Sam in Kierons letztes Abenteuer verwickelt worden war.

Keine Chance, schrieb Sam zurück und dann: *Wenn Lethal Insomnia tatsächlich in Albuquerque sind, während wir dort sind, wie stehen dann wohl unsere Chancen, sie zu sehen?*

Tendieren gegen null. Denk daran – wir müssen da arbeiten.

Du musst arbeiten, erinnerte Sam ihn. *Ich mache Sightseeing. Touristenkram eben. Bex hat klargemacht, dass ich nicht mit hineingezogen werden soll.*

Wirst du morgen beim Mittagessen dabei sein?, fragte Kieron. Er wartete auf eine Antwort, aber es kam keine mehr. Nach zehn Minuten nahm er an, dass Sam mitten in ihrer Konversation eingeschlafen war. Das passierte häufig. Zehn Minuten später schlief auch Kieron.

Am nächsten Tag schlief er so lange, bis seine Mutter in

sein Zimmer kam und ihn mit den Worten weckte: »Zieh dich an, wir müssen los, um uns mit Chloe zu treffen!« Schnell streifte er sich dieselbe schwarze Jeans über und zog dasselbe schwarze T-Shirt und die ausgetretenen schwarzen Stiefel an, die er am Tag zuvor getragen hatte. Als er aus seinem Zimmer kam, schubste seine Mutter ihn Richtung Bad, zog ihn dann aber wieder zurück und erkundigte sich: »Hast du frische Sachen an?«

»Ja.«

Misstrauisch runzelte sie die Stirn. »Deine Sachen sehen alle gleich aus, da ist das schwer zu sehen.« Sie schnüffelte. »Und dein Deo überlagert alles andere. Na gut, ich glaube dir. Jetzt geh und putz dir die Zähne.«

Sie fuhren von der Wohnung ins Stadtzentrum und parkten in einem Parkhaus in der Nähe. Bex – beziehungsweise Chloe, das durfte Kieron nicht vergessen – hatte einen Tisch bei einem netten Italiener der mittleren Preisklasse reserviert.

Der Kellner, der sie in Empfang nahm und an ihren Tisch führte, erkannte Kierons Mutter, lächelte ihr zu und nickte, und sie lächelte ebenfalls. Kieron fragte sich, wie oft sie hier wohl aß. Und dann fragte er sich, mit wem sie hier aß. Dann schauderte er und fragte sich nicht weiter. Sie war seine Mutter. Sie hatte keine Dates.

Sam und seine Mutter waren bereits da. Sams Mutter war ungefähr das genaue Gegenteil von Kierons: blond anstatt brünett, eher dick als dünn und lässig gekleidet – Jogginghose und ein T-Shirt mit einer dünnen wasserdichten Jacke darüber anstelle von engen Jeans und einer Seidenbluse. Die beiden Frauen umarmten einander kurz, während sich Kieron und Sam verlegen ansahen.

»Wird es noch schlimmer werden?«, murmelte Kieron.

Sam zuckte mit den Schultern. »Kommt darauf an. Vielleicht, wenn ein Haufen Leute aus der Schule hereinkommen und uns auslachen, weil wir hier mit unseren Müttern sitzen?«

»Ah«, meinte Kieron, »für den Fall habe ich mir einen Plan ausgedacht. Wir müssen nur herausfinden, wer von ihnen das Alpha-Männchen oder -Weibchen ist, und einem der Kellner heimlich stecken, dass er oder sie Geburtstag hat. Dann gehen unter Garantie eine Viertelstunde später die Lichter aus, ein kleiner Kuchen mit Zuckerguss und einer Wunderkerze wird angeschleppt, und sie spielen irgendein kitschiges Geburtstagslied ab. Passiert immer. Und wer ist dann wohl verlegen?«

Sam starrte ihn mitfühlend an. »Du warst also an deinem Geburtstag schon mal hier?«

Kieron schauderte übertrieben. »Viel zu oft!«

Sie sahen auf, als jemand an ihren Tisch trat, und nahmen an, es sei der Kellner, der ihre Getränkebestellung aufnehmen wollte, doch es war Bex. Sie sah … geschäftstüchtig aus, fand Kieron. Genau so, wie eine PR-Assistentin aussehen sollte. Er fragte sich, ob sie den Hosenanzug aus Mumbai mitgebracht hatte oder ob sie ihn vor fünf Minuten gekauft hatte. Eine Aktentasche hatte sie auch dabei.

Kieron und Sam sah sie nicht einmal an, sondern konzentrierte sich ganz auf die Mütter der beiden Jungen.

»Mrs Mellor?«, fragte sie dann.

Kierons Mutter stand auf und reichte ihr die Hand. »Das bin ich. Aber nennen Sie mich doch bitte Veronica. Und das ist Holly. Sie und ich waren gleichzeitig schwanger und haben im Krankenhaus in einem Zimmer gelegen.«

Bex schüttelte Sams Mutter die Hand.

»Ich bin Chloe«, sagte sie. »Chloe Gibbons.« Dann sah sie Kieron und Sam an. »Und wer von euch ist Kieron?«

Kieron hatte das unangenehme Gefühl, in einem Theaterstück mitzuspielen, in dem jeder außer ihm seinen Text kannte.

»Äh … das bin ich.«

»Herzlichen Glückwunsch, Kieron!« Bex setzte sich mit einem professionellen Lächeln auf den Lippen und ohne auch nur die leiseste Spur von Wiedererkennen zu zeigen: »Du und dein Freund – Sam, nicht wahr? –, ihr werdet diese Reise total genießen. Das wird das Abenteuer eures Lebens.«

Plötzlich erkannte Kieron mit Schrecken, dass Bex in ihrer Verkleidung als Chloe die AR-Brille trug. Sie war schmal und unauffällig. Er fragte sich, ob am anderen Ende wohl Bradley saß und ihr Informationen gab. Doch dann verwarf er die Idee, denn Bradley war körperlich gar nicht imstande, das Gerät zu benutzen – das war ja der Grund für diese ganze Scharade. Vielleicht fühlte sie sich einfach sicherer – mehr so, als sei sie undercover –, wenn sie sie trug.

»Danke, dass Sie sich die Mühe gemacht haben, herzukommen, um mit uns zu reden«, sagte Kierons Mutter. »Das ist für Sie sicher ein großer Aufwand. Wo arbeiten Sie? In London?«

»Manchester«, antwortete Bex. »Dort hat die Plattengesellschaft ihren britischen Hauptsitz. Und es freut mich wirklich sehr, Ihnen hier persönlich versichern zu können, dass alles seine Ordnung hat und diese beiden in unseren Händen vollkommen sicher sein werden.«

Kieron verrenkte sich den Hals, um zu sehen, ob sie

einen Knopf im Ohr hatte, doch seine Mutter schlug ihm gegen die Schulter.

»Hör auf zu zappeln!«, forderte sie ihn auf und lächelte Bex an. »Teenager – sie können einfach nicht still sitzen. Ich beneide Sie nicht – sie müssen sich auf einem langen Flug um diese beiden kümmern. Wie lange dauert es denn?«

»Sieben Stunden bis Washington D.C.«, erwiderte Bex, »und dann noch einmal vier Stunden von dort nach Albuquerque.«

»Und es kostet nichts?«, fragte Sams Mutter nach. »Ich meine, wir müssen überhaupt nichts bezahlen?« Sie klang, als finde sie die Sache so unvorstellbar, dass sie sie gar nicht glauben konnte.

Bex schüttelte den Kopf. »Das stimmt – die Plattengesellschaft kümmert sich um alles: Flüge, Essen, Unterkunft. Das gehört alles zum Preis.«

»Und die Band – wie heißen sie noch mal? Lethal Insomnia? –, sie werden ihrem Album tatsächlich den Namen geben, den Kieron vorgeschlagen hat?«, fragte seine Mutter.

Frag sie nicht, wie er heißt!, fuhr es Kieron durch den Kopf. Er hatte Bex nicht vorgewarnt und ihr gesagt, welche Antwort er sich am Abend vorher auf diese Frage ausgedacht hatte.

»Es ist ein toller Titel«, erklärte Bex, ohne zu zögern. »Und die Band liebt ihn. Es wird definitiv der Titel ihres nächsten Albums.«

Kieron fragte sich, wie sie das wohl hinkriegen wollte. Vielleicht ließ sie ihn mit dem AR-Equipment die Server des Plattenlabels hacken und den Namen des Albums kurz vor dessen Erscheinen ändern, ohne dass es jemand merkte. Und auf den ganzen Plakaten, Flyern und in der Werbung. Da war es eher wahrscheinlich, dass seine Mutter ihn vergessen würde oder dass er erklären musste, jemand beim Plattenlabel hätte in letzter Sekunde einen Rückzieher gemacht.

»Gehen wir noch mal die Einzelheiten durch«, meinte Bex, schlug ihre Mappe auf und nahm ein paar Notizen heraus. In den nächsten zwanzig Minuten sprach sie – nur vom Kellner unterbrochen, der ihre Bestellung aufnahm und später das Essen brachte – den ganzen Reiseplan durch, den sie wohl in der letzten Nacht mit Bradley zusammengestellt hatte und der vollkommen professionell wirkte – Flüge, Hotels, Daten, Zeiten … alles. Danach erinnerte er sich vor allem daran, dass es in Albuquerque heiß war. Sehr heiß, aber trocken. Sehr trocken. Und sie würden in einem Hotel wohnen. Einem richtigen Hotel.

»Weißt du, was ich als Erstes mache, wenn wir ankommen?«, fragte Sam ihn.

»Was denn?«

»Ich gehe ins Shoppingcenter.«

Kieron starrte ihn an. »Wozu das denn? Hier verbringen wir doch unser halbes Leben im Shoppingcenter.«

»Ja, aber das ist dann ein *amerikanisches* Shoppingcenter!«

Als sie ihre Namen hörten, wandten sie sich Bex zu, die sie fragte: »Was ist mit Pässen? Haben beide einen Reisepass?«

Das hatten sie am Tag zuvor besprochen – Bex war sicher gewesen, dass sie ihnen falsche Pässe besorgen konnte, falls es nötig war, doch er hatte ihr gesagt, dass er seit einem Schulausflug vor ein paar Jahren einen hatte. Sam war auch auf diesem Ausflug gewesen.

Ihre Mütter bestätigten das einstimmig: »Ja.«

»Und was ist mit Visa?«, wollte Kierons Mutter wissen.

»Das geht alles elektronisch«, erklärte Bex. »Wenn Sie mir die Passnummern, Geburtsdaten und Geburtsorte durchgeben, kann ich das organisieren.«

Mittlerweile waren sie mit dem Hauptgang fertig und warteten auf das Dessert. Bex in ihrer Verkleidung als Chloe Gibbons verwickelte Kieron und Sam in ein Gespräch über Dinge, die sie mochten oder nicht mochten, ihr Leben und was ihnen an der Musik von Lethal Insomnia besonders gefiel. Kieron fand ihre Professionalität beeindruckend. Offensichtlich hatte sie Fakten über die Band recherchiert, denn sie kannte die Namen ihrer Mitglieder, welches Instrument sie spielten und alles Mögliche über sie.

»Ich muss Sie etwas fragen«, meinte Sams Mutter nach dem letzten Bissen ihres Zitronenkuchens, »mögen Sie diese Musik wirklich? Ich meine, wir sind zwar älter als Sie, aber Sie sind auch älter als die beiden.« Sie deutete mit dem Daumen auf Kieron und Sam. »Auf welcher Seite stehen Sie?«

»Ich muss sagen, dass ich die Musik liebe«, behauptete Bex, ohne mit der Wimper zu zucken. »Ich muss es sagen, weil ich die PR mache und man mich dafür bezahlt, das zu sagen.« Theatralisch lehnte sie sich über den Tisch. »Aber ganz ehrlich bevorzuge ich es ein klein wenig sanfter, nicht ganz so stachelig. Melodiöser. Und wo man vielleicht auch tatsächlich die Worte versteht.«

Kurz darauf trennten sie sich. Bex sagte noch, dass die Jungen in zwei Tagen um sechs Uhr morgens von einem Wagen abgeholt werden würden. Dann ging sie – angeblich, um ihren Zug zu erreichen –, und während die beiden Mütter sie verabschiedeten, sah Sam Kieron an und murmelte: »Also, ich muss schon sagen, die Undercoverarbeit ist wesentlich langweiliger, als ich erwartet habe.«

»Ja, aber das Essen ist gut«, warf Kieron ein.

KAPITEL 6

Sie flogen um die Mittagszeit von Heathrow aus nach Washington.

Für Bex waren Auslandsflüge immer verlorene Zeit, eine Pause zwischen interessanteren Aufgaben. Ihr war gar nicht die Idee gekommen, dass weder Kieron noch Sam je irgendwohin geflogen waren. Für sie war es eine ganz neue Erfahrung, vom Check-in (der kurz und schmerzlos vonstattenging) über die Sicherheitskontrollen (lästig und peinlich, besonders, weil Kieron seine Schuhe und den Gürtel ausziehen musste, da in den schweren Sohlen irgendwelche Metallteile saßen und die Gürtelschnalle den Scanner losjaulen ließ) bis hin zur Abflughalle (langweilig). Sie zu beobachten, wie sie all diese Erfahrungen machten, ließ Bex den ganzen Reiseprozess fast selbst neu überdenken. Fast.

»Wieso gibt es da eine Bar mit Räucherlachs und Meeresfrüchten?«, wollte Sam wissen, der sich in der Halle mit den vielen Reisenden umsah, die entweder schliefen oder stumpf vor sich hin starrten.

»Was?«, fragte Bex und sah von ihrem E-Reader auf.

Vor einer Weile hatte sie all die Romane darauf geladen, die man angeblich gelesen haben musste. Im Moment kämpfte sie sich durch James Joyce' *Ulysses.* »Kämpfen« war genau der richtige Ausdruck. Jeder schwierige Satz, den sie dechiffrierte, kam ihr vor wie schwer erkämpfter Boden in einem endlosen Krieg von erfundenen Wörtern und komplizierten Sätzen. Sie hatte fast Lust, aufzugeben und sich leichterer Lektüre zu widmen, wie *Krieg und Frieden.*

»Da drüben«, sagte Sam. »Sehen Sie? Da ist eine Art Fast-Food-Bar mitten im Gang. Wie eine Burger-Bar, nur dass es da Räucherlachs, Austern und Krabben gibt.«

Kieron zuckte die Achseln. »Vielleicht mögen die Leute so etwas.«

»Ja, aber sonst findet man das nirgendwo. Wieso sollten die Leute hier am Flughafen so etwas essen?«

Bex suchte nach Gründen, doch ihr wollte nichts einfallen. Sie war wohl Hunderte Male daran vorbeigegangen, ohne dass es ihr aufgefallen wäre.

»Ich schätze, das geht zurück bis in die 50er-Jahre«, meinte sie, »als Interkontinentalflüge auch für normale Menschen erschwinglich wurden, nicht nur für die Superreichen. Die Fluggäste wollten etwas, wodurch sie sich besonders fühlen konnten.«

»Ja«, erwiderte Sam. »Aber Meeresfrüchte? Wie besonders ist das denn?« Er runzelte die Stirn. »Hoffentlich muss ich nicht neben jemandem sitzen, der da gegessen hat. Dann muss ich den ganzen Flug lang Krabben riechen.«

»Ich kann das ja mal mit der AR-Brille recherchieren«, bot Kieron an und steckte die Hand in seine Jackentasche.

Bex schlug ihm mit dem E-Reader auf den Arm. Nur

ganz sanft. »Das wirst du nicht tun! Ich will nicht, dass wir Aufmerksamkeit erregen, und ich will nicht, dass du die AR-Brille benutzt, wenn es nicht der Mission dient. Hier wird nicht herumgespielt.«

Kieron verzog das Gesicht, nahm aber die Hand aus der Jacke. »Ich wollte ja nur helfen.«

Als sie im Flugzeug saßen, lagen sieben Stunden Langeweile vor ihnen. Sie hatten drei Sitze nebeneinander, wobei Sam am Fenster und Bex am Gang saß.

»Ist das, damit Sie schnell aufspringen können, wenn irgendetwas Schlimmes passiert?«, wollte Kieron wissen, als sie sich anschnallten.

»Nein«, erklärte sie geduldig. »Das ist, weil ich so aufs Klo gehen kann, ohne über euch drüberklettern zu müssen.«

Eigentlich war es schon deswegen, weil sie so genügend Bewegungsfreiheit hatte, falls es Ärger geben sollte. Die Chancen eines Terroranschlags waren zwar gering, besonders da die Sicherheitskontrollen in Heathrow so streng waren. Doch sie wollte eingreifen können, falls es so aussah, als würde jemand den Akku aus seinem Laptop nehmen und zünden oder seine chemisch behandelte Unterhose in Brand stecken. Nicht dass sie das gerne erleben würde – besonders nicht im Falle der chemisch behandelten Unterhose. Doch zumindest hatte sie so freie Sicht den Gang entlang. Das gab ihr ein gewisses Gefühl von Sicherheit.

Plötzlich musste sie sich an eine Begebenheit von vor ein paar Jahren erinnern und lächelte. Auf einer ihrer ersten Reisen nach Amerika hatte am Gang schräg hinter Bex ein Mann gesessen, der ein Glasauge trug, wie sie beim Check-in bemerkt hatte. Etwa nach der Hälfte des

Fluges hatte sie das unangenehme Gefühl, beobachtet zu werden. Bex vertraute ihrem sechsten Sinn. Sie wusste zwar nicht, ob es so etwas wie einen sechsten Sinn überhaupt gab oder ob die anderen fünf Sinne etwas registrierten, was nicht ganz bis in ihr Bewusstsein vordrang. Aber da sich solch intuitive Gefühle bereits in anderen Fällen als wahr herausgestellt hatten, neigte sie dazu, zu reagieren, wenn unerklärlicherweise irgendwelche Alarmglocken in ihrem Kopf schrillten. Also hatte sie beiläufig ihr Buch beiseitegelegt, sich gestreckt und sich umgesehen, als suche sie nach einer Stewardess. Der Mann mit dem Glasauge starrte ihr geradewegs auf den Hinterkopf. Er versuchte nicht einmal wegzusehen. Bex starrte zurück, um zu sehen, ob er verlegen wurde, doch er starrte einfach weiter. Und dann bemerkte sie schließlich: Der Mann war eingeschlafen, doch sein Glasauge war noch offen und starrte sie an. Als sie sich wieder ihrem Buch zuwandte, überlegte sie, dass das ja logisch war. Das Licht in der Kabine störte ihn ja schließlich nicht.

»Was ist denn so lustig?«, wollte Kieron wissen.

»Ich musste nur an etwas denken«, antwortete sie.

Kieron und Sam hatten ihre Spielekonsolen mitgenommen und spielten die meiste Zeit – entweder allein oder miteinander. Ein paar Stunden nach dem Start schlief Kieron ein, mitten im Spiel. Dann rutschte er langsam zur Seite, bis sein Kopf an ihrer Schulter lehnte. Sie überlegte, ob sie ihn wegschieben sollte, doch sie wollte ihn nicht wecken. Außerdem sah er so jung und verletzlich aus, mit den geschlossenen Augen und den Haaren, die ihm ins Gesicht hingen.

Wie war sie nur in diese Situation geraten, mit Kieron und Sam, fragte sie sich, als sie ihn ansah. Das gehörte nicht zu dem Karriereplan, den sie sich mit Bradley ausgedacht hatte. Kurz zuvor noch war ihr jeder Schritt logisch vorgekommen, doch das Resultat war, dass sie in Gesellschaft zweier Teenager auf eine Undercovermission ging. Das war nicht die Standardvorgehensweise für Agenten.

Allerdings hatten sie sich durchaus als fähig erwiesen, das musste sie zugeben. Sie waren mutig und einfallsreich. Und sie stellten ihre einzige Chance dar, den Verräter innerhalb der SIS-TERR-Abteilung des MI6 zu entlarven.

Zwei Stunden später wachte Kieron auf. Seine ganze Körpersprache änderte sich, als er aus dem entspannten Schlaf auftauchte, um festzustellen, dass er mit dem Kopf an der Schulter eines Mädchens gelegen hatte. Innerhalb von ein paar Sekunden verwandelte sich seine völlige Gelöstheit in verkrampfte Verlegenheit. Bex lehnte sich vorsichtig zurück, schloss die Augen und tat, als schliefe sie ebenfalls. Verstohlen hob Kieron den Kopf von ihrer Schulter und richtete sich auf. Ein paar Minuten später gähnte auch Bex demonstrativ und fragte: »Wie lange habe ich geschlafen?«

»Keine Ahnung«, antwortete Kieron. »Ich habe nicht darauf geachtet.«

Sie fragte sich auf einmal, ob er eine Freundin hatte. Oder einen Freund, das blieb sich gleich. Er war jedenfalls nicht mit Sam zusammen, die beiden waren nur gute Freunde. Aber er sprach nie darüber, ob er sich mit irgendjemand anders traf. Allerdings machten ihn Mädchen nervös, das war Bex klar, weil er sie bei ihren Gesprächen nie direkt ansah, wenn es nicht unbedingt nötig war, und auch, wie er sie gelegentlich verstohlen musterte, wenn sie nicht miteinander redeten. Sie konnte nur hoffen, dass er sich nicht in sie verliebte. Das wäre unangenehm.

Das Entertainmentprogramm im Flieger bot Filme an, und Bex hatte geglaubt, dass Kieron und Sam sich ein paar davon ansehen würden, doch die Auswahl war eher langweilig – Komödien und Dramen mit Inhalten, die kein Kind verstören konnten. Kieron hatte sich wohl einen ganzen Haufen Horrorfilme auf sein Game-Tablet geladen, schien aber keine große Lust zu haben, sie sich anzusehen. Bex war das recht, denn hinter ihnen saß eine Familie, und sie wollte nicht, dass die kleinen Kinder durch die Lücke zwischen den Sitzen die grässlichen Dinge sahen, die sich die Teenager heutzutage gern reinzogen. Auf den Bildschirmen des Flugzeugs gab es einen Kanal, auf dem man den Flug auf einer groben Karte mitverfolgen konnte, und Kieron verfolgte wie hypnotisiert eine Weile, wie sich das Symbol des Flugzeugs langsam über den Atlantik schob und eine gepunktete Linie hinter sich herzog.

»Wieso fliegt der Pilot eigentlich so einen Umweg?«, wollte Sam wissen und zeigte auf den Bildschirm.

»Wie meinst du das?«, fragte Bex.

Sam deutete auf den Weg des Flugzeugs – eine Kurve, die sich von London aus nach Norden über die Spitze von Island, über Grönland und dann hinunter zur Ostküste von Kanada zog. »Das ist doch ein ewiger Umweg? Er hätte doch direkt fliegen können. Das wäre viel schneller gewesen.«

Bex sah ihn an und fragte: »Habt ihr in der Schule Geografie?«

»Ja«, antwortete er misstrauisch. »Warum?«

»Die Erde ist doch eine Kugel, oder? Ein Ball. Du hast bestimmt schon mal einen Globus mit den ganzen Kontinenten gesehen.«

»Jaaa …?«

»Aber die Karte auf dem Bildschirm da ist flach, nicht wahr?«

»Jaaa …?« Sam sah aus, als erwarte er eine Fangfrage oder einen Trick.

»Nun, die gewölbte Erdoberfläche muss verzerrt werden, damit sie auf der Karte flach aussieht. Wenn man den Flug auf einem richtigen Globus darstellen würde, würdest du feststellen, dass das tatsächlich die kürzeste Verbindung zwischen England und Amerika ist. Es ist keine ganz gerade Linie, denn die würde durch die Erdkruste verlaufen, aber so gerade, wie das eben auf einer Kugel möglich ist. Man nennt das einen Großkreis.«

»Oh«, machte Sam. »Wer weiß denn schon so was?«

»Na ja«, entgegnete Bex vorsichtig, »so ziemlich jeder, dachte ich.«

Am Flughafen Washington Dulles mussten sie nach einer Landung, die so sanft war, dass man sie kaum merkte, umsteigen. Es war nicht gerade Bex' Lieblingsflughafen. Zu unpersönlich, keine vernünftigen Geschäfte oder Restaurants. Man sollte meinen, dass ein wichtiger Hauptstadtflughafen in einem der wichtigsten Länder der Welt mehr zu bieten haben sollte, aber nein …

Kieron und Sam hingegen zeigten sich beeindruckt. Allerdings nur, weil sie den Tower aus dem Bruce-Willis-Actionfilm *Die Hard 2* wiedererkannten. Bex musste lächeln. Das war nun wirklich ein Klassiker, den auch sie sich gern mal zur Weihnachtszeit ansah.

Für den zweiten Flug von Dulles nach Albuquerque

stiegen sie in ein kleineres Flugzeug um, das je zwei Sitze auf jeder Seite des Mittelganges hatte und nicht die 3-4-3-Aufteilung des Interkontinentalfluges. Kieron und Sam hatten je einen Fensterplatz, und da dieses Flugzeug den größten Teil der Strecke tiefer flog, hielten sie die meiste Zeit die Nasen an die Scheiben gepresst und betrachteten die unter ihnen hindurchziehende Landschaft.

Eine halbe Stunde vor der Ankunft in Albuquerque forderte Kieron Bex auf, aus dem Fenster zu sehen, und staunte: »Ist das nicht toll?«

Bex sah hinaus. Sie überflogen gerade eine zerklüftete Landschaft rötlicher Felsen – entweder die Berge von Sangre de Cristo in Colorado oder die Pecos Wilderness in New Mexico, dachte sie und erinnerte sich an die Nachforschungen, die sie vor ihrem Abflug angestellt hatte. Im unwahrscheinlichen Fall einer Notlandung war es nicht schlecht, wenn man wusste, wo man war. Nicht dass ihr das je passiert war, aber es konnte ja für alles ein erstes Mal geben. Man musste nur dafür sorgen, dass es nicht das letzte Mal war – wenigstens nicht aus den falschen Gründen.

Auf einer Seite des Flugzeugs sah sie unter ihnen eine ungeheure Unregelmäßigkeit im Gelände: eine grobe Linie, bei der es schien, als sei das Land auf der einen Seite ein paar Hundert Meter über der anderen. Entlang dieser Klippe zog sich eine schier endlose Reihe von riesigen Windrädern entlang, die sich langsam drehten. Die tief stehende Sonne warf lange Schatten über die Landschaft.

»Beeindruckend«, sagte sie und meinte es auch so.

»Das ist die beste Reise, die ich je gemacht habe«, murmelte Kieron. »Egal, was passiert, vielen Dank, dass Sie uns mitgenommen haben.«

Der Flughafen von Albuquerque benutzte dieselben Landebahnen wie die US-Airforce-Basis Kirtland, daher sahen sie mehrere schlanke Kampfjets auf dem Asphalt stehen, als sie landeten. Wie vorherzusehen war, begannen Kieron und Sam sofort zu recherchieren und versuchten sie zu identifizieren.

Jungs, dachte Bex mit einem überraschenden, aber nicht unangenehmen Gefühl der Zuneigung. Es spielte keine Rolle, dass sie beide Emos waren und Regierungen und Militär gründlich verabscheuten: Wenn man ihnen die Hardware zeigte, redeten sie sofort von Höchstgeschwindigkeiten und Bewaffnung. Es war dieselbe Tauschkartenmentalität, die zu Dingen wie Pokémon und Yu-Gi-Oh! führte. Bradley hätte sicher das Gleiche getan.

Die Flughafengebäude – zumindest die zivilen – waren kühl und geräumig und stark von der Kunst und dem Wohnstil der einheimischen Navajo-Indianer geprägt. Es sah nicht aus wie England, und es roch nicht wie England – und die Jungen waren begeistert. Sie wiederum zogen an der Gepäckausgabe einige erstaunte Blicke von den Amerikanern auf sich. Ihre Frisuren und ihre Kleidung, mit denen sie in Newcastle nicht weiter auffielen – zumindest nicht besonders –, ließen sie hier, wo Shorts, T-Shirts und Baseballkappen das absolute Muss zu sein schienen, krass hervorstechen. Bex fluchte leise. Das hätte sie sich denken können. Sie versuchte nach Möglichkeit zu vermeiden, Aufmerksamkeit zu erregen, aber diese beiden waren etwa so unauffällig wie zwei Pandas in einem Supermarkt. Sie musste ihnen etwas Passenderes besorgen, und zwar schnell.

»Fahren wir ins Hotel?«, erkundigte sich Kieron, als sie vom Terminal zu den Mietwagenparkplätzen gingen. Es war warm und es roch nach Staub und Kerosin. Der Himmel war unglaublich blau. »Sam dachte nur …«

»Wir gehen ins Einkaufszentrum«, erklärte Bex, ohne ihn ausreden zu lassen. »Ich muss euch schleunigst ein paar Sachen besorgen, die ein kleines technisches Genie tragen würde. Schick, aber lässig. Sam auch.«

»Wieso ich?«, fragte Sam beleidigt.

»Nur für den Fall, dass man euch zusammen sieht«, erklärte Bex und überlegte schnell. »Wir wollen doch nicht, dass es irgendwie seltsam aussieht, wie zum Beispiel ein Emo und ein Technikfreak zusammen.«

»Wir sind keine Emos«, knurrte Kieron. »Wir sind Greebs.«

»Ist doch egal. Ihr seid undercover, oder?«

Albuquerque war eine kleinere Stadt und der Flughafen war nicht weit vom Stadtzentrum entfernt. Über die breiten Straßen, vorbei an niedrigen ein- oder zweistöckigen Häusern, in denen sich mexikanische Restaurants mit Gebrauchtwagenhändlern abzuwechseln schienen, brauchten sie keine zwanzig Minuten bis zu einem Einkaufszentrum, das fast genau gegenüber von ihrem Hotel lag. Bex parkte den Mietwagen auf der Straße und ging auf die Geschäfte zu, bemerkte aber nach ein paar Schritten, dass ihr weder Kieron noch Sam folgten. Sie sah sich um und stellte fest, dass sie wie gebannt in die Ferne starrten. Sie folgte ihrem Blick, um herauszufinden, was sie wohl so gelähmt hatte.

»Was ist los?«, wollte sie wissen, als sie schließlich aufgab, zu raten.

»Berge«, sagte Kieron. »Sehen Sie doch!«

Sie sah. Hinter der Stadt ragten tatsächlich Berge auf.

»Ja, das sind die Sandia Mountains«, stellte sie fest.

»Wir haben noch nie Berge gesehen«, erklärte Sam, immer noch dorthin starrend. »Wir haben in England zwar so was, was sich Berge nennt, aber das sind eigentlich nur Hügel. Das da sind richtige Berge!«

Bex zuckte mit den Achseln. »Berge. Hat man einen gesehen, hat man alle gesehen«, behauptete sie. »Kommt jetzt!«

An beiden Enden des Einkaufszentrums lagen große Kaufhäuser. Bex führte die Jungen im Einkaufszentrum durch den Restaurantbereich und an einer Reihe kleinerer Läden bis zum nächstgelegenen Kaufhaus, ging in die Herrenabteilung und suchte ihnen angemessene Kleidung – lässige Shorts, T-Shirts und Baseballkappen, wie sie die Teenager am Flughafen getragen hatten, sowie ein paar etwas formellere leichte Jacketts, Baumwollhemden und gebügelte Jeans für ihre Geschäftsverhandlungen.

»Das ziehe ich nicht an!«, protestierte Sam.

»Dann kannst du nach Hause fliegen«, erklärte Bex ernst. »Ich kann die Tickets ändern und dich sofort zurückschicken. Du bist ja hierhergeflogen, du findest den Weg nach Hause sicher auch allein.«

»Aber …«, wandte Sam ein und hielt die bunten Shorts hoch, »… ein Greeb würde sich nie im Leben in so was sehen lassen!«

»Aber solange du hier bist, bist du kein Greeb«, erinnerte Bex ihn leise. »Du bist undercover, schon vergessen? Du tust, als wärst du etwas anderes. *Jemand* anders. Und der ganze Sinn und Zweck der Undercoverarbeit ist, dass man euch überhaupt nicht wahrnimmt.« Sie holte tief Luft. »Und wenn dir schon die Kleider nicht gefallen, dann wirst du das, was jetzt kommt, gar nicht mögen.«

»Was denn?«, fragte Kieron misstrauisch.

»Den Part, wenn ihr zwei einen neuen Haarschnitt bekommt.« Bevor sich ihr verblüffter Ausdruck in Protestgeheul verwandeln konnte, fügte sie schnell hinzu: »Auf der anderen Seite vom Parkplatz habe ich einen Friseur gesehen. Die Haare können lang bleiben, aber sie müssen irgendwie zur Kleidung passen. Mit anderen Worten: lang, aber ordentlich. Und die Piercings müssen raus.«

Glücklicherweise waren die beiden viel zu geschockt, um überhaupt etwas zu sagen. Sie schlossen nur kurz die Augen und nickten dann.

»Ich glaube, wir haben beide geahnt, dass so etwas kommen würde«, meinte Kieron mit schmerzverzerrtem Gesicht.

Sam nickte. »Die Undercovermöglichkeiten für Greebs sind recht eingeschränkt. Wir haben schon darüber gesprochen, bevor wir losgeflogen sind. Wenn wir uns anpassen müssen, um undercover zu gehen, dann ist das eben so. Also los. Verkleiden Sie uns, wie Sie wollen.«

»Haben das nicht Courtney und ihre Freundinnen immer mit dir gemacht, als du noch klein warst?«, erinnerte sich Kieron. »Sie hat mal erzählt, es gebe Fotos von dir in einem Kleid, das sie dich gezwungen haben zu tragen.«

Sam zuckte mit den Achseln. »Damals musste man mich nicht mal groß zwingen«, erklärte er beiläufig. »Also los, bringen wir es hinter uns.«

Der Friseur war ein älterer Schwarzer, der hier seinen Laden schon gehabt hatte, bevor es das Shoppingcenter gab.

»Sie wollten, dass ich verkaufe«, erzählte er Bex, während er dem sich windenden Kieron die Haare schnitt. »Aber ich habe Nein gesagt. Also haben sie ihre Pläne geändert und um mich herumgebaut – sodass ich jetzt hier am Ende des Parkplatzes liege. Aber das ist ein guter Platz. Die Frauen gehen einkaufen, und ihre Männer kommen hierher, um sich die Haare schneiden oder sich rasieren zu lassen und ein wenig zu plaudern. Ihr seid wohl nicht von hier, oder? Dieser Akzent – australisch, nicht wahr?«

Danach führte Bex die beiden noch unter Schock stehenden Teenager am Auto vorbei zurück in das Shoppingcenter.

»Kommt«, sagte sie, »wir gehen ein Eis essen. Ich habe im Restaurantbereich einen Laden gesehen, da haben sie Sorten, von denen ich nicht wusste, dass sie überhaupt existieren.«

Nachdem Kieron seinen Eisbecher mit Walnuss-Honig-Eis und Sam ein Eis in den Geschmacksrichtungen Grüner Tee und Lavendel mit Shortbreadstreusel – beide verziert mit mehreren Schokoladen- und Karamellsoßen – vernichtet hatte, brachte Bex sie zum Auto zurück. Das hatte mittlerweile mehrere Stunden in der Sonne gestanden, sodass Bex der Schweiß ausbrach, sobald sie sich hineinsetzte. Schnell schaltete sie die Klimaanlage ein und fuhr zum nahen Hotel.

Sie hatte ihnen Zimmer in einem Marriott-Hotel der Mittelklasse gebucht – einem von mehreren in der Stadt. Sie hatte ein Zimmer und die beiden Jungen hatten eines auf dem gleichen Flur.

»Ihr könnt auspacken und euch eine Stunde ausruhen«, schlug sie vor. »Dann werden wir früh zu Abend essen und planen, was wir als Nächstes tun.«

Das Abendessen bestand aus Steak und Pasta im Hotelrestaurant. Das Eis schien den Appetit von Kieron und Sam keineswegs geschmälert zu haben.

»Glaubst du, Lethal Insomnia wohnen hier im Hotel?«, fragte Sam und sah sich in dem Restaurant um, das ihm wahrscheinlich ziemlich teuer vorkam. Bex musste zugeben, dass er in seinen neuen Sachen und dem neuen kürzeren Haarschnitt ziemlich gut aussah. Kieron auch. »Nett herausgeputzt«, hätte ihre Mutter das genannt.

»Das bezweifle ich«, erwiderte sie. »Ich habe nicht gesehen, dass irgendwo Fernseher aus den Fenstern geflogen wären, und im Pool schwimmt auch kein Luxusauto.« Da die Jungen sie nur verständnislos ansahen, fügte sie hinzu: »Das ist so ein Rock-'n'-Roll-Klischee aus der Zeit vor eurer Geburt. Na gut – dann reden wir mal übers Geschäft.« Sie sah Kieron an. »Wir müssen dich ins Goldfinch-Institut bringen. Du musst ihnen etwas vorweisen können – diese Idee für eine nichttödliche Waffe, die du dir mit Sam zusammen ausgedacht hast –, aber erst, wenn du tatsächlich drin bist. Zunächst einmal müssen wir dich reinbekommen.«

»Dafür habe ich auch schon eine Idee«, meinte Kieron und sah sich um, etwa so, wie Sam zuvor, nur weniger ehrfürchtig, dafür aber nervöser. »Glauben Sie, dass wir … abgehört werden? Dass man uns belauscht?«

Bex schüttelte den Kopf. »Keiner weiß, dass wir hier sind. Dafür habe ich gesorgt. Also, was ist das für eine Idee?«

»Ich werde mich mit dem AR-Gerät in die Computer des Goldfinch-Instituts einhacken. Für die internen, streng geheimen Dinge haben sie sicher alle möglichen Firewalls, aber die allgemein zugänglichen Verwaltungsbereiche sind wahrscheinlich nicht so stark geschützt. Das muss ja auch so sein, sonst könnten sie keine E-Mails senden oder empfangen oder ihre Kalender synchronisieren und so was. Also werde ich heimlich einen Termin eintragen mit dem Kerl, der da das Sagen hat …«

»Todd Zanderbergen«, ergänzte Bex.

»Genau der. Dann tauche ich an der Rezeption auf. Seine persönliche Assistentin wird sich wahrscheinlich wundern, weil sie sich nicht erinnern kann, den Termin eingetragen zu haben – aber er wird eindeutig da sein.«

»Können die nicht überprüfen, dass der vor Kurzem erst hinzugefügt worden ist?«, fragte Bex.

Kieron schüttelte den Kopf. »Ich kann den Zeitstempel fälschen, sodass es aussieht, als wäre er schon vor einem Monat eingetragen worden. Sie werden annehmen, dass es an irgendeinem IT-Problem liegt, dass der Termin erst in letzter Minute aufgetaucht ist. Also – ich gehe rein und rede mit ihm. Und dann? Soll ich nach den toten Wissenschaftlern und anderen Angestellten fragen? Das wird ihn doch nur misstrauisch machen, oder?«

»Okay – zwei Dinge. Erstens: Wenn du angeblich mit ihm Geschäfte machen willst, darfst du nach allem fragen, was dich betrifft. Das nennt man ›gebotene Sorgfalt‹ – du überprüfst eine Firma, bevor du mit ihr einen Vertrag abschließt. Sag, dir sei aufgefallen, dass es in letzter Zeit eine ungewöhnlich hohe Anzahl von Neueinstellungen gab. Frag ihn, was passiert ist – haben viele Leute gekündigt? Hat er Leute entlassen?«

»Wir wissen aber doch, was passiert ist«, meinte Sam. »Ein paar Angestellte sind gestorben.«

»Ja«, erklärte Bex geduldig. »Aber wenn man jemanden ausfragt, lässt man nie erkennen, dass man etwas über ihn weiß. Man versucht, harmlos zu wirken – um zu sehen, ob sie dir das erzählen, was du schon weißt, oder ob sie dich anlügen.«

»Und das tue ich da?« Kieron schien beeindruckt und gleichzeitig ein wenig eingeschüchtert.

»Keine Sorge«, beruhigte Bex ihn, »ich bin dein Backup. Ich werde die ganze Zeit über bei dir sein.«

Nach dem Essen gingen sie in Bex' Zimmer. Kieron setzte die AR-Brille auf und war bereit, sich an die Arbeit zu machen.

»Warte«, verlangte Bex und hob die Hand. »Wenn du das Meeting arrangierst, verwende nicht deinen eigenen Namen, sondern nenne dich Ryan Allan.«

»Das soll ich sein?«, fragte Kieron. »Ich habe mich schon gefragt, ob ich ein Alter Ego bekomme, so wie Clark Kent oder Bruce Wayne.«

»Eher wie Barry Allen«, brummte Sam und erklärte auf Bex' fragenden Blick: »Das ist das Alter Ego von Flash. Der ist ein Streber.«

»Genau«, erwiderte Bex, die die Anspielung wohl verstand, sie aber geflissentlich überhörte.

Kieron runzelte die Stirn, sodass die AR-Brille auf seiner Nase wackelte. »Aber was passiert, wenn sie das Meeting zu früh bemerken? Ich meine, Todd Zanderbergens PA geht doch bestimmt seinen Terminkalender durch, wenn sie morgens ins Büro kommt. Dann sieht sie es und sorgt sich bestimmt, dass sie sich nicht darauf vorbereitet hat. Wird sie da nicht misstrauisch werden?«

Bex schüttelte den Kopf. »Wenn sie gut ist – und ich bezweifle, dass Zanderbergen jemanden einstellt, der nicht gut ist, dann wird sie ein kurzes Dossier über jeden zusammenstellen, der zu einem Meeting kommt – wer das ist, was er will, woher er kommt, vielleicht sogar ein paar Ideen, was das Goldfinch-Institut sich bei einem Deal von ihm erhoffen kann.«

»Dann geht sie also ins Internet und überprüft mich«, meinte Kieron besorgt. »Und dann stellt sie fest, dass es keine Informationen über mich gibt.«

»O doch, die gibt es«, lächelte Bex. »Bevor wir abgereist sind, hat Bradley ein komplettes Dossier über Ryan Allen angelegt. Ich werde es in den nächsten Stunden im Internet verteilen – nicht offensichtlich, nur an ein paar Datenbanken und so. Da gibt es Informationen, wo Ryan Allen zur Schule gegangen ist, was die Lokalzeitung über den Gewinn eines Wissenschaftspreises geschrieben hat, alle möglichen kleinen Hinweise. Nichts Offensichtliches – es gibt eine ganze Menge Menschen, die keine digitale Präsenz im Netz haben –, aber genug, um ihre Neugier zu befriedigen.«

Kieron nickte. »Das haben Sie schon öfter getan, nicht wahr?«, bemerkte er.

»Das ist mein Job. Heutzutage geht es dabei genauso sehr um digitale Information wie um Tarnung und Abenteuer. Mehr noch sogar.«

Bex sah Kieron zu, wie er mithilfe der AR-Brille die Server des Goldfinch-Instituts infiltrierte und eine gefälschte Verabredung in Todd Zanderbergens Terminkalender eintrug. Seine Hände glitten elegant und gekonnt durch die Luft, verschoben und änderten Daten. Er war tatsächlich ein Naturtalent, musste sie bewundernd zugeben. Wenn sie selbst dieses Gerät benutzen musste, um ihn am nächsten Tag bei seinem Meeting mit Informationen zu versorgen, dann sollte sie noch ein wenig üben. Vielleicht ein paar Stunden, während die Jungen schliefen. Sie hatte sich angewöhnt, mit nur fünf Stunden Schlaf pro Nacht auszukommen – den Rest der Zeit konnte sie nutzen, um sich vorzubereiten.

»Ja«, verkündete Kieron schließlich, »das war's! Ich bin für morgen um 11 Uhr angemeldet.«

»Dann solltet ihr jetzt wieder in euer Zimmer gehen und etwas schlafen. Wir sehen uns morgen früh um acht zum Frühstück.«

»Wahrscheinlich kann ich sowieso nicht schlafen« meinte Sam. »Jetlag.«

»Der Jetlag beeinträchtigt dich bei einem Flug nach Westen über den Atlantik kaum. Der trifft dich erst so richtig, wenn wir zurückfliegen«, erklärte Bex. Doch dann suchte sie in ihrer Tasche und holte eine Packung Pillen heraus. »Ihr könnt beide eine davon nehmen.«

»Was ist das?«, fragte Kieron misstrauisch.

»Melatonin. Das ist ein Hormon, das der Körper nachts produziert. Es macht deinen Körper schlafbereit. Wir sind hier acht Stunden hinter der britischen Zeit, also glaubt euer Gehirn, es sei morgen und ihr hättet die Nacht durchgemacht. Mit dem Melatonin könnt ihr euren Körper hereinlegen und seine Uhr neu einstellen.«

»Na gut.« Kieron nahm zögernd die Packung. »Wenn Sie sicher sind.«

Die Jungen gingen in ihr Zimmer, und Bex machte sich an die Arbeit, um mit dem AR-Gerät kleine Spuren von Ryan Allens Leben im Internet auszusäen, genau so schwer zu finden, dass jemand, der danach suchte, davon überzeugt sein würde, dass es tatsächliche Fakten waren und keine konstruierten falschen Daten. Dazu brauchte sie zwar drei Stunden, doch es war nützlich. Sie hatte das Gerät schon eine ganze Weile nicht mehr benutzt, denn dafür war Bradley der Experte, aber das mentale Muskelgedächtnis war noch da. Als sie fertig war, war sie sicher, dass sie Kieron genauso gut unterstützen konnte, wie er es bei ihr in Mumbai und Pakistan getan hatte.

Da sie noch wach war, entschloss sie sich, eine Spazierfahrt zu machen. Es war eine gute Übung, die Gegend zu erkunden, wenn man eine Mission vor sich hatte. Man konnte die Ein- und Ausgänge erforschen und sich Optionen zurechtlegen, falls etwas schiefging. Also verließ sie ihr Zimmer, ging zum Mietwagen und fuhr von der Stadtmitte von Albuquerque breite, sanft geschwungene Straßen hinaus in die Wüste, die die Stadt umgab. Es war Nacht geworden, und anstatt die Klimaanlage einzuschalten, ließ sie lieber die Fenster herunter und genoss den Fahrtwind und die Geräusche der schlafenden Stadt. Die Hitze des Tages war einer angenehmen Wärme gewichen, doch immer noch konnte sie den Duft der Wüstenblumen riechen und gleichzeitig auch den Geruch von Kerosin vom nahe gelegenen Luftwaffenstützpunkt. Aus reiner Gewohnheit sah sie ungefähr alle halbe Minute in den Rückspiegel, um zu sehen, ob irgendwelche Scheinwerfer hartnäckig hinter ihr blieben, doch die Autos, die sie sah, bogen alle irgendwann von der Straße ab, und ihre Fahrer fuhren nach Hause, in Restaurants, Kinos oder Bars. Es gab keinen Grund, dass sie jemand verfolgen sollte, aber es war so wie das Blinken beim Abbiegen: Sie machte es ganz automatisch, ohne sich besonders darauf konzentrieren zu müssen. Es war ein Überlebensinstinkt.

Das Goldfinch-Institut lag etwa zehn Meilen nördlich von Albuquerque an einer Route, die, wie sie mit einem Lächeln bemerkte, nach Roswell weiterführte. Das würde den Jungen gefallen: In der Nähe von Roswell lag angeblich die sagenumwobene Area 51, die Militärbasis mit den Hangars, in denen seit den 1950er-Jahren Gerüchten zufolge an den Resten eines abgestürzten außerirdischen Raumschiffes geforscht wurde. Das war zwar völliger Unsinn, aber die Legenden waren einfach nicht totzukriegen.

Das Institut selbst lag in einer Nebenstraße. Es gab keine Schilder. Wenn man zum Goldfinch-Institut fuhr, dann, weil man genau dorthin wollte und bereits wusste, wo es lag. Das war sozusagen ein subtiler Intelligenztest. Bex wurde langsamer und parkte kurz vor der Abzweigung am Straßenrand, im Schutz eines riesigen Werbeplakats, das die gesundheitlichen Vorteile eines wundertätigen Entsafters anpries. Die Nebenstraße war in der Karte zwar eingetragen, führte aber angeblich nirgendwohin. Es gab keine Häuser, keine Städte, nichts. Eigentlich hatte sie bis zum Institut fahren und sich die Haupttore und die Zäune ansehen wollen – nach Möglichkeit wollte sie um das Institut herumfahren und ein paar Fotos machen. Doch sie entschied sich, es besser bleiben zu lassen. Möglicherweise gab es an der Straße Kameras und eine Kennzeichen-Erkennungssoftware würde ihr Nummernschild für eine spätere Analyse verzeichnen. Vielleicht würden sie mit einer bildverstärkenden Schwachlichtkamera trotz der Dunkelheit sogar ein gutes Bild von ihrem Gesicht bekommen. Es lohnte sich nicht, dieses Risiko einzugehen.

Gerade, als sie wenden und in die Stadt zurückfahren wollte, um ein paar Stunden zu schlafen, sah sie ein Licht auf der Nebenstraße. Instinktiv schaltete sie die Scheinwerfer aus. Eine Weile schien das Licht nur auf und ab zu tanzen und den staubigen Asphalt und die kakteenartigen Büsche neben der Straße zu beleuchten, bevor es sich in den liegenden Doppelpunkt eines Autoscheinwerfers verwandelte. Im schwachen Sternenlicht und dem Streulicht der Scheinwerfer erkannte Bex die Umrisse eines Sportwagens, der auf sie zukam.

An der Einmündung zur Hauptstraße wurde der Wagen langsamer, bevor er abbog. Bex blieb still sitzen und rührte sich nicht. Vielleicht war es jemand, der noch spät gearbeitet hatte und sich jetzt erst auf den Heimweg machte, oder die Security des Instituts auf Patrouille. Bex wollte auf keinen Fall bemerkt werden.

Der Wagen beschleunigte nach der Kurve und fuhr in die Richtung zurück, aus der Bex gekommen war, nach Albuquerque. Als seine Lichter kurz von dem Werbeplakat reflektiert wurden, erkannte Bex mit Schrecken Tara Gallagher, ihre alte Freundin aus der MI6-Ausbildung. Sie war älter geworden und hatte sich die Haare rot gefärbt, doch Bex hätte sie überall erkannt. Dafür hatten sie zu viel Zeit zusammen in dreckigen Gräben und schummrigen Bars verbracht.

Der Wagen verschwand in der Dunkelheit. Tara wandte nicht den Kopf, sie hatte Bex nicht gesehen.

Erst fünfzehn Sekunden später konnte Bex wieder normal atmen. Wie groß waren wohl die Chancen, dass sie und Tara in einem fremden Land zu dieser Uhrzeit gemeinsam an einer einsamen Kreuzung auftauchten? War das ein Omen oder eine Warnung? Bex war sich nicht sicher. Während sie in die Stadt zurückfuhr – langsam, um nicht zu riskieren, Tara zu überholen und ihrer alten Arbeitskollegin (und, wie sie sich selbst gegenüber zugeben musste, früheren Freundin) doch noch die Möglichkeit zu bieten, ihr Gesicht zu sehen –, dachte sie über diese unwahrscheinliche Begegnung immer wieder nach. Auf die eine oder andere Weise schien es ihr ein schlechtes Zeichen zu sein.

Taras Wagen hatte die Stadt entweder lange vor ihr erreicht oder war irgendwo abgebogen – vielleicht in eine Seitenstraße, die zu einer exklusiven Wohnsiedlung mit Häusern im Ranch-Stil führte –, sodass Bex ihr Hotel ohne Zwischenfall erreichte. Bevor sie den Wagen abstellte, sah sie sich gründlich auf dem Parkplatz um und betrat das Hotel mit ihrer Schlüsselkarte durch einen Nebeneingang anstatt durch den Haupteingang, für den Fall, dass den jemand beobachtete. Sie erreichte ihr Zimmer, zog sich aus, putzte sich die Zähne und war wenige Minuten später eingeschlafen. Es war ein traumloser Schlaf.

Am nächsten Morgen traf sie die Jungen im Restaurant beim Frühstück. Beinahe hätte sie sie nicht erkannt, denn automatisch hatte sie nach ihnen in ihrer Emo-, nein, Greeb-Kluft Ausschau gehalten. Aber sie waren adrett und ordentlich in die Sachen gekleidet, die sie ihnen am Tag zuvor gekauft hatte. Sie hatten sich sogar die Haare gewaschen und sich die paar Barthaare, die sie hatten – »das Fläumchen«, wie ihre Mutter es genannt hätte –, vom Kinn rasiert. Sie war seltsam stolz auf sie.

Als Frühstück gab es das übliche amerikanische Büfett und sie stapelten sich die Teller mit Schinken, Pilzen Rührei, Würstchen, Kartoffelpuffern und gebackenen Bohnen voll. Kieron balancierte sogar noch ein paar Scheiben Käse darauf, während Sam über alles Ahornsirup gegossen hatte.

»Schon gut«, versicherte sie ihnen. »Ihr dürft euch so oft nachnehmen, wie ihr wollt. Ihr müsst nicht gleich beim ersten Gang zum Büfett die Teller bis zum absoluten Limit vollschaufeln.«

Sie starrten sie mit großen Augen an.

»Echt?«, fragte Sam.

»Echt«, antwortete sie.

Während die Jungs alles aufaßen, was sie sich auf die Teller geladen hatten, und sich dann einen Nachschlag holen gingen, gab sich Bex mit Kaffee und Toast zufrieden. Als sie fertig waren, sah sie Kieron an.

»Bist du bereit?«, fragte sie.

»So bereit wie möglich«, antwortete er.

»Du schaffst das schon«, lächelte sie.

Sie schob ihm über den Tisch hinweg die AR-Brille zu – nicht die Virtual-Reality-Brille, die er gewohnt war und mit der sie am Abend zuvor seine neue Identität im Internet verbreitet hatte, sondern die, die sie selbst normalerweise auf Missionen trug. Die Undercover-Brille. Die, die aussah wie eine gewöhnliche Brille, doch in deren Rahmen Kameras und Mikrofone verborgen waren, die ihr alles übertragen würden, was Kieron sah und hörte, wo immer sie auch saß.

»Setz die auf«, sagte sie, »damit siehst du noch mehr aus wie ein technikbegeisterter Teenager als so schon.«

Als er die Brille auf die Nase gesetzt hatte, gab sie ihm den winzigen Kopfhörer, den er in sein Ohr stecken konnte und der ihm alles übertrug, was sie sagte, ohne dass es jemand anders hören konnte. Sie lächelte. »Na, dann mal los. Wir müssen einen Undercoverauftrag erfüllen.«

KAPITEL 7

Als Kieron und Bex vom Hotel zum Goldfinch-Institut fuhren – Sam hatte beschlossen, wieder ins Bett zu gehen –, verbrachte Kieron die ersten zehn Minuten damit, sich daran zu gewöhnen, dass ihm seine Brille rein gar nichts zeigte – keine Videoeinspielungen, nichts. Jetzt war alles umgekehrt. Bex hatte Zugang zu Internet und einem Haufen geheimer Datenbanken und er hatte nichts.

»Alles in Ordnung?«, fragte Bex, und er machte die bizarre Erfahrung, ihre Stimme doppelt zu hören, einmal normal und einmal dazu noch ein klein wenig blechern über den in seinem rechten Ohr verborgenen kleinen Kopfhörer.

»Ehrlich gesagt versuche ich noch, mich daran zu gewöhnen«, gab er zurück.

»Ich mich auch«, gestand sie ihm. »Ich kann die Straße direkt vor mir sehen und ich sehe sie auch durch deine Brille. Das ist, als sehe man einen 3-D-Film mit der Brille verkehrt herum: Das ist total irritierend. Es ist echt lange her, seit ich diese Brille ernsthaft benutzt habe.«

Kieron beobachtete den Verkehr auf dem Weg durch

Albuquerque. Die meisten Autos sahen vertraut aus – nur dass sie ihm größer und glänzender vorkamen –, aber die Laster! Das waren riesige Monster mit großen Kabinen mit getönten Scheiben und silbernen Auspuffrohren, die wie Schornsteine seitlich an den Fahrerhäuschen aufragten. Und überall, wo man hinsah, war Werbung. Werbung für Haarpflegeprodukte, Schmerzmittel, Anwälte und alles Mögliche andere. Es gab sogar Werbeplakate für die Kandidaten der örtlichen Sheriffwahl: Fotos von netten Männern mit breitem Grinsen und großen Hüten, die versprachen, alles zu regeln, was es in der Stadt an rechtlichen Problemen gab.

Nach einer Weile ließen sie die Stadt hinter sich und fuhren durch die trockene Wüste. Zu seiner Linken sah Kieron etwas, das sich parallel zu ihnen bewegte. Erst nach näherem Hinsehen erkannte er, dass es ein Zug war, allerdings einer, der ungefähr zehn Mal länger sein musste als jeder, den er je in England gesehen hatte. Und ganz ohne Passagiere. Es war offenbar eine endlose Reihe von aneinandergereihten Frachtcontainern. Er konnte weder die Lokomotive noch das Ende des Zuges sehen.

»Das ist echt unglaublich hier«, murmelte er.

Bex bog von der Hauptstraße ab und fuhr eine schmalere Straße entlang. Fünf Minuten später ragten am Horizont eine Reihe von Gebäuden auf. Die Sonne wurde grell von den bläulichen Glasscheiben reflektiert, die alle Flächen zu bedecken schienen. Jedes Gebäude war unten breiter als oben, sie sahen aus wie Pyramiden mit abgeschnittener Spitze. Auf den Dächern waren ganze Wälder von Antennen. Nein, Moment, dachte Kieron verwundert: Es waren einige Antennen, aber sie schienen aus einem echten Wald emporzuwachsen. Dünne Schösslinge mit belaubten Wipfeln ragten aus einem Meer von Büschen auf.

»Ist das …?«, fragte er.

Bex fuhr nur noch im Schneckentempo, nahm eine Hand vom Lenkrad und wedelte herum, um die Bilder von Kierons Brille aufnehmen zu können. Sie zoomte offenbar das heran, was er sah, denn plötzlich sagte sie: »Das sieht aus wie ein Garten. Da sind Bänke und Gras und schattige Plätze, an denen man vor der Sonne geschützt ist.«

»Das Goldfinch-Institut sorgt ja gut für seine Angestellten«, bemerkte Kieron.

Bex wurde wieder schneller. »Vorausgesetzt, das ist nicht alles nur für den Chef vom Ganzen – Todd Zanderbergen.«

»Hat diese AR-Brille eigentlich selbsttönende Gläser?«, fragte Kieron. »Denn die Sonne, die von dem ganzen Glas reflektiert wird, ist echt grell.«

»Nein, und selbst wenn es so wäre, solltest du sie nicht benutzen« antwortete Bex. »Die Leute trauen dir nicht, wenn sie deine Augen nicht sehen können. Selbst wenn du lügst, glauben sie dir eher, wenn du keine Sonnenbrille trägst. Das ist seltsam, aber so ist es.«

Immer näher kamen sie den Gebäuden, bis sie wie eine gleißende Zitadelle vor ihnen aufragten. Kieron spürte, wie sich sein Magen vor Anspannung verkrampfte. Jetzt wurde die Sache mit einem Mal so real.

Ein drei Meter hoher Maschendrahtzaun tauchte vor ihnen auf, gekrönt von Stacheldraht. Da kam man nicht so schnell hinüber. Und selbst wenn man das schaffen sollte, ragte drei Meter dahinter ein weiterer Zaun auf. An jedem Zaun hingen Schilder, die jeden, der dicht genug herankam, warnten, dass die Zäune unter Strom standen. Die ausgetrockneten Leichen verschiedener Vögel am Fuß der Zäune – meist Krähen, aber auch ein paar Falken, stellte Kieron fest – dienten noch zur Verstärkung der Warnung. Zu viel des Guten? Vielleicht.

Sie fuhren die Straße weiter am Zaun entlang. Ein paar Minuten später gelangten sie an eine Lücke, an der ihnen hüfthohe, in den Boden eingelassene Metallplatten den Weg versperrten. Die Luft darüber schien zu flimmern und zeigte, wie stark sie sich in der Sonne aufgeheizt hatten.

Innerhalb des Zauns stand ein kleines Wachhäuschen und außerhalb lag ein kleiner, asphaltierter Parkplatz. Ein paar Meter weiter gewährten Drehkreuze mit kleinen, auf Augenhöhe angebrachten Boxen den Mitarbeitern Zugang zum Gelände.

Bex fuhr an die Metallplatten heran. Kieron betrachtete in dem glänzenden Metall ihre Spiegelbilder. Sowohl er als auch Bex sahen ruhig und professionell aus, stellte er erleichtert fest.

Ein uniformierter Security-Angestellter mit einer demonstrativ an der Hüfte befestigten Schusswaffe trat heraus. Er trug eine Sonnenbrille und ein Klemmbrett, und seine Uniform sah aus, als sei sie gerade eben erst gewaschen und gebügelt worden. Er hielt eine große Hand hoch, die andere lag am Griff der Waffe.

»Bitte schalten Sie den Motor aus, Ma'am. Was führt Sie hierher?«

Bex ließ das Fenster herunter und wollte schon etwas sagen, doch Kieron legte ihr die Hand auf den Arm.

»Lassen Sie mich das machen«, bat er, öffnete sein eigenes Fenster und winkte dem Mann lässig zu. »Ryan

Allen«, rief er. »Ich habe eine Verabredung mit Mr Zanderbergen.«

Der Security-Mitarbeiter sah auf sein Klemmbrett. »Mr Allen?«

»Das habe ich doch gesagt«, erwiderte Kieron laut.

»Könnten Sie bitte aussteigen?«

Kieron wedelte abwehrend mit der Hand. »Hier drin ist es schön kühl und draußen ist es heiß. Ich komme aus England, wir mögen es nicht warm und schon gar nicht heiß. Lassen Sie mich rein oder nicht. Ich habe etwas, was Ihren Boss interessieren dürfte.«

Der Mann verzog keine Miene, doch seine Körpersprache verriet, dass er nervös wurde. Er nahm ein Funkgerät von seinem Gürtel und sprach hinein. Gleich darauf sagte er: »Okay, wenn Sie bitte dort drüben parken würden, sie schicken Ihnen einen Buggy.«

»›Buggy‹ klingt sehr offen«, erwiderte Kieron. »Ich sagte doch, ich mag die Hitze nicht.«

Entschuldigend hielt der Mann die Hände hoch. »Tut mir leid, Sir, aber so sind die Sicherheitsvorschriften. Anders geht es nicht.«

»Übertreib es nicht«, warnte Bex leise. »Du bist drin. Steig aus und warte auf den Buggy. Ich parke da drüben und warte auf dich.«

»Wünschen Sie mir Glück«, bat er, als er ausstieg.

Die trockene Hitze der Wüste traf ihn beim Aussteigen wie ein Schlag ins Gesicht. Auf der Stirn verspürte er ein Prickeln, als ob er schwitze, doch da war kein Schweiß. Der war augenblicklich verdunstet. Er ging davon aus, dass das ein Problem sein würde, wenn er zu lange draußen blieb – er würde dehydrieren, ohne es zu merken. Darauf musste er achten.

»Du brauchst kein Glück«, hörte er Bex' Stimme in seinem Ohr, als er die Tür schloss. »Du wirst das großartig machen.«

Er trat an die Schranke, wo ihn der Security-Mitarbeiter unbeteiligt hinter seiner Sonnenbrille anstarrte. Kieron lächelte ihn an.

Etwa fünf Minuten später erschien hinter einem der Glasgebäude ein Buggy und raste auf das Tor zu. Der Security-Mitarbeiter verschwand in seinem Häuschen, zweifellos, um auf irgendeinen Knopf zu drücken, denn die Metallplatten verschwanden plötzlich im Boden. Dann kam er wieder heraus und winkte Kieron zu, das Gelände zu betreten.

»Schnell«, sagte er.

»Und was passiert, wenn ich nicht schnell bin?«

»Dann fahren die Barrieren wieder hoch und schneiden Sie in zwei Teile«, erwiderte der Mann, ohne eine Miene zu verziehen.

»Sie machen Scherze, nicht wahr?«, fragte Kieron, doch da er sich nicht ganz sicher war, beeilte er sich lieber. Gerade als er das Gelände des Goldfinch-Instituts betrat, hörte er, wie hinter ihm die Metallplatten wieder hochfuhren. Er glaubte fast, eine davon hätte seine Ferse gestreift, aber das bildete er sich vielleicht auch nur ein.

Der Golfbuggy schwang herum, sodass er seitlich vor ihm stand. Einen Fahrer gab es nicht. Kieron sah sich um und fragte sich, ob er das Opfer eines Streichs wurde, doch der Security-Typ sah ihn nur gereizt an.

»Der fährt automatisch!«, rief er. »Steigen Sie ein, dann bringt er Sie dahin, wo Sie hinmüssen.«

»Sicher?«, fragte Kieron nach. »So was habe ich schon in Filmen gesehen und da geht das nie gut aus.«

Der Mann starrte ihn nur an.

Kieron stieg also auf den Beifahrersitz und wartete. Nach ein paar Sekunden fuhr der Buggy los.

Er fuhr ihn an den Glasgebäuden entlang und dann in eine Schlucht mit gläsernen Wänden. Der Fahrtwind kühlte ein wenig, wofür er sehr dankbar war. Es war keine Lüge gewesen, dass er die Hitze nicht gut vertrug. Schließlich hielt der Buggy sanft vor einer gläsernen Schiebetür in einer gläsernen Wand.

Kieron betrat das Glasgebäude. Oder die Höhle des Löwen, wie er unwillkürlich dachte. Er bemerkte, dass im Rahmen der Eingangstür ein Sicherheitsscanner eingebaut war, und fragte sich, wonach der wohl suchte. Waffen, Sprengstoff oder vielleicht Hightech-Equipment? So wie die AR-Brille?

Drinnen war es kühl und der Sonnenschein wurde durch die vom Boden bis zur Decke verspiegelten Scheiben gedämpft. An einer langen Rezeption saß ein junger rothaariger Mann und arbeitete an einem Computer. Er trug einen Jogginganzug. Mehrere sehr plüschige Sessel sahen eher wie exotische Pilze aus, nicht wie etwas, worauf ein Mensch bequem sitzen konnte.

»So langsam erkenne ich ein Muster«, sagte Bex in seinem Ohr.

Kieron wollte antworten, hielt sich aber gerade noch zurück. Es war zwar nur eine Person in der Lobby, aber er wusste nicht, wie viele ihn möglicherweise auf Überwachungskameras beobachteten. Er hatte das Gefühl, als sei man hier geradezu besessen von Sicherheitsmaßnahmen, wenn auch relativ diskret. Also lächelte er den Mann an.

»Du bist Ryan Allen und hast eine Verabredung«, soufflierte Bex.

»Ryan Allen«, sagte er. »Ich habe eine Verabredung.«

Der Mann sah von seinem Computer auf und nickte. »Guten Morgen, Mr Allen«, sagte er. »Es tut mir leid, aber da muss es eine Verwechslung gegeben haben. Ihre Verabredung ist zwar in Mr Zanderbergens Kalender eingetragen, aber irgendwie muss sie übersehen worden sein. Ich kann mich nur entschuldigen. Mr Zanderbergens Assistentin wird gleich hier sein.« Er deutete zu einem Wasserspender am Ende des Tresens, der zu Kierons Überraschung nicht mit Wasser, sondern mit einer blassgelben Flüssigkeit gefüllt war. »Bitte, wenn Sie inzwischen einen Eistee möchten ...«

»Danke«, erwiderte er, »aber da, wo ich herkomme, serviert man Tee heiß und mit Milch.«

»Nicht schlecht – das übertrieben britische Auftreten passt gut«, sagte Bex in sein Ohr.

Kieron blieb vor dem Tresen stehen und sah sich um. Gleich darauf ertönte eine leise Glocke und eine zuvor unsichtbare Tür in der Wand neben der Rezeption öffnete sich. Eine Frau in einem strengen türkisfarbenen Hosenanzug trat heraus. Sie war ebenfalls rothaarig, und Kieron begann zu vermuten, dass Todd Zanderbergen auf Rothaarige stand.

»Mr Allen?« Mit ausgestreckter Hand kam sie auf ihn zu. »Ich bin Judith. Bitte entschuldigen Sie die kleine Verzögerung. Mr Zanderbergen erwartet Sie. Bitte folgen Sie mir.«

Kieron schüttelte ihr die Hand und folgte ihr zu der Tür, die, wie er jetzt sah, zu einem Aufzug gehörte. »Danke.«

»Sag ihr, was für ein schönes Gebäude sie haben«, forderte Bex ihn auf.

»Das ist ein sehr schönes Gebäude«, wiederholte er, als sich die Aufzugstüren schlossen.

Judith lächelte. Perfekte Zähne. »Vielen Dank. Wir sind auch sehr stolz darauf. Wir sind völlig kohlenstoffneutral und recyceln alles Wasser. Hier wird nichts verschwendet.«

»Wunderbar«, war alles, was ihm dazu einfiel.

Judith sah zur Decke des Aufzugs. »Fünf«, sagte sie laut und deutlich, und der Lift setzte sich in Bewegung. Kieron sah sich um, konnte aber keine Steuerung entdecken, keine Knöpfe oder Schalter, keine Anzeigen. Offenbar wurde alles sprachgesteuert.

»Und was machen wir, wenn etwas schiefgeht?«, fragte er.

Judith sah ihn an. »Dann sagen wir ruhig und deutlich ›Hilfe‹.«

»Na, das ist ja beruhigend.«

Da er ein paar Augenblicke zum Nachdenken hatte, spürte Kieron, wie er wieder nervös wurde. Er sah sich um, zu den Lichtern an der Decke, den verspiegelten Wänden, überall hin, nur um sich von seinen Befürchtungen abzulenken.

»Beruhige dich«, sagte Bex in seinem Ohr. »Du machst das gut.«

Kieron versuchte seine Atmung zu beruhigen. Er hatte es fast geschafft, als die Aufzugstür aufging und er in einen mit Teppich ausgelegten Arbeitsbereich blickte. Leute in unterschiedlichster Kleidung – von Jeans und Sportkleidung bis Baumwollhosen oder Anzügen arbeiteten an Tischen mit Computern, die eher zufällig angeordnet schienen als in Reihen oder Gruppen. Anstatt auf Stühlen saßen sie auf aufblasbaren Bällen in blauen, rosa und grünen Pastellfarben. Und sie alle hatten die Haare in irgendeiner Rotschattierung gefärbt, von grellem Orange bis zu tiefem Bordeauxrot.

Als Judith seine Überraschung bemerkte, sagte sie: »Unserer Philosophie nach lässt das Goldfinch-Institut die Leute sie selbst sein, anstatt sie zu reglementieren. Sie arbeiten so besser.«

»Gefällt mir jetzt schon«, meinte Kieron. »Und ... diese Sitzgelegenheiten ...«

»Orthopädisch designt, um den Rücken zu entlasten«, erklärte Judith. »Bitte kommen Sie mit mir.«

»Das sind keine Standardcomputer«, berichtete Bex. »Ich finde nirgendwo Spezifikationen dazu online.«

»Und was sind das für Computer?«, fragte Kieron, während Judith ihn durch die Ansammlung von Tischen führte. »Die sehen nicht aus, als könne man sie in jedem Laden kaufen.«

»Gut beobachtet.« Judith schenkte ihm ein schmales, geschäftsmäßiges Lächeln. »Die produzieren wir selbst. Niemand sonst kann sie kaufen. Sie sind allem, was offiziell erhältlich ist, etwa um fünf Jahre voraus.«

Kieron hätte sich liebend gern diese Computer angesehen und herausgefunden, was sie konnten, doch Judith führte ihn zu einem Büro in der Mitte des Arbeitsraumes, dessen Wände komplett aus Glas waren. Ein Mann, der nur etwa fünf Jahre älter zu sein schien als Kieron, stand dort an einem Schreibtisch, der hoch genug war, dass er die Computertastatur im Stehen bedienen konnte. Kein aufblasbarer Ball für ihn. Neben ihm stand eine rothaarige Frau in einem schwarzen Hosenanzug und sah Kieron entgegen.

»Das ist Tara Gallagher«, informierte Bex ihn. Kieron

vernahm etwas in ihrer Stimme, das er sich nicht erklären konnte. »Sie ist Zanderbergens Sicherheitschefin. Pass auf – sie ist clever, denk daran.«

Bevor Kieron reagieren konnte, klopfte Judith an eine Glastür in der Glaswand dieses Aquariumbüros, machte sie auf und bedeutete Kieron einzutreten.

Der Mann an dem hohen Schreibtisch drehte sich um. Er trug an den Knien zerrissene schwarze Jeans und ein T-Shirt mit einem Bandlogo. Als er sich Kieron zuwandte, bemerkte der, dass es ein Lethal-Insomnia-T-Shirt war.

»Mr Allen! Willkommen am Goldfinch-Institut! Ich bin Todd Zanderbergen. Nenn mich doch Todd.«

»Und ich bin Ryan. Cooles T-Shirt übrigens. Ich bin ein großer Fan.« Er wandte sich an Judith, die noch in der Tür stand. »Vielen Dank für Ihre Hilfe.«

Sie lächelte, als hätten sie ein gemeinsames Geheimnis, und schloss dann die Glastür.

»Du weißt, dass sie von hier sind?« Todd hielt in geheucheltem Erstaunen die Hände hoch. »Wie cool ist das denn? Im Augenblick sind sie in der Stadt, um ihr neues Album aufzunehmen. Komplett durch Crowdfunding finanziert, aber das weißt du wahrscheinlich.« Todd nahm Kierons Hand in seine beiden und schüttelte sie kräftig. »Oh, und das ist meine Sicherheitschefin Tara Gallagher«, stellte er vor und nickte grinsend zu der Frau im schwarzen Anzug. »Sie ist hier, um aufzupassen, dass ich nicht alle Firmengeheimnisse ausplaudere. Ich bin schrecklich – ich plaudere einfach gern über das, was wir hier tun. Aber das ist anscheinend schlecht fürs Geschäft.«

»Bleib ruhig«, riet ihm Bex. »Rede möglichst nur in Floskeln.«

Tara kam und nickte Kieron zu, als sie ihm die Hand schüttelte. »Sehr erfreut«, sagte sie.

»Sie sind Engländerin«, stellte Kieron fest.

Sie nickte. »Ja, ich bin vor ein paar Jahren in die USA gezogen. Kann ich dir etwas zu trinken besorgen? Wasser vielleicht?«

»Ja, das wäre nett.«

»Also, um ehrlich zu sein«, begann Todd, als Tara sich abwandte und irgendetwas in die Tastatur auf dem Tisch tippte, »es hat wohl irgendeinen Fehler in der Kommunikation gegeben. Wir haben irgendwie deine Angaben verloren. Wir wissen zwar, dass du hier eine Verabredung mit mir hast, aber wir haben ehrlich gesagt keine Ahnung, warum. Ich weiß, du hast einen langen Weg hinter dir, und ich werde dir so viel Zeit widmen wie möglich, aber es wäre schön, wenn du uns einen kurzen Überblick darüber geben könntest, was du von uns erwartest.«

»Normalerweise«, erklärte Tara und stellte sich wieder neben Todd, »erwarten wir, dass unsere Besucher uns eine Sicherheitsfreigabe schicken und eine Agenda.«

Kieron hörte Bex in seinem Ohr: »Sag ihnen, dass du ihnen das alles schon lange im Voraus geschickt hast und dass du überrascht bist, dass sie es verloren haben. Du kannst ruhig ungeduldig klingen.«

»Meine Leute haben das alles schon geschickt«, wiederholte Kieron, wobei er sich bemühte, so zu klingen, als hätte er die Worte nicht eben erst gehört. »Ich muss schon sagen, ich bin überrascht, dass Sie das alles nicht bekommen haben.«

Todd schoss Tara einen schnellen, giftigen Blick zu. Es war nur ein Augenblick, dann war der Ärger verflogen, und er lächelte wieder. »Ich kann mich nur entschuldigen.

Daten gehen eben manchmal verloren. Falsch abgelegt, gelöscht, wer weiß? Menschen machen Fehler, wie sehr ich mich auch bemühe, solche Schlampereien zu unterbinden. Also – wir wissen, dass du an nichttödlichen Waffen interessiert bist. Das ist toll, denn damit verdienen wir unseren Lebensunterhalt. Worüber genau möchtest du hier mit uns sprechen?«

Bex wollte etwas sagen, doch Kieron hatte schon angefangen zu sprechen und konnte nicht mehr aufhören: »Ich … ich habe eine nichttödliche Waffe entworfen, die zu augenblicklicher Bewusstlosigkeit führt.«

Todd hielt die Hände hoch. »Da kann ich dich gleich unterbrechen. Ich will hier nicht unser beider Zeit verschwenden. Das haben wir schon versucht. Es ist sozusagen der Heilige Gral der nichttödlichen Waffen – Terroristen unschädlich zu machen, die Geiseln genommen haben, bevor sie sie in die Luft jagen können. Wenn wir das Problem knacken, können wir ein Vermögen verdienen – na, in meinem Fall, ein fünftes Vermögen, aber wer zählt da schon mit? Wir haben alle Betäubungsmittel ausprobiert, aber keines davon wirkt schnell genug oder ist in hohen Dosierungen sicher genug. Glaub es oder nicht, wir haben über vierzig verschiedene Zusammensetzungen von Fentanyl ausprobiert, ohne etwas Verwendbares zu finden. Du würdest nicht glauben, wie viele Affen wir bei den Versuchen umgebracht haben. Es ist einfach nicht möglich, Aufrührer oder Terroristen bewusstlos werden zu lassen.«

»Der Trick dabei ist, kein Gas zu verwenden«, erwiderte Kieron, der sich bemühen musste, nicht an Affen zu denken, die im Namen der Wissenschaft vergast wurden. »Gas ist unberechenbar und unhandlich. Ich habe an etwas völlig anderes gedacht. Hast du es schon einmal damit versucht, Gehirnwellen zu neutralisieren und somit das Gehirn von Leuten einfach auszuschalten?«

Todd starrte ihn eine Weile nur an. »Interessant«, fand er schließlich. »Erzähl mir mehr davon.«

Kieron wollte schon den Mund aufmachen, als ihn Bex warnte: »Nicht ohne eine Verschwiegenheitserklärung. Sag ihm das.«

»Nicht ohne eine Verschwiegenheitserklärung«, brachte Kieron aalglatt hervor.

Todd nickte. »Ich verstehe. Ich verstehe vollkommen. Ich nehme an, du hast eine, die sich meine Leute ansehen können?«

Kieron nahm den USB-Stick aus der Tasche und hielt ihn hoch. »Hier drauf, zusammen mit einigen anderen interessanten Dingen, die du vielleicht sehen willst.«

»Klingt spannend. Also, gib mir mal einen Tipp. Worum geht es da?«

Kieron hörte Bex sagen: »Erzähl ihm von dem Neuralsimulator.« Noch leiser fügte sie hinzu. »Schließlich hatten wir so viel Mühe, ihn zu beschaffen.«

»Die Theorie kann ich später erläutern«, meinte Kieron. »Ich habe ein simuliertes Gehirn entwickelt. Die individuellen Neuronen stoßen gruppenweise Gehirnwellen aus und simulieren so realistische Gehirnströme – Alpha, Beta, Gamma, Delta und so weiter.«

»Oh, interessant. Dieses simulierte Gehirn«, fragte Todd leise, »denkt es? Ist das so etwas wie ... künstliche Intelligenz?«

Er hörte es zischen, weil Bex scharf die Luft einsog. »Das ist eine heftige Fangfrage!«

»Und was ist die Antwort?«, erwiderte Kieron automatisch und stellte erschrocken fest, dass er Bex versehentlich laut geantwortet hatte.

Zum Glück hatte Todd es nicht bemerkt.

»Nun, die würde ich gern erfahren«, sagte er und nickte. Er ging wohl davon aus, dass Kierons Frage rhetorisch gewesen war. »Nun, das kannst du mir doch wenigstens sagen. Die Verschwiegenheitserklärung unterschreibe ich, keine Sorge, aber ich bin einfach neugierig.«

Kieron glaubte, es leise rascheln zu hören, als Bex mit den Händen wedelte und nach Informationen suchte, die ihm helfen konnten. Am liebsten hätte er gemurmelt: »Keine Sorge, ich packe das schon«, doch er hatte es eben beinahe schon vermasselt. Einen weiteren Fehler konnte er sich nicht erlauben.

»Es ist eine Simulation, keine Replikation«, erklärte er, während Bex noch suchte. »Ich denke, wenn man glaubt, einen Fahrsimulator zu fahren, ist dasselbe, wie ein richtiges Auto zu fahren, könnte man auch glauben, dass ein Gehirnsimulator dasselbe ist wie ein richtiges Gehirn. Aber wir beide wissen es besser, nicht wahr? Wir kennen den Unterschied.«

Todd nickte. »Gute Antwort. Ich nehme an, dass deine Simulation Gehirnwellen produziert, die echten Gehirnwellen ähnlich sind. Das ist der Test.«

»Identisch«, behauptete Kieron.

»Okay.« Todd überlegte. Dann hellte sich sein Gesicht plötzlich auf. »He, sieh dir das an!«, rief er, lief zu einem Glastisch auf der anderen Seite des Büros und nahm etwas hoch – eine Hightech-Waffe wie aus einem Science-Fiction-Film, mit einem Lauf, einem Griff und einem Abzug, doch am Ende des Laufes saß anstatt eines Loches für die Kugel eine runde Metallplatte. Das Einzige, was es eher militärisch aussehen ließ anstatt nach etwas, das ein Alien-Kommando benutzen würde, war die Farbe – ein mattes Kaki, was es in jeder Umgebung unauffällig wirken ließ.

»Was ist das?«, fragte Kieron neugierig.

»Das ist ein Microwave-Skinburner«, antwortete Todd und wog das Gerät in der Hand. »Die US-Army hat eine wesentlich größere Version davon. Und wenn ich sage »wesentlich größer«, dann meine ich, in der Größe eines Lastwagens. Wir konnten die Technologie minimieren und stehen gerade in Vertragsverhandlungen darüber. Er generiert Mikrowellen wie eine normale Mikrowelle, aber im Unterschied dazu haben diese Wellen eine Länge, die dafür sorgt, dass sie nicht weiter als einen Millimeter in die Haut geht. Oh, und ein weiterer Unterschied ist, dass der hier nicht in einem Gehäuse steckt«, fügte er lächelnd hinzu.

»Und wie wirkt er?«, wollte Kieron wissen. »Obwohl man das wohl schon dem Namen entnehmen kann.«

»Das stimmt. Die Mikrowellen verursachen eine Erwärmung der obersten Hautschichten. Es beginnt mit einem Kribbeln wie von Ameisen, das sich in ein Jucken verwandelt, dann ein leichtes Brennen, und schließlich ist es, als hielte jemand ein riesiges Vergrößerungsglas zwischen dich und die Sonne, die dich mit ihrer ganzen Hitze trifft und jeden Zoll an dir verbrennt. Völlig harmlos, verursacht keine bleibenden Schäden, ist aber unglaublich schmerzhaft. Im Augenblick wird so etwas bei Unruhen oder gewalttätigen Aufständen eingesetzt, aber wir haben es zu einer Einzelkampfwaffe umgebaut. So kann man einen Schützen mit einer Geisel oder einen Terroristen mit einem Sprenggürtel unschädlich machen, bis man ihn entwaffnen kann.«

»Ohne dass sich der Finger um den Abzug krümmt«, fragte Kieron nach, »oder die Bombe gezündet wird?«

Todd zuckte mit den Achseln. »Es gibt immer Kinderkrankheiten, die noch ausgemerzt werden müssen. Dafür gibt es ja die Forschungsabteilung. Was mich daran erinnert – die Gehirnwellen, die du zu diesem simulierten Gehirn zurückschickst, um die echten Gehirnwellen auszuschalten, zeichnest du sie einfach auf und wiederholst die Originalwellen, einen halben Zyklus versetzt, oder generierst du neue Gehirnwellen mit – was weiß ich – der Fourier-Analyse oder so etwas?«

Kieron glaubte die Antwort darauf zu kennen. In der Schule verbrachte er nach dem Unterricht viel Zeit in den Musikstudios und experimentierte mit den Synthesizern. Er las die Gebrauchsanweisungen der verschiedenen Geräte und was er im Internet dazu fand, sodass er eine ziemlich gute Vorstellung davon hatte, wie diese Signale erzeugt wurden.

»Aufzeichnen und zurückspielen natürlich«, sagte er so zuversichtlich, wie es ging. Er suchte in seiner Erinnerung nach den Dingen, die er gelesen hatte. »Bei der Fourier-Analyse wird eine Wellenform erzeugt, indem verschiedene Sinuswellen aneinandergekoppelt werden, doch dabei gibt es eine unvorhersehbare Verzögerung. Daher ist es viel einfacher, die Gehirnwellen aufzuzeichnen und wieder einzuspielen.« Er lächelte entwaffnend. »Wichtig ist dabei natürlich, dass wir das, was passiert, wenn wir die Gehirnwellen neutralisieren, mit dem Simulator demonstrieren können. Es ist die praktische Demonstration, dass es möglich ist, ein Gehirn einfach abzuschalten – temporär.«

»Der Trick«, meinte Todd und sah Kieron fest an, »ist

es, sicher zu sein, dass man es jederzeit wieder anschalten kann, ohne dass irgendwelche Schäden bleiben.«

»Genau das ist der Trick«, bestätigte Kieron. »Und genau da kommt die Verschwiegenheitserklärung ins Spiel.«

»Ja, aber du kannst mir doch einen kleinen Tipp geben, oder?«, lächelte Todd gewinnend.

Zum Glück klopfte es genau in diesem Moment an der Glastür. Es war Judith, Todds Assistentin, mit einem Glas Wasser.

»Für dich«, sagte Todd, als sie eintrat und ihm das Glas reichte. Dankbar nahm Kieron einen Schluck.

Um das Thema zu wechseln, sah er sich um. »Das ist vielleicht eine dumme Frage, aber kann ich mich vielleicht irgendwo setzen? Es war gestern ein langer Flug und ich habe nicht sehr gut geschlafen.«

Todd zuckte entschuldigend mit den Achseln. »Tja, ich selbst sitze nicht gern. Ich finde, ich habe viel mehr Energie, wenn ich im Stehen arbeite.« Er deutete auf den Computer auf dem hohen Tisch. »Außerdem ist es besser für meine Haltung. Es hat viele gesundheitliche Vorteile.«

Kieron nickte zu den Leuten auf den bunten Bällen außerhalb des Aquariums. »Gab es da draußen eine Palastrevolte? Hat sich das niedere Volk der gesunden Arbeitsweise verweigert?«

»Vorsicht«, warnte Bex leise, »du willst ihn nicht verärgern.«

»Ja«, lächelte Todd, doch das Lächeln erreichte nicht seine Augen. »Ich habe versucht, sie zu überzeugen, aber es hat sich gezeigt, dass man gegen die Gesundheits- und Sicherheitsvorschriften verstößt, wenn man die Leute zwingt, die ganze Zeit zu stehen. Außerdem kündigen sie. Also habe ich die Sitzbälle eingeführt. Die sind fast genauso gut.« Er zuckte mit den Achseln. »Ich musste auch Kaffeemaschinen aufstellen. Die Saftbar kam nicht so gut an. Offensichtlich ist Koffein ein stärkeres Aufputschmittel als Weizengras.«

»Kündigen denn viele Leute?« Kieron versuchte, die Frage so beiläufig wie möglich klingen zu lassen. Schließlich wollte er Todd nicht wissen lassen, dass seine eigentliche Aufgabe darin bestand, die merkwürdige Häufung von Todesfällen unter dem Personal des Goldfinch-Instituts zu untersuchen. Allerdings hörte er Bex in seinem Kopfhörer scharf die Luft einsaugen.

»Ist vielleicht noch etwas früh für eine so direkte Frage«, meinte sie.

Todd sah Kieron einen Moment lang forschend an, bevor er antwortete: »Bei allen Firmen gibt es einen gewissen Personalwechsel. Bei uns natürlich auch, aber ich hoffe, dass das Gehalt und die Zusatzleistungen unseren Betrieb attraktiv machen.«

Kieron lächelte, sagte aber nichts.

»Soll ich einen der Bälle hereinbringen lassen?«, fragte Todd. »Wenn du dich nicht so wohlfühlst …«

»Ich werde es überleben«, gab Kieron zurück und nippte an dem eiskalten Wasser. »Schließlich habe ich während des ganzen Fluges gesessen. Da tut es meinen Muskeln wahrscheinlich ganz gut, wenn sie sich ein bisschen strecken können.«

»Hey! Dass ich nicht gleich daran gedacht habe!« Todd schlug sich theatralisch mit beiden Händen gegen die Stirn. »Soll ich versuchen, ob ich dir eine Einladung zu den Studiosessions von Lethal Insomnia verschaffen kann, wenn du ein paar Tage hier bist? Ich bin mit dem Studiomanager sozusagen ziemlich gut befreundet. Er hat mir versprochen, er könnte mich reinschmuggeln, wenn ich mal Zeit hätte. Würde dir das gefallen?«

In Kierons Kopf schien ein Feuerwerk loszugehen.

»Das wäre … fantastisch!«, stieß er hervor. Dass Lethal Insomnia zur gleichen Zeit in der Stadt sein würde wie er, hatte ihn sowieso schon fast wahnsinnig gemacht. Es war ein nützlicher Zufall gewesen, um seine Mutter dazu zu bringen, ihn nach Albuquerque reisen zu lassen. Doch er hatte kaum zu hoffen gewagt, dass seine Legende – die, die er ihr erzählt hatte, nicht die Legende, die er zur Tarnung für Todd Zanderbergen brauchte – tatsächlich wahr werden würde. Es fiel ihm plötzlich schwer zu atmen.

»Beruhige dich!«, befahl Bex ihm über den Kopfhörer. »Ich sehe ja von hier aus, dass du zitterst. Deine Brille wackelt. Denk daran – wir haben hier einen Job zu erledigen.«

»Das … das würdest du tun?«, fragte Kieron Todd. »Ich meine, das ist ein ziemlich großer Gefallen für einen völlig Fremden.«

»He, aber gern. Manche Firmen führen ihre Geschäftspartner zum Essen aus oder zu Sportereignissen oder in Nachtklubs. Du siehst aus, als würdest du einen Burger mit Fritten einem Steak vorziehen, außerdem glaube ich nicht, dass du eine Sportarena schon mal von innen gesehen hast, und für einen Nachtklub scheinst du noch zu jung zu sein. Außerdem wird es total Spaß machen!« Er lächelte immer noch, doch seine Augen blickten auf einmal hart wie polierte Murmeln. Kieron spürte, wie ihm ein Schauer über den Rücken lief. »Was mich daran erinnert, dass ich dich fragen sollte, wie alt du bist.«

»Achtzehn«, antwortete Kieron.

»Lügner«, sagte Bex, was glücklicherweise nur er hören konnte. Er ignorierte sie, wie sie es einstudiert hatten.

»Und doch hast du es geschafft, eine sehr komplexe Gehirnsimulation zu entwickeln inklusive der notwendigen Software, um Gehirn-Gegenwellen zu produzieren, mit denen man die normalen Gehirnwellen neutralisieren kann. Das ist beeindruckend für jemanden, der so jung ist.«

Kieron wedelte abwehrend mit der Hand. »Du hast weit mehr erreicht und kannst auch nicht viel älter sein als ich.« Er trank den Rest seines Wassers und bemühte sich, gelassen zu wirken.

»Gut gerettet«, lobte Bex.

Todd zuckte mit den Achseln. »Das stimmt wohl. Es sind junge Leute wie wir, die die ganzen Ideen haben und die Energie, sie zu entwickeln und Kapital daraus zu schlagen. Wenn man erst über dreißig ist, hat man so ziemlich alles schon hinter sich, was man je zustande bringen wird.« Plötzlich leuchtete sein Gesicht auf, als hätte er gerade einen Einfall, doch Kieron konnte Todd Zanderbergen langsam einschätzen. Was wie Impulsivität und Intuition wirkte, war in Wahrheit ein wohldurchdachtes Verhalten. Kieron nahm an, dass dieser Mann sich sorgfältig überlegte, was er tat, und es dann aussehen ließ, als wäre es ihm ganz spontan eingefallen. »He, mir kommt da gerade ein Gedanke. Während ich den Trip organisiere, um Lethal Insomnia bei der Einspielung ihres Albums zuzusehen, könntest du dich doch hier im Institut umsehen? Judith soll dich begleiten. Du kannst dir anschauen, was wir hier so machen und wie wir so sind, und wenn du zurückkommst, können wir über dein nichttödliches Waffenkonzept sprechen.«

»Das hört sich gut an«, fand Kieron. Das tat es tatsächlich und es würde ihn außerdem für eine Weile von Todd wegbringen. Die scheinbar harmlosen, aber forschenden Fragen des Mannes machten ihn langsam nervös.

Todd wandte sich an seinen Computer. »Judith – kommst du bitte?«

Kieron wollte gerade die sprachgesteuerte Technologie kommentieren, als ihm das leere Glas aus der Hand genommen wurde. Als er sich umwandte, bemerkte er Tara Gallagher neben sich.

»Ich werde das nehmen«, sagte sie. Sie versuchte zu lächeln, doch es gelang ihr nicht so recht.

Während sie zu der gläsernen Bürotür ging, sagte Bex: »Fühl dich nicht zu sehr geschmeichelt von dem Angebot, dich herumzuführen. Das ist nur ein Ablenkungsmanöver, um dich aus dem Weg zu haben, während Todd dich durch seine Leute überprüfen lässt. Nur gut, dass wir die ganzen Informationen im Internet für ihn hinterlegt haben.«

Judith näherte sich dem Glasbüro. Hinter ihr sah Kieron Tara Gallagher, die an einen der Computer ging und sich dort beschäftigte.

»Nicht wegschauen!«, befahl Bex plötzlich angespannt. »Ich zoome darauf. Ich will sehen, was sie macht.«

Judith betrat Todds Büro und lächelte Kieron an. Er lächelte zurück und versuchte, so zu tun, als sehe er sie an, während er die Brille auf den Schreibtisch gerichtet hielt, an dem Tara arbeitete.

»Judith«, sagte Todd und wedelte mit der Hand. »Kannst du Ryan hier ein wenig herumführen und ihm alles zeigen?«

»Natürlich«, antwortete sie.

Tara warf vom Schreibtisch aus einen Blick über die Schulter zu Kieron.

»Sie hat dein Wasserglas mitgenommen«, sagte Bex plötzlich. »Und gerade hat sie es auf Fingerabdrücke und DNA gescannt. Die überprüfen dich echt gründlich!«

KAPITEL 8

Bex saß außerhalb des eindrucksvollen Sicherheitszauns vor dem Goldfinch-Institut in dem geparkten Mietwagen und sah zu, wie sich Kieron mit Todd Zanderbergens subtilen Verhörmethoden herumschlug.

Durch die Klimaanlage war es im Wagen so kalt, dass Bex auf den Unterarmen eine Gänsehaut hatte. Doch wenn sie das Fenster an der Fahrerseite berührte, merkte sie, mit welcher Kraft die Sonne die Metallhülle des Autos erhitzte. Es war ein merkwürdiger Gegensatz. Aber wenigstens war es hier eine trockene Hitze, nicht die Feuchtigkeit, die sie neulich in Indien und Pakistan erlebt hatte.

Letzte Woche. Ungläubig schüttelte sie den Kopf. Es war erst eine Woche her, dass sie in diesen beiden Ländern gewesen war. Und jetzt war sie in Amerika. Manchmal konnte sie sich selbst über ihren Lebensstil nur wundern. Eines Tages war sie vielleicht bereit dazu, aufzuhören und sich irgendwo niederzulassen. Aber jetzt noch nicht.

Während Todd Judith für die Führung durch das Institut mit Kieron einwies, dachte Bex fieberhaft nach und sah dabei zu, wie ihre alte Freundin Tara Gallagher Kierons Fingerabdrücke und DNA im Computersystem der Firma überprüfte.

Ihr war klar, dass ihn die Nachricht, dass er überprüft wurde, sicher fast ausflippen ließ, doch sie hatte es ihm sagen müssen. Todd Zanderbergen war ein charismatischer Mann, und er hatte Kieron bereits versucht zu bestechen, indem er ihm den größten Wunsch erfüllte, den ein Emo-Teenager haben konnte: indem er ihm angeboten hatte, ihn in das Aufnahmestudio von Lethal Insomnia mitzunehmen. Es bestand die Gefahr, dass sich der Junge davon blenden ließ und sich verriet. Sie musste ihn daran erinnern, dass überall Gefahren lauerten. Doch sie wollte auch nicht, dass er in Panik geriet. Sie wandelte auf einem schmalen Grat.

»Ich glaube, du kannst beruhigt auf die Besichtigungstour gehen«, sagte sie. »Gib Zanderbergen den USB-Stick mit der Verschwiegenheitserklärung. Er wird einen Viruscheck machen, bevor er die Datei lädt, aber unser Virus ist komplexer, als er es erwartet. Während er dich noch überprüft, wird sein System ein klein wenig modifiziert. Und während du auf dieser Tour bist, werde ich die Gelegenheit ergreifen, nach Albuquerque zurückzufahren und meine eigenen Nachforschungen anzustellen. Ich hoffe, das ist in Ordnung.«

»Bist du so weit?«, hörte sie die Assistentin Kieron fragen.

»Absolut«, erwiderte er. »Besser, als hier herumzuhängen.«

Bex erkannte, dass er ebenso Judith wie auch ihr antwortete. So langsam bekam er den Dreh raus, wie er mit der AR-Brille arbeiten musste.

Sie machte jenen kleinen mentalen Sprung, mit dem sie die Dinge, die Kieron durch die AR-Brille sah, beiseiteschieben konnte, um das wahrzunehmen, was in der Welt um sie selbst herum vor sich ging. Alles war still und ihr Auto war das einzige auf dem Parkplatz vor den Metalltoren. Der Security-Angestellte stand vor seinem Häuschen und beobachtete sie, aber vielleicht war ihm nur langweilig.

Mit zwei Fingern reduzierte sie die Größe des virtuellen Bildschirms, der ihr zeigte, was Kieron gerade sah, und schob ihn an den Rand ihres Blickfelds. Dann legte sie den Gang ein, wendete und fuhr vom Institut fort.

»Ich sehe mich mal beim örtlichen Leichenbeschauer um«, erklärte sie, nicht, weil sie der Meinung war, dass Kieron das wissen musste, sondern weil er nicht glauben sollte, dass die Verbindung unterbrochen war oder sie ihn ignorierte. »Und dann sehe ich mal, ob ich in den lokalen Zeitungsarchiven die Nachrufe, die Todesanzeigen und so weiter finde.«

Automatisch sah sie in den Rückspiegel, obwohl sie das einzige Auto auf der schmalen Straße war, und bemerkte, dass die Metallplatten, die die Zufahrt zum Goldfinch-Institut verschlossen, heruntergelassen worden waren. Ein schwarzes Auto fuhr heraus, und als es am Wachmann vorbeikam, salutierte der ein wenig merkwürdig. Offenbar war es jemand Wichtiges, dachte sie.

An der Abzweigung zur Interstate, wo sie nach Albuquerque abbog, sah sie erneut in den Rückspiegel. Der schwarze Wagen war in dieselbe Richtung abgebogen. Das war keine Überraschung – die Stadt war die größte Siedlung in der Umgebung. Wahrscheinlich wohnten die meisten Angestellten des Instituts dort.

Sie sah kurz in die Ecke des Bildschirms, wo sie Kierons Blickfeld hatte. Er ging einen Gang entlang, dicht hinter Judith. Bex war nicht sicher, ob er ihr auf den Hintern sah oder ob es Zufall war, aber sein Blick glitt immer wieder dorthin. Typisch Teenager.

Sie richtete ihre Aufmerksamkeit wieder auf die Straße. Es war nicht viel Verkehr, aber sie fuhr trotzdem langsam. Sie wollte auf keinen Fall die Aufmerksamkeit von irgendwelchen Verkehrspolizisten auf sich ziehen. Vor ihr fuhren ein Pick-up und ein gelber Schulbus ein wenig schneller als sie selbst.

Wieder sah sie in den Rückspiegel. Der schwarze Wagen behielt dieselbe Geschwindigkeit bei wie sie. Wahrscheinlich war es genauso ein Zufall wie die Tatsache, dass er in die gleiche Richtung abgebogen war wie sie.

Ohne genauer darüber nachzudenken, fuhr sie schneller, blinkte und wechselte die Spur. Jetzt war sie etwas schneller als der Schulbus und der Pick-up und holte sie langsam ein. Als sie den Pick-up überholte, sah sie erneut in den Rückspiegel.

Das schwarze Auto war ebenfalls schneller geworden und hatte die Spur gewechselt. Es war immer noch hinter ihr und verfolgte sie.

Das sah nicht mehr nach Zufall aus. Interessant. Interessant und ein wenig beunruhigend.

Sie sah, wie der schwarze Wagen den Pick-up überholte. Vor ihr war jetzt der gelbe Schulbus. Sie stieg leicht auf die Bremse, wurde ein bisschen langsamer und wechselte erneut die Spur, sodass sie jetzt direkt hinter dem Bus und vor dem Pick-up fuhr.

Nur Sekunden später schwenkte der schwarze Wagen auf ihre Spur, zwischen ihr und dem Pick-up.

Er folgte ihr, da war sie sich jetzt ziemlich sicher.

Die beste Möglichkeit, das zu klären, wäre, von der Interstate abzubiegen und zu sehen, ob er dasselbe tat. Das Problem war nur: Wenn sie danach wieder auf die Route 66 auffuhr, wusste ihr Verfolger, dass sie ihn entdeckt hatte. Schlimmer, sie würde verraten, dass sie auf Verfolger achtete und nicht verfolgt werden wollte. Das wiederum würde Kieron verdächtig wirken lassen, denn wer immer in dem Auto saß – oder auch dessen Boss –, würde wissen, dass sie ihn beim Institut abgesetzt hatte.

Sie hatte ein Problem. Sie durfte nicht zulassen, dass er ihr einfach weiter folgte, da sie ihm nicht verraten durfte, dass sie zum Leichenbeschauer unterwegs war. Das würde genauso viel Verdacht erregen, wie ihn wissen zu lassen, dass sie sich verfolgt fühlte. Was also sollte sie tun?

Sie sah ein Schild, das auf eine Abzweigung hinwies. Eine Seitenstraße führte zu einem Ort namens Los Lunas. Spontan blinkte sie wieder und wechselte auf die Abbiegerspur.

Das schwarze Auto hinter ihr tat dasselbe.

Mit einer Hand am Lenkrad rief Bex in der AR-Brille die Straßenkarte auf. Ein zweites durchsichtiges Fenster tauchte auf und zeigte ihr die Umgebung, in der ein roter Punkt ihre Position markierte. Während sie den Wagen vom Highway auf die Landstraße steuerte, sah sie, dass es vor ihr eine Abzweigung nach rechts zu einem Navajo-Reservat gab und kurz darauf eine nach links, die irgendwann wieder auf die Route 66 zurückführte. Danach führte die Landstraße, auf der sie sich jetzt befand, bis Los Lunas, das offenbar außerhalb von Albuquerque lag.

Fast unmerklich wurde sie langsamer, und wie sie beabsichtigt hatte, kam ihr das schwarze Auto näher.

Sie fuhr an der Abzweigung nach rechts vorbei.

Die Straße war voller Schlaglöcher, über die ihr Wagen holperte. Sie hielt das Steuer mit beiden Händen fest und versuchte den schlimmsten Löchern auszuweichen.

Wie sie gehofft hatte, bemerkte der Fahrer des schwarzen Wagens kurz vor der Abzweigung nach links, dass er ihr zu nahe kam. Ohne zu blinken, riss Bex abrupt das Steuer herum und ließ ihren Wagen in einer riesigen Staubwolke nach links schlittern. In der Wolke verschwand der schwarze Wagen kurzzeitig. Sie drückte den Fuß aufs Gas und ihr Auto schoss davon wie ein Windhund aus seiner Startbox. In rasender Fahrt fuhr sie die Seitenstraße zur Interstate zurück. Im Spiegel sah sie, wie der schwarze Wagen hinter ihr an der Abzweigung vorbeischoss und Richtung Los Lunas weiterfuhr. Wenn sie Glück hatte, würde der Fahrer glauben, dass sie sich geirrt hatte und zu früh von der Interstate abgebogen war und dann ein panisches Wendemanöver durchgeführt hatte, um zum Highway zurückzufahren – so panisch, dass er es zu spät gesehen hatte, um darauf zu reagieren.

Bevor der schwarze Wagen wenden, zurückkommen und ebenfalls abbiegen konnte, beschleunigte Bex, so schnell sie konnte. Gleich darauf tauchte die Abzweigung zur Interstate vor ihr auf. Doch anstatt weiter in Richtung Albuquerque zu fahren, fuhr sie unter dem Highway durch und dann wieder die Auffahrt hinauf, allerdings zurück in Richtung Goldfinch-Institut. So würde der schwarze Wagen, wenn er zur Hauptstraße zurückkam, in die andere Richtung weiterfahren, in die Stadt, und vergeblich versuchen, sie einzuholen.

Als sie wieder an der Ausfahrt nach Los Lunas vorbeikam, fuhr Bex erneut unter dem Highway hindurch und dann weiter nach Albuquerque, allerdings, wie sie hoffte, ein gutes Stück hinter ihrem Verfolger. Wenn sie nicht zu schnell fuhr, würde sie ihn nicht einholen, und der Fahrer würde sich wundern, wo sie wohl war.

Es war ein ganz schöner Aufwand, um jemanden abzuhängen, der vielleicht ganz harmlos war und nur rein zufällig jedes ihrer Manöver kopiert hatte. Aber sie war sich ziemlich sicher, dass es notwendig gewesen war. Wie einer ihrer Ausbilder vor Jahren gesagt hatte: »Wenn etwas einmal passiert, ist es ein einmaliges Ereignis. Passiert es zweimal, ist es Zufall. Bei dreimal handelt es sich um eine feindliche Handlung.«

Tara Gallagher war im gleichen Kurs gewesen. Komisch, wie das Leben so spielte.

Auf der Weiterfahrt schaltete Bex den Tempomat ein und sah nach Kieron. Er schien sich auf einem Schießplatz zu befinden und mit weichen Bohnensäckchen aus einem Gewehr mit breitem Lauf zu schießen. In einem flachen Bogen flogen sie von ihm weg und trafen ein Ziel, das aussah wie ein Boxsack, der leicht hin und her schwang. Sie sah, wie Judith ihn beobachtete und grinste, und ging davon aus, dass er sich amüsierte.

Na gut – Zeit für ein paar Nachforschungen.

Den Informationen in ihrer Brille zufolge war es Aufgabe des Gerichtsmedizinischen Instituts, alle Todesfälle im Staat New Mexico zu untersuchen, die jäh, gewaltsam, vorzeitig, unerwartet oder rätselhaft waren. Es lag in einem Gebäude auf dem Campus der Universität von New Mexico im Zentrum von Albuquerque. Bex folgte der Navigation auf der Karte und verließ die Interstate 40 an einer großen Kreuzung, wo viele Straßen aus allen Richtungen aufeinandertrafen. Gleich darauf stellte sie ihren Wagen auf dem Parkplatz des Instituts ab, der im Schatten eines modernen Gebäudes aus weißen und orangen Steinen lag.

Gerade als sie die Tür aufmachte, um auszusteigen, sah sie einen schwarzen Wagen langsam vorbeifahren. Einen Augenblick lang glaubte sie, ihr Herz würde stehen bleiben, doch dann erkannte sie, dass es eine andere Marke war als der, der sie verfolgt hatte.

»Hi«, sagte sie zu der Dame an der Rezeption, die ihr beim Betreten des Gebäudes mit professionellem Lächeln entgegensah. »Es tut mir leid, Sie belästigen zu müssen. Ich bin eine … äh, Forschungsstudentin und untersuche Häufungen von ähnlichen Todesfällen – ob sie irgendwie zusammenhängen mit Ursachen wie kaputten Klimaanlagen, Gebieten mit toxischer Vegetation oder so etwas. Könnte ich hier wohl Zugang zu entsprechenden Datenbanken bekommen, die mir da weiterhelfen?«

»Sie sehen ein bisschen zu alt aus für eine Studentin, meine Liebe«, meinte die Rezeptionistin mit hochgezogener Augenbraue.

»Postgraduiertenprogramm«, erwiderte Bex. Sie war sich zwar nicht sicher, ob es so etwas an den amerikanischen Universitäten gab, doch sie hatte den Ausdruck mal gehört und fand, der Versuch lohne sich. »Studentenaustausch«, fügte sie sicherheitshalber hinzu. »Ich komme aus England.«

Die Rezeptionistin zögerte einen nervenzerreißend langen Augenblick, dann nickte sie. Solche Anfragen musste sie wohl mehrmals die Woche beantworten und kannte das Prozedere auswendig.

»Ja, warum nicht«, sagte sie. »Unsere Datenbank ist zum großen Teil öffentlich und mit einer Suchfunktion ausgestattet. Es wird alles elektronisch aufgezeichnet. Die Berichte, die die Leichenbeschauer erstellen, sind im Prinzip der Befundbericht – das ist eine Zusammenfassung von allem –, dazu ein vollständiger Autopsiebericht, ein toxikologischer Bericht, falls notwendig, und ein Bericht von der äußerlichen Leichenschau. Wir verlangen eine Gebühr, es sei denn, Sie sind ein Angehöriger, was Sie wohl nicht sind. Es sind 1,50 $ pro Stunde am Computer bei einem Minimum von einer Stunde. Wenn Sie sich Dokumente zumailen wollen, kostet das 7 $, Papierkopien 1,40 $ pro Seite. Alles klar? Wir nehmen alle gängigen Kreditkarten.«

»Natürlich«, erwiderte Bex. Sie war hier schließlich in Amerika, erinnerte sie sich.

Zehn Minuten später saß sie an einem Computer in einem kleinen Abteil eines Raums im ersten Stock, wo ihr ein gelangweilter Angestellter kurz zeigte, wie sie die Datenbank nutzen konnte. Fünf Minuten nachdem er gegangen war, begann sie zu tippen.

Na gut, dachte sie. Ihre Aufgabe war es, etwas über die Todesfälle unter dem Personal des Goldfinch-Instituts herauszufinden. Sie kannte weder ihre Namen noch wie oder wo sie gestorben waren. Sie wusste nur, wo sie vor ihrem Tod gearbeitet hatten. Glücklicherweise erlaubte ihr das System, nach dem Stichwort »Arbeitgeber« zu suchen.

In den vergangenen fünf Jahren waren neunundfünfzig Angestellte von Todd Zanderbergen gestorben. Das war ein beträchtlicher Teil seiner Mitarbeiter. Neugierig sah sie sich die Zahlen für die einzelnen Jahre an.

Fünf Todesfälle, acht Todesfälle, vier Todesfälle, sieben Todesfälle … und fünfunddreißig Todesfälle. In den ersten vier Jahren hatte er durchschnittlich sechs Angestellte pro Jahr verloren. Im letzten Jahr waren es fünfunddreißig gewesen. Das war schon sehr merkwürdig, es sei denn, bei einem Firmenausflug war ein Bus voller Angestellter verunglückt.

Sie änderte die Suchparameter und überprüfte die Todesursachen im fraglichen Zeitraum. Ja, es hatte ein paar Autounfälle gegeben, allerdings nicht ungewöhnlich viele, und keiner davon betraf Busse, sowie einen Kletterunfall, ein paar Schlaganfälle, einige Todesfälle durch Krebs, zwei Morde und ein Selbstmord. Nun, das ist Amerika, dachte sie zynisch. Doch der größte Teil der Todesfälle ging auf Herzinfarkte zurück. Doch auch das war keine Überraschung. Herzerkrankungen waren die häufigste Todesursache in den Vereinigten Staaten wie auch in Großbritannien. Bex' eigene Mutter war vor zehn Jahren ganz unerwartet an einer arteriellen Gefäßembolie gestorben. Ihr Vater hatte sie im Schlafzimmer gefunden. Sie war beim Anziehen gestorben: Sie trug nur eine Socke und einen sehr erstaunten Gesichtsausdruck.

Die unerwartete Erinnerung an ihre Mutter störte Bex in ihrer Konzentration, und sie lehnte sich einen Moment zurück, um den Kloß in ihrem Hals zu lösen. Sie schluckte, verdrängte die Erinnerung und versuchte, sich durch einen Blick auf das, was Kieron gerade trieb, wieder zu motivieren. Er stand mittlerweile in einem großen, strahlend weißen Labor und betrachtete eine Waffe, die aussah wie eine Kreuzung zwischen einer Wasserpistole und einem Raketenwerfer. Eine unbekannte Stimme erklärte: »... und dann übertragen wir mit dem Wasserstrahl eine elektrische Ladung, die jeden, den sie trifft, zeitweilig außer Gefecht setzt.«

Wunderbar, dachte Bex. Damit wäre das nächste Weihnachtsgeschenk schon mal klar.

Okay. Sie wandte sich wieder dem Computer zu und überlegte. Sie sollte das aus einer anderen Sichtweise angehen. Woran waren diese fünfunddreißig Menschen im letzten Jahr gestorben?

Die Antwort lautete: Herzversagen. Und zwar bei allen. Bei jedem einzelnen.

Das war nicht nur merkwürdig, das war ausgesprochen ungewöhnlich. Es schien, als hätte die Mission, die Bradley und sie angenommen hatten, tatsächlich einen Sinn. Hier ging etwas Verdächtiges vor sich.

Sie überlegte, ob sie sich alle Berichte zumailen sollte, doch da müsste sie eine Menge Daten sichten, und die meisten davon wären irrelevant. Nicht einer der fünfunddreißig Todesfälle wurde als verdächtig eingestuft, was bedeutete, dass die toxikologischen Berichte lang, detailliert und im Wesentlichen für sie nutzlos sein würden. Da gab es nichts zu finden.

Stattdessen sah sie einer Eingebung folgend nach, wo die Leute gestorben waren.

Es war bei allen im Goldfinch-Institut selbst gewesen. Jeder einzelne Angestellte, der im letzten Jahr gestorben war, war auf dem Gelände der Gesellschaft zu Tode gekommen. Keiner zu Hause, in einem Restaurant, einem Trainingscenter oder auf dem Sportplatz. Niemand beim Joggen. Jeder Einzelne war in diesem Komplex mit den blauen Glasgebäuden gestorben.

Das hatte doch sicher bei irgendjemandem Verdacht erregt? Jemand hätte nachforschen müssen. Aber offensichtlich hatte das niemand getan.

Sie sammelte die Ergebnisse ihrer Suchanfragen in

einem Dokument und schickte es an eine sichere und geheime E-Mail-Adresse, über die sie und Bradley Informationen austauschten, wenn sie auf Missionen war und er sie unterstützte. Wie sie Bradley kannte, würde er sie auch jetzt im Blick haben, doch vorsichtshalber schickte sie noch eine Nachricht an seine normale Adresse und bat ihn, sich die Daten anzusehen und zu sagen, ob er darin etwas entdeckte. In England war es jetzt Abend. Vorausgesetzt, dass er kein Date mit Sams Schwester hatte, fiel ihm vielleicht etwas auf, was sie übersehen hatte.

Bex packte zusammen, bezahlte an der Rezeption und ging. Sie hatte das Gefühl, dass sie hier keine weiteren nützlichen Daten finden würde. Wenn sie mehr wollte, musste sie woanders danach suchen.

Als sie auf die Ansicht der AR-Brille sah, stellte sie fest, dass Kieron in einem kleinen Konferenzraum zu sitzen schien, wo eine Art Firmenpräsentation lief. Er hatte einen Milkshake bekommen, den sie in seiner Hand sah. Ab und zu tauchte er riesig in ihrem Blickfeld auf und verdeckte den größten Teil der Ansicht, wenn er einen Schluck daraus nahm. Wahrscheinlich war es kein Weizengras, denn er schien ihn zu mögen, und leuchtend grün war er auch nicht.

Das Video, das Kieron sich gerade ansah, weckte Bex' Interesse. Es zeigte wohl das Ergebnis der Hightech-Forschung am Goldfinch-Institut: Auf einem Felsvorsprung irgendwo in der Wüste um Albuquerque stand ein Mann. Er trug einen Fliegeranzug und einen Helm und hatte ein paar Flügel umgeschnallt, die wie ein Bumerang von seinem Rücken ausgingen. In der Mitte der Flügel sah sie einen Düsenantrieb mit zwei hervorstehenden Düsen. Der Mann rannte auf den Rand des Felsens zu und sprang.

Die Düsen sprangen an, und anstatt in die Tiefe zu stürzen, flog er!

»Projekt IKARUS«, erklärte der Sprecher des Videos. »Ein entwicklungsorientiertes System, mit dessen Hilfe das Militär während eines Einsatzes fliegen kann.«

Bex sah zu, wie der Pilot Loopings flog und verschiedene Flugkunststücke vorführte.

»Darüber hinaus«, fuhr die Stimme fort, »ist das IKARUS-System mit acht kleinen Hochgeschwindigkeitsraketen ausgestattet, die in den Flügeln gelagert sind und sowohl zu offensiven als auch zu defensiven Zwecken eingesetzt werden können.«

Der Pilot richtete seinen Kurs aus, sodass er dicht am Boden entlangflog. Weit vor ihm sah Bex eine große runde Zielscheibe, die sich in der leeren Wüste recht bizarr ausnahm. Plötzlich schossen mehrere Feuerstrahlen von den Flügeln des Piloten auf das Ziel zu. Die Zielscheibe explodierte in einem Feuerball, während der Pilot seinen Kurs änderte, um der Druckwelle auszuweichen, und wie ein Superheld in den Himmel schoss, während die Zielscheibe brannte.

Beeindruckend, fand sie und schob das Bild in eine Ecke der Brille. Das Goldfinch-Institut schien in seiner Forschungsabteilung eine ganze Menge zu entwickeln. Das gefiel Kieron bestimmt.

Bex fand, sie sollte zurückfahren und ihn abholen, doch langsam bekam sie Hunger. Ihr Hotel war nicht weit entfernt, und in der Lobby hatte sie eine Kaffeebar gesehen, wo sie einen Latte und ein Croissant bekommen würde. Außerdem konnte sie sich eine Powerbank aus ihrem Zimmer holen. Das AR-Equipment brauchte zwar nicht viel Strom, aber wenn sie vor dem Goldfinch-Institut sitzen musste und auf Kieron wartete, wollte sie sichergehen, dass ihre Brille nicht plötzlich versagte. Es war gut, dass sie kein USB-Kabel oder so etwas brauchte – beide Brillen und auch die Kopfhörer luden sich elektromagnetisch auf, wenn die Powerbank in der Nähe war. Und wenn sie ins Hotel ging, konnte sie auch nach Sam sehen. Als sie ihr Auto erreicht hatte, suchte sie nach dem besten Weg durch das Stadtzentrum von Albuquerque zum Marriott-Hotel.

Als sie über den Parkplatz auf das Hotel zuging, fielen ihr mehrere schwarze Autos auf. Die meisten waren entweder eine andere Marke, ein anderes Modell oder ein anderes Baujahr als das, das sie verfolgt hatte, doch bei einem Wagen zögerte sie. Er sah genauso aus, aber sie war sich nicht sicher. Ein Blick auf das Nummernschild half ihr auch nicht weiter, denn ihr Verfolger war nie so nahe gekommen, dass sie das Kennzeichen hätte erkennen können.

Verärgert schüttelte sie den Kopf. Es gab keinen Grund, paranoid zu werden. Es musste Hunderte, vielleicht sogar Tausende Autos geben, die genauso aussahen. Sie durfte sich nicht von jedem einzelnen erschrecken lassen.

Sie betrat das Hotel durch eine Seitentür, allerdings eine andere als am Abend zuvor. Sie hasste es, Gewohnheiten anzunehmen. So etwas konnte für einen Agenten tödlich sein.

Als sie an ihr Zimmer kam, schob sie die Schlüsselkarte durch den Schlitz, wartete auf das grüne Licht und stieß die Tür auf.

Mitten in ihrem Zimmer stand eine Frau und das war nicht das Zimmermädchen.

Es war eine Rothaarige mit schwarzer Hose, schwarzen

Stiefeln und einer schwarzen Jacke über einer weißen Bluse.

Überrascht sah sie auf, doch als sie erkannte, dass Bex nicht vom Zimmerservice war, veränderte sich ihr Gesichtsausdruck. Sie ließ die Maske der Unschuldigen fallen und legte stattdessen eisige Distanziertheit an den Tag. Schnell griff sie hinter ihren Rücken.

In der Annahme, dass sie eine Waffe zücken wollte, schaltete Bex automatisch auf Angriffsmodus. Sie schnippte die Schlüsselkarte durch die Luft. Die Frau versuchte auszuweichen, doch die Karte traf sie unter dem Auge und hinterließ einen blutigen Kratzer.

Bex hatte nur einen Sekundenbruchteil Zeit, um zu entscheiden, ob sie fliehen oder kämpfen sollte. So lange brauchte sie nicht einmal und entschied sich fürs Kämpfen.

Neben der Tür stand ein Klappgestell aus Metall und Leinen, auf das man seinen Koffer stellen konnte. Bex bückte sich, packte es und ging damit auf die Frau los. In weitem Bogen schwang sie es gegen ihren Kopf. Die Frau ließ sich rückwärts aufs Bett fallen und nutzte dessen Federung, um wieder aufzuspringen und sich Bex entgegenzuwerfen. Ihre Fäuste schossen hoch und trafen Bex am Kinn. Ihr Kopf wurde zurückgeschleudert, dass es im Genick knackte und sie es durch den ganzen Schädel spürte. Einen Augenblick lang wurde alles rot. Sie spürte, wie ihr die Brille herunterfiel und sie das Klappgestell fallen ließ.

Verzweifelt ballte Bex die Fäuste und schlug blind zu. Sie sah zwar immer noch nichts, doch sie traf ihr Ziel und hörte, wie die Frau gegen die Wand schlug und zu Boden ging.

Als sich ihr Blick klärte, schaute Bex sich nach einer besseren Waffe um. Es gab nichts. Sie hatte ihre Kleider ordentlich in den Schrank geräumt und ihre Toilettenartikel ins Bad. Abgesehen davon, den Wecker oder die iPod-Dockingstation vom Nachttisch zu nehmen oder das Kabel aus der Wand zu reißen, entdeckte sie nichts Nützliches.

Die Rothaarige – die sie im Moment nur verschwommen erkennen konnte, war in die Lücke zwischen Bett und Wand gefallen, schien sich aber wieder hochzurappeln. Bex trat zu und stieß das Bett weg. Ohne die Stütze verlor die Frau das Gleichgewicht und stürzte erneut. Bex riss die Bettdecke vom Bett und warf sie über die Frau, um sie ein paar wertvolle Sekunden lang aufzuhalten. Bevor die Frau hochkam, rannte Bex ins Bad. Nicht um sich dort einzuschließen, denn alle amerikanischen Badezimmer konnte man leicht von außen öffnen, wenn man wusste, wie. So konnte das Personal hineingelangen, wenn ein Gast ohnmächtig wurde oder – Gott bewahre! – unter der Dusche starb. Nein, Bex wollte sich dort nicht verstecken. Sie war auf der Suche nach einer Waffe.

Hinter ihr hörte sie es rascheln und gedämpftes Fluchen. Bex knallte die Badezimmertür zu und schloss ab. Das würde ihre Gegnerin zwar nicht lange aufhalten, aber es verschaffte ihr ein paar zusätzliche Sekunden.

Sie betrachtete die fein säuberlich aufgereihten Toilettenartikel auf der Marmorfläche und suchte hektisch nach etwas Verwendbarem. Nagelschere? Zu klein. Zahnbürste? Zu stumpf. Deospray?

Deospray!

Als die Tür aufflog und gegen die Badwand krachte,

schnappte Bex sich die Dose. Vor Aufregung hätte sie sie fast fallen lassen, doch sie drehte sich zu der Frau um, als diese gerade die Hand hob und auf Bex' Gesicht zeigte.

Nein, keine Hand. Eine Pistole. Eine Pistole, die auf Bex' Gesicht zielte.

Bex drückte auf den Sprühknopf.

Ein feiner, nach Jasmin duftender Nebel sprühte ihrer Angreiferin in die Augen. Sie schrie auf, hielt die Hände vors Gesicht und ließ die Waffe fallen. Bex bückte sich, um sie aufzuheben, während die Frau rückwärts ins Zimmer zurückstolperte und sich mit dem Ärmel über die Augen wischte. Aus blutunterlaufenen Augen starrte sie Bex wütend an, drehte sich um und fiel mehr, als sie rannte, durch die Tür auf den Gang. Bex' Herz hämmerte wie wild.

Während sie versuchte, sich zu beruhigen, hörte sie, wie die Rothaarige auf dem Weg durch den Gang gegen die Wände taumelte. Sekunden später wurde mit einem lauten Knall die Feuertreppe aufgestoßen.

»Was war denn das?«, fragte sich Bex und sah sich in dem Zimmer um, das eben noch so ordentlich gewesen war.

»Zimmerparty?«, fragte eine erschrockene Stimme.

Bex drehte sich um und sah Sam kreideweiß in der Tür stehen.

»Keine Sorge«, sagte Bex. »In dem Fall hätte ich dich natürlich eingeladen. Komm rein – ich will nicht, dass das hier sonst noch jemand sieht.« Spontan umarmte sie ihn kurz. »Tut mir leid, das hättest du nicht mitbekommen sollen. Alles in Ordnung?«

Er nickte. »Ja. Ich glaube, sie hat mich nicht mal bemerkt, als sie vorbeigetaumelt ist. Ich weiß ja nicht, was

Sie mit ihr gemacht haben, aber ihre Augen sahen schrecklich aus.«

»Ja«, erwiderte Bex. »Aber sieh es mal positiv: Sie werden in der nächsten Zeit nicht schwitzen und duften auch noch gut.« Sie holte tief Luft. »Setz dich, dann bringen wir einander auf den neuesten Stand.«

»Na, ich habe bis jetzt geschlafen«, verkündete Sam und warf sich in einen kleinen Sessel am Fenster. »Und was haben Sie so getrieben?«

Schnell berichtete Bex ihm von ihrem und Kierons Ausflug zum Goldfinch-Institut, ihrer Fahrt zurück und den Ereignissen im Hotelzimmer. »Ich schätze, jemand vom Institut hat den Befehl gegeben, mir zu folgen und zu sehen, wohin ich fahre. Entweder der Fahrer oder jemand anders sollte unsere Hotelzimmer auf irgendwelches belastendes Material durchsuchen.«

»*Unsere* Hotelzimmer?«, quiekte Sam.

Bex nickte. »Die Zimmer wurden gleichzeitig gebucht und wir sind zusammen angekommen. Normalerweise versuche ich, keine Spuren zu hinterlassen, wenn ich in einem Hotel wohne, aber wir sind undercover – zumindest Kieron. Wir mussten eine Spur legen. Die Leute müssen denken, dass wir real sind.«

»Und Sie meinen, das da hätte mir auch passieren können?« Sam sah sich erschrocken in dem Chaos um.

Bex schüttelte den Kopf. »Nein, sie hätte angeklopft und behauptet, sie komme, um das Bett zu machen oder so. Hättest du geantwortet, hätte sie sich entschuldigt und wäre gegangen. Hättest du nicht geantwortet, wäre sie eingebrochen und hätte das Zimmer durchsucht, ohne eine Spur zu hinterlassen.« Sie dachte einen Moment nach. »Entweder war mein Zimmer zuerst dran oder eures wurde bereits durchsucht. Aber eigentlich hätte sie wahrscheinlich mit eurem angefangen. Schließlich steht Kieron bei dieser Operation im Fokus.«

Plötzlich kam ihr ein Gedanke. Kieron! Sie hob die AR-Brille vom Boden auf, die ihr heruntergefallen war, und setzte sie auf. Den Kopfhörer hatte sie noch im Ohr, doch ihr Gehirn hatte die Geräusche ausgeblendet.

Über die AR-Verbindung konnte sie einen Konferenztisch sehen und zu ihrer Erleichterung auch Kierons Hände. Ihm gegenüber saß Todd Zanderbergen. Er hielt das gummiüberzogene Elektrodennetz in der Hand und betrachtete es interessiert. Ein wenig abseits von ihnen saß Tara Gallagher.

Bex hätte Kieron gern von dem Kampf erzählt, und dass man sie verfolgt hatte. Sie würde ihn am liebsten abziehen und überlegen, wie sie weiter vorgehen sollten, doch Todd redete gerade.

»Das ist wirklich gut«, sagte er anerkennend. »Klein, flexibel und wirklich gut konstruiert.« Er knüllte es zusammen. »Ich nehme an, du willst es mit irgendeinem Gerät abschießen, wie diese Säckchen, die wir uns vorhin angesehen haben. Dann entfaltet es sich im Flug und wickelt sich um den Kopf der Zielperson. Faszinierend.« Er sah Kieron mit seinem freundlichen, aber rasiermesserscharfen Blick an. »Und wie stellst du sicher, dass sich das Netz richtig entfaltet und um den Kopf legt, statt deinem Gegner einfach ins Gesicht zu knallen? Mir scheint das ein etwas unbeholfenes Manöver zu sein.«

»Nun, das ist eine gute Frage …«, antwortete Kieron. Bex hörte eine leichte Anspannung in seiner Stimme. Er klang, als hätte er schon eine Weile geredet, und wüsste langsam nicht mehr, was er noch sagen sollte.

»Tut mir leid ... ich bin wieder da«, sagte Bex ihm. »Sag ihm, dass es distanzdefiniert wird.«

»Die Distanz«, sagte Kieron hörbar erleichtert. »Es wird über die Distanz definiert.«

»Das Abschussgerät wird einen lasergesteuerten Entfernungsmesser haben«, fuhr Bex fort. »Das Elektrodennetz wird ...«

»Das Abschussgerät wird einen lasergesteuerten Entfernungsmesser haben«, unterbrach Kieron. »Und das Elektrodennetz wird von elektrostatischer Ladung zusammengehalten.« Bevor Bex weitersprechen konnte, fuhr er fort: »Im richtigen Moment nach dem Abschuss kommuniziert das Abschussgerät über drahtlose Technologie ähnlich wie Bluetooth mit dem Netz. Die Ladung wird ausgeschaltet, das Netz entfaltet sich und wickelt sich um den Kopf der Zielperson.«

Todd nickte. »Sehr clever. Das hast du alles durchdacht. Kannst du das auch demonstrieren?«

»Dafür brauchst du ihn«, sagte Bex.

»Dazu brauche ich dich«, wiederholte Kieron. »Im Prinzip habe ich die ganze Sache von Anfang bis Ende durchgearbeitet. Ich kann demonstrieren, wie die reflektierten Gehirnwellen die richtigen neutralisieren. Aber um das Ganze in die Praxis umzusetzen – einen technischen Prototyp zu entwickeln –, das erfordert Geld und Unterstützung.«

»Ich muss dich da rausholen«, sagte Bex und fügte schnell hinzu. »Sag ihm das nicht, aber du musst da weg.«

»Na gut, reden wir Klartext«, schlug Todd vor und beugte sich leicht vor. »Meine juristischen Berater haben sich deine Verschwiegenheitserklärung durchgelesen und ich kann damit leben. Lass uns über die Einzelheiten sprechen.«

»Lass uns im Moment besser nicht …«, meint Kieron. »Der Jetlag macht sich bemerkbar, und das heißt, ich bin nicht in der besten Verfassung, um Verhandlungen zu führen. Du möchtest doch sicher nicht einen erschöpften Jungen übervorteilen, oder? Können wir uns morgen wieder treffen?«

»Ich werde mir einen Termin frei halten«, sagte Todd. »Was ist mit deinem Auto. Musst du es rufen?«

»Interessant«, fand Bex. »Er weiß, dass ich weggefahren bin. Was weiß er sonst noch?«

»Das mache ich gleich«, sagte Kieron.

»Wir müssen los«, erklärte Bex Sam. »Sofort.«

KAPITEL 9

»Verdammt«, fluchte Bex verärgert. »Es ist zwecklos.«

»Wo liegt das Problem?«, fragte Kieron. »Wir wissen, dass Todd Zanderbergens Leute den Stick in einen ihrer Computer gesteckt haben. Hat sich der Trojaner nicht übertragen oder wurde er von ihrem Antivirenprogramm entdeckt und gelöscht?«

Er saß auf ihrem Bett und sah zu, wie sie mit dem AR-Gerät arbeitete. Hatte er auch so seltsam ausgesehen, wenn er damit arbeitete?, fragte er sich.

Er sah zu Sam hinüber, der sich auf dem Sessel zusammengerollt hatte. Bex saß am Schreibtisch.

»Sehe ich auch so albern aus, wenn ich damit arbeite?«, fragte er ihn.

»Schlimmer«, nickte Sam.

»Wir sind davon ausgegangen, und zwar fälschlicherweise«, erklärte Bex grimmig, »dass das Goldfinch-Institut innerhalb der Firma ein windowsbasiertes Betriebssystem benutzt, so wie außerhalb. Aber das ist nicht der Fall.«

Kieron versuchte sich daran zu erinnern, was Judith,

die Assistentin, gesagt hatte, als er eine Bemerkung über das fortschrittliche Design der Computer im Goldfinch-Institut gemacht hatte. *Die produzieren wir selbst. Niemand sonst kann sie kaufen. Sie sind allem, was offiziell erhältlich ist, etwa um fünf Jahre voraus.*

»Wissen Sie was?«, sagte er. »Ich glaube, Todd hat sein eigenes Betriebssystem entwickelt. Nicht Windows, nicht iOS, nicht Linux und nicht Android.«

»Oh, wir sind schon bei ›Todd‹?«, murmelte Sam. »Sind wir jetzt beste Freunde?«

»Was soll das heißen?«, fragte Bex und bedeutete Sam zu schweigen.

Kieron überlegte einen Moment, um seine Gedanken zu sortieren. »Wenn unser Trojaner ein normaler biologischer Virus gewesen wäre, dann hätte er einen normalen menschlichen Blutkreislauf als seine Umgebung erwartet. In einem Bananenmilchshake würde er nicht funktionieren. Und genau so ist Todds Betriebssystem: etwas komplett anderes als der Trojaner.«

Sam leckte sich über die Lippen. »Ich könnte jetzt gut einen Bananenmilchshake vernichten.«

Kieron seufzte, denn seit er die Computer gesehen hatte, hatte er so etwas befürchtet. »Dann haben wir nur eine Möglichkeit, nicht wahr?«

Bex wand sich. »Darum kann ich dich nicht bitten.«

Sam sah zwischen den beiden hin und her. »Was? Habe ich etwas verpasst?«

Kierons Laune sank. Genau dieses Gefühl eines unaufhaltsamen Schicksals hatte er, wenn er beim Zahnarzt saß und wusste, dass das, was jetzt passieren würde, schmerzhaft werden würde und sich auf keinen Fall vermeiden ließ. Er befand sich in einer Einbahnstraße.

»Ich werde wohl noch mal ins Institut müssen, mich an einem ihrer Computer einloggen und die Informationen, die wir brauchen, auf die altmodische Art und Weise suchen.«

Sam sah ihn verwundert an. »Okay – mal von hinten angefangen: Wie willst du an den tollen Sicherheitsprogrammen vorbeikommen, die dein Kumpel Todd in diese so wunderbaren selbst gebauten Computer eingebaut hat? Das scheint mir ein Ding der Unmöglichkeit zu sein.«

Kieron dachte einen Augenblick daran, wie er in Todd Zanderbergens Büro gesessen und die Leute beobachtet hatte, die für ihn arbeiteten, und an die Tour durch die Firma.

»Todd denkt, dass er da ein sich perfekt ergänzendes Paar Sicherheitsmaßnahmen hat«, sagte er, während er seine Gedanken ordnete. »Erstens hat er zwei verschiedene Ebenen an Computern – die administrativen, die mit der Außenwelt kommunizieren, und die zum Arbeiten, die innerhalb des Instituts vernetzt sind, aber keine Verbindung nach draußen haben. Das heißt, ein Hacker oder ein Virus kommt nur an die erste Ebene ran, aber nicht weiter. Zum anderen wurden die Computer für den internen Gebrauch alle vom Goldfinch-Institut selbst gebaut und haben ein einzigartiges Betriebssystem, das sie eigens entwickelt haben. Auch wenn dort ein Hacker oder Virus tatsächlich eindringen würde, könnten keine Schäden entstehen.«

»Das Bananenmilchshakeproblem«, stellte Sam fest.

»Genau. Und in der Stärke dieses Sicherheitssystems liegt auch seine Schwäche. Ich habe gesehen, wie ein paar von Todds Leuten an ihre Computer gingen, um zu arbeiten. Sie haben keine Passwörter eingegeben. Todd ist so davon überzeugt, dass nichts und niemand an diese zweite Ebene von Computern herankommt, dass er gar keine Schutzmaßnahmen eingebaut hat.« Er schnaubte verächtlich. »Wahrscheinlich verpackt er das in warmherzige, einfühlsame Worte. So was wie, er will damit erreichen, dass alle seine Angestellten freien Zugang zu allem haben, damit sie das Vertrauen spüren, dass er in sie hat. Ich glaube, er hat sogar etwas Ähnliches gesagt, als ich da war.«

»Okay«, meinte Sam. »Wenn du hineinkommst und Zugriff auf seine ›speziellen‹ Computer bekommst, kannst du nach den Informationen suchen, die wir brauchen. Aber wie willst du das anstellen?«

»Sam hat recht«, warf Bex ein. »Das habe ich mich auch schon gefragt.«

»Das ist der Trick«, behauptete Kieron. »Die physischen Sicherheitsmaßnahmen erfolgen über Retina-Scans. Die Iris eines jeden Menschen hat ein ganz eigenes Muster. Das Personal, das durch den Haupteingang in die Gebäude geht, wird durch ihr Augenbild erkannt. Wir müssen uns also nur den ›Augenabdruck‹ von jemandem verschaffen, um hineinzukommen.«

»Äh«, machte Sam misstrauisch, »wenn es das bedeutet, was ich glaube, könnt ihr mich streichen. So was habe ich im Film gesehen und da geht das nie gut. Ist ja eklig.«

»Nein, wir werden niemandem das Auge herausschneiden und es benutzen«, erklärte Kieron geduldig. »Wir zeichnen ihre Augen auf. Oder besser gesagt: Das haben wir schon getan.«

»Oh, deshalb hast du Judith die ganze Zeit in die Augen geschaut und gelächelt!«, erkannte Bex. »Du hast dem AR-System einen guten Blick auf ihre Iris verschafft.«

Nach einer kleinen Pause fügte sie hinzu: »Das erklärt aber nicht, warum du ihr immer wieder auf den Hintern gestarrt hast.«

»Was?«, rief Sam. »Das ist doch auch aufgezeichnet, oder? Lass mich sehen!«

Kieron spürte, wie er rot wurde. »Das war keine Absicht!«, verteidigte er sich. »Ich bin hinter ihr hergegangen und habe nach unten gesehen, damit ich nicht über irgendwas stolpere!«

Bevor Sam etwas erwidern konnte, hob Bex die Hand. »Okay, wie auch immer, ich glaube, ich sehe eine weitere Schwachstelle in deinem Plan. Wir haben vielleicht eine Aufzeichnung von Judiths Auge, aber was machen wir damit? Wir können ja kaum einen Laptop mit dem Bild eines Auges vor den Scanner halten. Das würde jemandem auffallen.«

»Die Auflösung wäre sowieso zu gering«, stellte Kieron fest. Er hatte das Gefühl, Blei im Magen zu haben. »Das Gleiche gilt für Tablets und Ausdrucke. Das Bild muss lebensgroß sein, aber eine Auflösung von 4K haben.«

»Dann haben wir Pech«, meinte Sam. »Es sei denn, du gehst zurück und bequatscht diese Judith, dich reinzulassen.« Er verzog das Gesicht und sah zu Boden. »Immer hast du den ganzen Spaß!«

»Mir fällt nur eine Möglichkeit ein, wie wir das Bild des Auges mit der richtigen Auflösung hinbekommen«, sagte Kieron leise.

»Das verbiete ich!«, erklärte Bex und stand auf.

Sam sah verwundert zwischen ihnen hin und her. »Ich stehe schon wieder auf dem Schlauch. Erklärt es mir!« Da keiner von ihnen etwas sagte, schlug er sich plötzlich mit der Hand gegen die Stirn. »Natürlich, das AR-Equipment!«

»Ich wiederhole«, sagte Bex leise, aber bestimmt. »Das verbiete ich!«

»Uns bleibt aber nichts anderes übrig«, stellte Kieron fest. Eigentlich wünschte er sich, ihrem Befehl einfach gehorchen zu können. Doch das ging nicht. »Die Brille, die ich getragen habe, kann kein Bild auf die Brillengläser projizieren, damit nicht jemand, mit dem ich spreche oder der hinter mir steht, diese Bilder sieht und erkennt, dass es mit der Brille etwas Besonderes auf sich hat. Das kann nur die Brille, die Sie tragen. Und wir wissen beide, dass sie die höchste Bildauflösung hat, die es heutzutage überhaupt gibt. Das ist notwendig, weil die Projektionsfläche so klein ist. Also, ich nehme Ihre Brille und benutze sie, um dem Scanner Judiths Retinaabdruck zu zeigen.«

»Wenigstens kannst du deine hierlassen«, meinte Bex zögernd, »dann können wir in Kontakt bleiben.«

Kieron schüttelte den Kopf. »Am besten, ich nehme beide mit. Es werden wohl eine Menge Daten sein, die ich irgendwie aufzeichnen muss. Wir wissen bereits, dass ich keinen Stick in Todds ›Spezialgeräte‹ stecken kann oder mir selbst etwas mailen, weil es ein maßgeschneidertes, autarkes System ist.«

Bex stieß ein frustriertes »Tsss!« aus, während sie darüber nachdachte, nickte dann jedoch.

»Aber«, stellte Sam fest, als er die Lage ebenfalls begriffen hatte, »das heißt doch, dass du die Brille hast, mit der Bex dich normalerweise bei der Mission unterstützt, und auch die, die du dabei aufhast. Dann bist du da völlig ohne Unterstützung. Und wenn du nicht rauskommst, wenn man dich schnappt, dann wissen wir nicht, was los ist oder was du herausgefunden hast.«

»Das ist ein Risiko«, bestätigte Kieron.

»Ein inakzeptables Risiko«, ergänzte Bex.

Kieron schüttelte den Kopf. »Wir müssen es tun. Das ist unser Job.«

»Es ist nicht dein Job! Und ich habe deiner Mutter versprochen, auf dich aufzupassen.«

»Da waren Sie undercover«, meinte Kieron. »Versprechen, die man undercover gibt, zählen nicht. Wir müssen das tun. Ich habe alle Optionen durchdacht und es gibt keine andere Lösung. Wir müssen es genau so machen.«

Er sah, wie Bex fest die Augen schloss, als hätte sie Kopfschmerzen oder versuche sich auf etwas Unangenehmes vorzubereiten.

»Na gut«, sagte sie schließlich leise. »Wie du willst. Nimm beide Brillen mit. Aber sei vorsichtig, sei schnell, und geh keine unnötigen Risiken ein.«

»Ich bin ein Feigling«, versicherte Kieron ihr. »Ich bin den größten Teil meiner Kindheit vor den größeren, stärkeren Kids davongerannt oder vor denen, denen meine Sachen, die ich anhatte, nicht gefielen oder die Musik, die ich höre. Ich würde nie unnötigerweise mein Leben aufs Spiel setzen. Ich bin nicht mal scharf darauf, es notwendigerweise zu tun.«

Viel vorzubereiten hatten sie nicht. Sam schlug vor, Haartönung zu kaufen oder eine rote Perücke, damit Kieron aussah wie alle anderen Angestellten von Todd Zanderbergen, aber Bex meinte, dass sie dazu keine Zeit hätten und außerdem auch immer wieder Lieferanten und Arbeiter aus der Umgebung dort vorbeikämen, die alle unterschiedliche Haarfarben hatten. Sam stieg zu ihnen ins Auto und Bex hielt bei einem Burger-Drive-in an, damit wenigstens er und Kieron etwas zu essen bekamen.

Sie selbst aß nichts. Kieron hörte sie etwas murmeln, was klang wie: »Eher würde ich mich mit Stricknadeln erdolchen.« Er jedoch fand, dass es der leckerste Cheeseburger war, den er je gegessen hatte.

Die Fahrt zum Goldfinch-Institut dauerte ungefähr eine halbe Stunde. Es wurde spät und sie gerieten in den abebbenden Feierabendverkehr. Kieron beschäftigte sich während der Fahrt mit der AR-Brille, vergrößerte Judiths rechtes Auge und sorgte dafür, dass es im Brillenglas schön deutlich angezeigt wurde. Er musste zugeben, sie hatte wirklich schöne Augen.

Als sie den Parkplatz vor dem Tor erreichten, war niemand zu sehen. Die Sonne war bereits untergegangen und ein purpurroter Streifen zog sich über den Horizont. Von den gläsernen Fassaden wurde das Licht reflektiert und ließ den Sand feurig erglühen.

»Und wenn jemand noch so spät arbeitet?«, fragte Sam.

»Judith hat mir erzählt, dass die meisten Angestellten morgens von einem Sonderbus in der Stadt abgeholt und abends auch zurückgebracht werden. Angeblich, weil Todd die Schadstoffemissionen begrenzen will, aber ein zusätzlicher Bonus ist, dass alle zur gleichen Zeit gehen müssen, wenn sie nach Hause kommen wollen.« Er grinste. »Und es bedeutet auch, dass Todd sich darauf verlassen kann, dass niemand zu spät kommt oder zu früh geht. Er ist ein kleiner Kontrollfreak.«

»Ich wette, *er* nimmt nicht den Bus«, murmelte Sam.

»Nein, er hat ein Motorrad. Eine Harley Davidson.«

»Trotzdem«, beharrte Sam. »Security? Putzfrauen? Die könnten dich sehen.«

»Und glauben, ich dürfte da sein, weil ich ja ganz offensichtlich durch den Retina-Scanner gekommen bin.«

Kieron holte tief Luft. »Und da wir schon dabei sind: Ihr solltet nicht zu lange hier in der Nähe bleiben, sonst wird der Wachmann misstrauisch. Ich geh jetzt besser.«

»Viel Glück«, wünschte Bex. Sam schlug ihm nur auf den Rücken. »Wir bleiben in der Nähe und kommen alle halbe Stunde vorbei und sehen nach, ob wir dich abholen sollen.«

Kieron stieg aus und ging auf das Drehkreuz zu. Die eine AR-Brille hatte er aufgesetzt – die, die aufzeichnen und übertragen konnte –, die andere mit den Laserprojektoren, die Bilder auf die Innenseite der Gläser projizieren konnten, hielt er in der Hand. Er drehte sich um und winkte dem Mietwagen demonstrativ nach, als hätte seine Mutter ihn abgesetzt. Als er auf das Drehkreuz zuging und das Auto wegfahren hörte, hupte Bex noch einmal, wie um sich liebevoll von ihm zu verabschieden. Ein Security-Mitarbeiter steckte den Kopf aus seinem Häuschen. Es war ein anderer als der vom Vormittag.

»Alles in Ordnung, Sir?«, rief er. »Überstunden?«

»Konferenzschaltung mit Europa«, rief Kieron zurück und versuchte, einen möglichst amerikanischen Akzent zu imitieren. »Die arbeiten nicht zu unseren Zeiten.«

»Echt?«, wunderte sich der Mann. »Wieso denn nicht?«

»Fragen Sie mich was Leichteres!« Kieron würde dem Mann jetzt nicht erklären, dass die Erde eine Kugel war und sich drehte. Er wollte nur schnell weiter. »Einen schönen Abend noch!«

»Ihnen auch, Sir.« Der Mann verschwand und Kieron hielt die AR-Brille in seiner Hand vor den Scanner und stieß ein leises Gebet aus. Der Scanner war nur eine wasserdichte Box mit einem grauen Gummiring davor, an den man das Auge lehnen konnte. Außerdem hatte der

Kasten den Nebeneffekt, dass man vom Wachhäuschen aus den Kopf nicht sehen konnte.

Nichts geschah.

Er drückte gegen das Drehkreuz, ob es sich vielleicht geräuschlos entriegelt hatte, doch es rührte sich nicht.

Er bekam Panik, zog die Brille weg und versuchte es zur Sicherheit noch einmal.

Immer noch geschah nichts. Kein Klicken, keine Bewegung. Er sah sich nach einer Tastatur um. Hatte er vielleicht etwas übersehen? Musste er auch noch einen Code eingeben?

Doch es gab kein Tastenfeld. Wozu auch, wenn man sein Auge vor den Scanner hielt und die Security-Leute sehen konnten, dass man dazu nicht von jemand anders gezwungen wurde?

Was also machte er falsch?

Er betrachtete die Brille in seiner Hand, und plötzlich fiel es ihm auf: Er hielt sie so, als stecke das Gesicht dahinter, mit der nach außen gewölbten Glasfläche zum Scanner hin. Doch das projizierte Bild befand sich natürlich auf der Innenseite. Schnell drehte er die Brille um und hielt die Innenseite der Linse an den Gummiring.

Er hörte ein leises Klicken, und als er dieses Mal gegen das Drehkreuz drückte, gab es nach.

Gleich darauf war er durch den äußeren Zaun durch. Der zweite Scanner am inneren Zaun reagierte genauso schnell, jetzt, wo Kieron wusste, wie er es machen musste.

Gleich darauf ging er auf das nächste Gebäude zu. Es war niemand zu sehen, doch er hatte das Gefühl, dass er von hinter dem verspiegelten Glas beobachtet wurde. Jemand, der darauf wartete, dass er in Reichweite kam, bevor er zuschlug.

Er folgte demselben Weg, den der Golfbuggy am Morgen genommen hatte – durch die gläsernen Schluchten zum Hauptgebäude, wo sich Todds Büro befand. Wahrscheinlich konnte er für sein Vorhaben jeden beliebigen Computer in einem der Gebäude benutzen, doch er fühlte sich sicher auf dem Gelände, das er bereits kannte.

Die Tür zum Hauptgebäude öffnete sich erst, als er die Brille ein drittes Mal eingesetzt hatte, an einem Scanner seitlich des Eingangs. Das war wohl eine zusätzliche Sicherheitsmaßnahme, wenn die meisten Leute nach Hause gegangen waren.

Er ging an der verlassenen Rezeption vorbei zu der verborgenen Aufzugstür. Als eine davon aufging, stieg er ein und sagte: »Fünfter Stock, bitte.« Dann verfluchte er sich leise dafür, dass er »bitte« gesagt hatte. Britischer ging es ja wohl kaum – höflich sein zu einem Aufzug!

Als er im fünften Stock ausstieg, vermied er es bewusst, sich auch noch zu bedanken.

Todds Aquarium-Büro war leer – Gott sei Dank. Kieron überlegte kurz, ob er Todds Computer benutzen sollte, doch da brachte er vielleicht etwas durcheinander, sodass Todd es merken würde. Es war wohl besser, an einen anderen Schreibtisch zu gehen. Soweit er sehen konnte, war es ein Clean-Desk-Büro, in dem die Mitarbeiter keine festen Arbeitsplätze hatten. Auf den Tischen gab es keinerlei Schnickschnack, Fotos oder auch nur Bleistifte oder Kugelschreiber, die er durcheinanderbringen konnte. Die Tische waren komplett steril.

Er setzte sich auf den nächstbesten Ball und hüpfte versuchsweise ein paarmal auf und ab. An einem anderen Tag und an einem anderen Ort hätte er mit Sam mit diesen Dingern wahrscheinlich eine Menge Spaß haben können, aber nicht hier und jetzt, ermahnte er sich streng. Allerdings begann ihm jetzt, wo er die Sicherheitskontrollen überwunden hatte, die Sache Spaß zu machen.

Der Computer vor ihm sah ein wenig anders aus als die Modelle, die er kannte. Zum einen waren es die Bildschirmmaße, die eher hoch und schmal statt flach und breit waren. Vielleicht auch das Material, aus dem er gefertigt war, das eher organisch als künstlich aussah. Wahrscheinlich komprimierter Hanf, wie er Todd kannte.

Vorsichtig schaltete er ihn ein.

Auf dem Bildschirm tauchten kleine Lichtpunkte auf, die wie zufällig erschienen und sich dann in die Mitte des Bildschirms bewegten. Dort fügten sie sich zu einem Bild von Todd Zanderbergen und den Worten *Goldfinch-Institut – Gesichertes System* zusammen.

Er sah auf den Schreibtisch. Dort lag eine Tastatur, aber keine Maus, sondern nur ein rundes graues Pad. Wahrscheinlich ein Trackpad. Offensichtlich drahtlos, da es kein Kabel hatte, ebenso wie die Tastatur. Wenn er mit den Fingern darüberfuhr, sollte auf dem Bildschirm ein Mauszeiger auftauchen. Sollte.

Auf dem Bildschirm war jetzt eine Ansicht aufgetaucht, die den Startbildschirmen von Windows, iOS und Android ähnelte: Icons auf dem Hintergrundbild einer Felswand in Nahaufnahme, mit Felsspalten und einigen orangen Flechten.

Er sah sich die Icons an. Sie schienen die üblichen zu sein: Dateiordner, Textverarbeitungsprogramme, Tabellenkalkulationen und so weiter. So weit alles normal.

Kieron spielte ein wenig mit dem Computer herum, bewegte den Mauszeiger, der anstelle eines Pfeils ein Fadenkreuz zeigte, probierte das Trackpad aus und öffnete verschiedene Programme. Die Logik, die dem System zugrunde lag, war nicht anders als bei den Betriebssystemen, die er kannte: Der Kuchen war der gleiche, auch wenn der Zuckerguss und die Dekoration anders waren.

Er brauchte eine halbe Stunde, bis er die Personalakten des Goldfinch-Instituts fand. Sie lagerten in einer umfangreichen Datenbank, die alle Informationen enthielt, die man über jeden, der je im Institut gearbeitet hatte, möglicherweise wissen wollte, und einige, die nie jemand würde wissen wollen. Namen, Adressen, Geburtsdaten, Datum des Arbeitsbeginns am Institut, Datum der Beendigung des Arbeitsverhältnisses (wenn zutreffend), Lohn, Passnummer, Führerschein, Vorstrafen, Kreditwürdigkeit, Rasse, sexuelle Orientierung, sozialer Status, Anzahl der Partner und Kinder, Lieblingsfarbe, Rang bei verschiedenen beliebten Popularitätstests ... Kieron hatte ja schon vermutet, dass Todd Zanderbergen einen Kontrollzwang hatte, aber das hier bestätigte es. Er wollte offenbar alles wissen.

Kieron tauschte die passive AR-Brille gegen die aktive aus und überprüfte rasch die Informationen, die Bex im gerichtsmedizinischen Institut gefunden hatte. Er konnte sie leider nicht auf den Computer des Instituts übertragen und musste die Namen daher von Hand eintippen und in der Datenbank nachschlagen. Das dauerte eine weitere halbe Stunde, doch letztendlich hatte er eine Liste.

Intensiv scannte er den Bildschirm mit der Brille.

Ja, die fünfunddreißig Angestellten, die im letzten Jahr auf dem Gelände des Goldfinch-Instituts an Herzversagen gestorben waren, waren alle aufgelistet. Alles ganz ordentlich und emotionslos. Kieron betrachtete die Namen – jeder davon, sagte er sich, stellte eine reale Person dar, mit Freunden, Verwandten und Menschen, die ihm nahestanden. Er suchte nach Gemeinsamkeiten, nach Ähnlichkeiten, die erklären konnten, warum sie alle am gleichen Ort innerhalb einer so kurzen Zeitspanne gestorben waren.

Und dann entdeckte er etwas. Eigentlich sogar zwei Dinge.

Zum einen war es die Tatsache, dass alle diese fünfunddreißig Angestellten nicht auf dem Gelände des Goldfinch-Instituts in Albuquerque gestorben waren, wie es im Bericht des gerichtsmedizinischen Instituts gestanden hatte, sondern in einem der Forschungslabors – um genauer zu sein, in einem außerhalb von Tel Aviv in Israel. Das war in keiner der Informationen aufgetaucht, die er vor ein paar Tagen für Bex zusammengestellt hatte. Aber genau da waren alle gestorben.

Und zum anderen – und er brauchte eine Weile länger, bis er es erkannte – hatte jeder von ihnen osteuropäische Wurzeln. Bei einigen verriet es der Name – viele davon endeten auf -ski, -vitch, -vic, -nvotny, -iak oder Ähnliches. Sobald er das bemerkt hatte, stellte er auch bei den anderen fest, dass zwar ihre Namen neutral klangen, doch sie alle entweder russische, polnische, tschechische, ungarische, litauische oder andere osteuropäische Eltern oder Großeltern hatten. Sie hatten ihre Namen entweder durch Heirat geändert oder weil sie sich so besser in die amerikanische Gesellschaft einfügten.

Fünfunddreißig Todesfälle, alles Angestellte derselben Gesellschaft, alle mit derselben Todesursache, alle am selben Ort und alle aus osteuropäischen Familien. Wie groß war die Wahrscheinlichkeit, dass das ein Zufall war? Und was hatte das zu bedeuten?

Er lehnte sich zurück und verlor fast das Gleichgewicht, als ihm klar wurde, dass es an einem aufblasbaren Ball keine Rückenlehne gab. Er konnte nur das Gleichgewicht halten, indem er hektisch mit den Armen ruderte und sein Gewicht nach vorn warf, sodass er über die Tastatur fiel.

»Gut, dass das niemand gesehen hat«, sagte er laut.

»In diesem Punkt«, erklang eine Stimme hinter ihm, »irrst du dich.«

Kieron hatte das Gefühl, als schütte ihm jemand einen Kübel Eiswasser über den Rücken – einschließlich der Eiswürfel. Langsam drehte er sich um. Der Ball knarzte leicht und ruinierte damit ein wenig den Eindruck von Coolness, den er eigentlich hatte erreichen wollen.

Hinter ihm stand Tara Gallagher, flankiert von zwei Security-Leuten. Sie hatten die Hände an ihre Waffen gelegt.

»Wenn ich behaupten würde, ich hätte etwas vergessen und wäre nur zurückgekommen, um es zu holen, würden Sie mir das glauben?«, fragte er. Äußerlich wirkte er lässig, doch innerlich geriet er in Panik. Er war nicht nur auf frischer Tat ertappt worden, er konnte Bex auch nicht wissen lassen, was passiert war, da er beide AR-Brillen hatte.

Bei dem Gedanken daran setzte er die Brille ab, die er gerade trug, und steckte sie unauffällig in die Tasche zu der anderen. Er wollte nicht, dass Tara irgendetwas Auffälliges daran bemerkte.

»Das kommt darauf an«, erwiderte Tara, ohne zu lächeln. »Was hast du denn vergessen?«

»Einen Manschettenknopf? Mein Handy?« Er rutschte auf dem Ball hin und her, der lautstark quietschte. »Meine Selbstachtung?«

»Oh, ich bezweifle, dass du irgendeine Art von Selbstachtung hattest, als du hier aufgekreuzt bist«, meinte sie. »Ich habe Todd gesagt, dass du zu jung bist und dass das eine Falle ist, aber er hat mir nicht geglaubt. Er war zu sehr von diesem wunderbaren Produkt fasziniert, in das er investieren sollte.«

»Wenn es hilft ... Ich glaube, dass es wirklich funktionieren könnte«, warf Kieron ein, während er fieberhaft nach einer Möglichkeit suchte, aus dieser Situation herauszukommen.

»Ich werde es Todd bestimmt ausrichten. Dann kann er deiner Leiche die Idee stehlen und sie selbst vermarkten.« Endlich lächelte sie. »Wahrscheinlich wird er sie nach dir benennen wollen. Er ist so sentimental. Allerdings werde ich ihm raten, das nicht zu tun. Wieso sollte man die Menschen ehren, die man des Geschäfts wegen vernichten musste? Besser, wenn sie in Vergessenheit geraten. Das ist sicherer.«

»Gilt das auch für die fünfunddreißig Menschen osteuropäischer Abstammung, die während ihrer Arbeit für das Goldfinch-Institut in Israel an Herzversagen gestorben sind?«, fragte Kieron. Er erwartete zwar keine ehrliche Antwort, wollte Tara und die Wachen aber ein wenig ablenken und kostbare Zeit gewinnen.

Doch Tara schüttelte den Kopf und sagte: »Du hast wohl zu viele Filme gesehen und denkst jetzt, dass ich dir einfach alles erkläre. Werde ich aber nicht.«

»Aber umbringen werden Sie mich auch nicht«, stellte Kieron fest. Hinter Tara sah er den Aufzug. Über einem davon leuchtete das Licht und zeigte an, dass ihn jemand benutzte. Vielleicht wollte wer auch immer in eines der unteren Stockwerke, vielleicht aber auch in die fünfte Etage, wo sich Kieron, Tara und die Wachen befanden.

Möglicherweise kam Todd Zanderbergen, nur aus Schadenfreude. Vielleicht auch jemand anders. Er wusste es nicht, aber es könnte eine Chance sein. Eine geringe Chance auf eine Ablenkung.

»Warum sollte ich dich nicht töten?« Tara schien an seiner Antwort wirklich interessiert zu sein.

»Wenn Sie das wollten, hätten Sie es schon getan. Sie lassen mich am Leben, damit Sie mich befragen können, warum ich hier bin und für wen ich arbeite.«

»Weißt du, was das Gute an nichttödlichen Waffen ist?«, fragte Tara, beantwortete ihre eigene Frage jedoch, bevor er den Mund aufmachen konnte: »Sie tun weh. Manche davon tun sehr weh. Zum Beispiel der Skinburner, den wir dir gezeigt haben. Der tut richtig eklig weh. Du wirst mir sagen, was ich wissen will, und zwar sehr schnell, daran zweifle ich nicht – kein bisschen.«

In diesem Moment gingen hinter den bewaffneten Security-Leuten die Aufzugstüren auf und jemand stieg aus. Es war jemand vom Reinigungspersonal mit etwas, das aussah wie die Hightech-Version eines Staubsaugers. Offensichtlich hatte er nicht erwartet, dass Licht brannte. Blinzelnd sah er zu der kleinen Gruppe.

»Oh, Entschuldigung«, sagte er. »Ich komme später wieder.«

Überrascht fuhren Tara und die Wachen herum. Kieron nutzte die Gelegenheit, sprang auf, packte den Ball, auf dem er gesessen hatte, und warf ihn auf den Mann links von Tara. Noch bevor er auftraf, hatte er das Trackpad genommen und es wie ein Frisbee auf den anderen Mann geschleudert. Der Ball traf den ersten Mann und brachte ihn ins Taumeln, während das Trackpad dem anderen gegen die Kehle fuhr, sodass er würgte.

Er hatte nicht genug Zeit, um zum Aufzug zu laufen. Wohin sollte er dann?

Er tat das Letzte, was Tara und die Wachen erwarteten, und rannte nicht zum Aufzug oder zur Treppe, sondern in die andere Richtung – in Todds Büro in der Mitte des Gebäudes.

Als er drinnen war, hörte er Tara hinter ihm rufen: »Der Idiot ist selbst in die Falle getappt! Schnappt ihn euch!«

Kieron schoss durch das Büro und nahm den Skinburner vom Glastisch. Es wäre ihm nicht eingefallen, ihn zu benutzen, hätte Tara ihn nicht erwähnt. Nichttödlich, aber extrem schmerzhaft.

Als er sich umdrehte, sah er die beiden Männer ins Büro rennen.

Er hob die Waffe, zielte und drückte den Abzug.

Erst da fiel ihm ein, dass das Gerät möglicherweise keine Batterie hatte oder dass es nur ein Modell war und gar keine echte Waffe – doch seine Befürchtungen erwiesen sich als unbegründet. Das wusste er in dem Moment, als er die Waffe aktivierte, denn die beiden Männer blieben stehen, als wären sie gegen eine Wand gelaufen. Sie rissen die Augen auf und begannen, nach ihrer Kleidung zu schlagen, als würde sie brennen.

Immer noch feuernd ging Kieron auf sie zu. Die Waffe war leicht zu bedienen, rein intuitiv. Gutes Design, dachte er. Schnell zogen sie sich durch die Tür zurück. Einer versuchte nach links und einer nach rechts zurückzuweichen, doch Kieron brachte sie mit dem unsichtbaren Energiestrahl dazu, die gleiche Richtung zu nehmen, auf Tara zu.

Einer der Wachen wollte ausbrechen und zu einer Seite laufen, doch Kieron nutzte die Waffe, um vor ihm eine

Wand aus Schmerz entstehen zu lassen. Rasch ging er wieder zu seinem Kollegen.

Es war wie ein Wasserschlauch, mit dem man Schafe zusammentrieb, stellte Kieron fest und begann zu kichern.

Der Energiestrahl traf Tara und sie kreischte auf.

Stück für Stück manövrierte Kieron die beiden Wachen und die Sicherheitschefin auf eine Seite und machte so den Weg zur Treppe frei. Ihre Haut schien sich zu röten. Vielleicht war es der Schmerz, die Anstrengung oder die Scham, sich von einem Teenager wie Vieh herumtreiben zu lassen. Einer der Security-Leute versuchte jedenfalls, seine Waffe zu ziehen, doch Kieron hatte neben dem Lauf des Skinburners einen Drehknopf entdeckt. Als er daran drehte, begann der Mann zu schreien. Als er die Hand von der Waffe nahm, drehte er den Knopf wieder zurück.

Taras Gesicht war ebenso wut- wie schmerzverzerrt.

Kieron zog sich durch die Feuertür ins Treppenhaus zurück. Sobald sich die Tür geschlossen hatte, rannte er die Treppe hinunter, die Waffe noch in der Hand. Er musste vor ihnen unten sein. Er nahm an, dass Tara mit einem der Männer den Aufzug nehmen würde, während der andere ihm die Treppe hinunter folgte.

Er lief an den Türen zum vierten, dritten und zweiten Stock vorbei und erwartete jedes Mal, dass jemand heraussprang und versuchte, ihn zu packen. Doch es geschah nichts. Den Ausgang hätte er beinahe verfehlt, weil die Amerikaner den ersten Stock da hatten, wo bei den Engländern das Erdgeschoss war. Er lief an der Tür vorbei die Treppe zum Keller hinunter und verlor wertvolle Zeit, bis er es merkte und umdrehte.

Im ersten Stock lag die Lobby. Statt geradewegs aus der Tür zu rennen, lief er in die andere Richtung und suchte nach einem Hinterausgang. Tara hatte wahrscheinlich schon die Security am Tor alarmiert, um ihn abzufangen. Daher musste er einen anderen Weg durch den Sicherheitszaun finden oder sich irgendwo verstecken und eine Möglichkeit suchen, um Bex auf seine Lage aufmerksam zu machen.

Eine Tür neben den Aufzügen führte in einen Gang und genau dahin, wo er hinwollte: zu einem weiteren Ausgang.

Vor der Tür standen auf einem überdachten Parkplatz, umgeben von blauen Glaswänden und einem Gang nach draußen, vier Harley Davidsons. Todd Zanderbergens Spielzeuge.

Kieron war schon zweimal mit einem Motorrad gefahren, auf einem unbebauten Gelände in der Nähe von Newcastle, und wusste ungefähr, wie es ging. Und mehr aus Computerspielen als aus eigener Erfahrung glaubte er zu wissen, wie man die Dinger kurzschließen konnte. Schnell legte er den Skinburner auf den Boden, setzte sich auf eines der Motorräder und folgte den drei Drähten, die von den Griffen zum Starter führten. Er nahm ihn auseinander und hielt ein Stück Plastik mit drei quadratischen Löchern in der Hand, durch die die Drähte zum Motor führten. Jetzt brauchte er ein loses Stück Draht. Fluchend sah er sich um. Hier war es einfach viel zu ordentlich. Warum musste er auch das Motorrad eines Mannes mit notorischen Zwangsstörungen stehlen.

Ihm fiel ein, dass er noch die Besucherordnung hatte, die Judith ihm gegeben hatte. Die wurde durch eine Klammer zusammengehalten. Er nahm die gefaltete Broschüre aus der Jacke und riss die Seiten auseinander, bis er die Klammer in der Hand hielt. Er bog sie erst gerade und dann zu einem Bogen. Dann rammte er sie in die beiden Löcher des Starters und schloss so den Stromkreis.

Als sein Daumen den Zündknopf am Griff berührte, sauste etwas an seinem Kopf vorbei und schlug mit lautem Klatschen gegen die Glaswand neben ihm.

Reflexartig hob er den Kopf. Eine fußballgroße Masse blauer Schleim rutschte langsam am Glas hinunter, trocknete aber blitzartig zu einem verzerrten Tropfen mit einer harten Schale, zwischen deren Rissen noch flüssiges Material sichtbar war wie Lava.

Er sah sich um. Tara Gallagher stand in dem Tunnel, der nach draußen in die Freiheit führte. Sie hielt eine große, bazooka-artige Waffe in den Händen: mit einem Lauf, der groß genug war, um Tennisbälle abzuschießen, einem klobigen Griff und einem Rohr, das zu einem Behälter auf ihrem Rücken führte. Kieron hatte keine Ahnung, wo sie diese Waffe herhatte, aber er wusste, was es war. Er hatte eine Demonstration ihres Wirkens in dem Video gesehen, das er sich bei seinem Besuch im Goldfinch-Institut am Morgen hatte ansehen müssen. Sie schoss eine Ladung schnell trocknendes Plastikmaterial ab. Sie sollte Krawallmacher mit Waffen davon abhalten, weitere Gewalttaten zu begehen.

Jetzt setzten sie sie gegen ihn ein.

Tara grinste wie ein Wolf. »Bleib doch noch, Junge!«, sagte sie und feuerte erneut.

Kieron drückte auf den Zündknopf. Die Harley sprang mit lautem Brüllen an und er packte die Griffe und drehte heftig am Gashebel. Die Maschine machte einen Satz und schoss dann los, während er ein blaues Projektil aus dem Lauf der Waffe schießen sah, das eine Spur hinter sich herzog und aussah wie die mutierte Kaulquappe aus einem Horrorfilm. Die Waffe zuckte in Taras Hand so stark, dass das Geschoss an seinem Kopf vorbeiflog und an die blaue Glasdecke des Tunnels klatschte, wo es sich zu einem dünnen Film ausbreitete, von dem blaue Tentakel herunterliefen, die sich zu dünnen eiszapfenartigen Spitzen verhärteten. Kieron schoss unter ihnen hindurch und hörte sie mit leisem Klingeln brechen.

Die Harley schien unter ihm zu bocken wie ein wildes Tier und dann raste er durch den Tunnel. Er hatte das Gefühl, als hätte das Motorrad die Kontrolle und nicht er. Er konnte sich so gerade im Sattel halten, und dass er fast lag wie auf einem Zahnarztstuhl, machte die Sache nicht besser.

Das Dröhnen der Harley hallte von den Glaswänden des Tunnels wider. Gleich darauf schoss er in die Nacht hinaus und raste zwischen den schrägen Wänden aus blauem Glas hindurch. Links von sich entdeckte er einen weiteren Motorradfahrer, der auf einer Plattform etwa einen Meter über ihm fuhr. Er schien sich zu Kieron rüberzubeugen. Die Zähne hatte er zusammengebissen und er hielt die Griffe des Motorrads mit professionellem Geschick umklammert. Und dann erkannte er, dass das kein anderer Fahrer war – das war er, der sich in dem schrägen Glas spiegelte. Er sah so fähig und zuversichtlich aus, dass Kierons Selbstbewusstsein einen kräftigen Satz machte. Wenn sein Spiegelbild das konnte, konnte er es auch.

Ein Blick nach rechts zeigte ihm ein weiteres Spiegelbild. Drei Kierons, drei Motorräder, die wie eine Formation fuhren und alle zusammenarbeiteten.

Die beiden Glaswände, zwischen denen er hindurchraste, endeten vor ihm an einer Kreuzung. Kieron fluchte.

Am Empfangstresen des Instituts hatte eine Karte gelegen, doch dummerweise hatte er sie sich nicht eingeprägt. Die AR-Brille hatte das Bild zwar getreu aufgezeichnet, doch er konnte jetzt nicht anhalten und nach dem Weg suchen. Er musste sich entscheiden.

Kieron wurde langsamer und schwenkte das Motorrad herum, sodass er an der Kreuzung nach links blickte. Unter den Reifen spritzten kleine Steinchen auf. Er rutschte über das Gebäude hinaus und sah einen weiteren gläsernen Canyon entlang, der weiß Gott wohin führte.

Ein fußballgroßer blauer Klumpen schlug neben seiner Schulter gegen die Wand.

Tara.

Die Masse spritzte auseinander wie Brei und sandte Fäden in alle Richtungen, die sofort hart wurden.

Er gab Gas und fuhr die nächste Schlucht entlang. Ohrenbetäubend hallte das Motorengeräusch von den Glaswänden wider.

Vor ihm erschien eine weitere Abzweigung, dieses Mal nur nach rechts. Sollte er abbiegen oder geradeaus weiterfahren?

Abzubiegen würde ihn ein paar Sekunden kosten, doch es würde seinen Kurs verbergen. Wenn er geradeaus fuhr, würde ihn Tara sehen, wenn sie um die letzte Ecke bog, und weitergeben können, in welche Richtung er fuhr, und ihm vielleicht den Weg versperren lassen. Er wurde langsamer, drehte den Lenker nach rechts und legte sich in die Kurve. Die Harley gehorchte perfekt. Mittlerweile beherrschte er sie.

Er glitt auf die Abzweigung und wollte schon wieder beschleunigen, als er merkte, dass etwas nicht stimmte. Einen Augenblick glaubte er, direkt vor sich sein Spiegelbild auf einer Glaswand zu sehen, doch das war es nicht. Diese Wand musste gerade sein, nicht schräg, da das Spiegelbild nicht schräg stand. Und es kam ihm entgegen, obwohl er in der Kurve langsamer geworden war.

Es war kein Spiegelbild: Es war eine weitere Harley. Einer der Security-Leute musste ein anderes von Todds Bikes genommen haben. Er hatte wohl von Tara den Befehl dazu bekommen.

Kieron blieb keine Zeit, umzudrehen und zurückzufahren. Dazu war das Motorrad zu schwer. So blieb ihm nur eins übrig.

Er drehte den Gashebel auf und beschleunigte direkt auf das entgegenkommende Bike zu.

Der Mann trug keinen Helm und seine Gesichtszüge waren verzerrt. Kieron konnte nicht sagen, ob das am Gegenwind lag oder weil er einfach nur wirklich stinksauer war.

Die beiden Motorräder schossen mit halsbrecherischer Geschwindigkeit aufeinander zu.

In letzter Sekunde riss Kieron den Lenker herum. Sein Bike schwenkte nach links und schoss die schräge Glaswand hinauf. Wie ein Kunstfahrer schien er der Schwerkraft zu trotzen und auf dem Glas entlangzufahren. Offenbar war es dick genug, um sein Gewicht zu tragen. Als die beiden Harleys in entgegengesetzte Richtungen aneinander vorbeifuhren, schien alles in Zeitlupe abzulaufen. Kieron spürte, dass sie einander so nahe kamen, dass er den anderen Fahrer hätte am Ohr zupfen können. Dann waren sie aneinander vorbei und die Zeit verlief wieder in normalem Tempo. Kieron lenkte nach rechts und sein Bike setzte gehorsam wieder auf dem Boden auf.

Der andere Fahrer hatte anscheinend nicht so viel

Glück. Kieron hörte ein unheilvolles Kreischen der Bremsen und ein so lautes Krachen, dass es sogar das Dröhnen der beiden Maschinen übertönte. Das Motorrad war geradewegs in die Glaswand gekracht und hatte dem Aufprall nicht standhalten können. Als Kieron davonraste, hörte er, wie sich mit lautem Knall das Benzin aus dem Tank entzündete.

Jetzt hatte er freie Sicht und stellte fest, dass der Weg zwischen den Gebäuden vor ihm nicht an einer weiteren eintönigen Glasfassade endete, sondern auf freies Feld führte. Dahinter war der Maschendrahtzaun zu sehen. Es war ein Blick auf die Freiheit. Er musste zwar noch zwei Zäune überwinden, aber um dieses Problem konnte er sich in, nun ja, vielleicht dreißig Sekunden kümmern. Zunächst musste er einmal lebend bis dorthin kommen. Immer ein Problem nach dem anderen!

Die Enden der Gebäude waren nur noch drei Motorradlängen von ihm entfernt, als rechts von ihm eine Tür aufgerissen wurde und Tara Gallagher heraustrat. Sie atmete schwer, da sie durch mehrere Gebäude gerannt sein musste, um hierherzugelangen, und sie hielt die Plastikgeschosswaffe immer noch in der Hand. Sie zielte und feuerte – nicht auf Kieron selbst, sondern auf das Vorderrad seiner Harley. Der klebrige Schaum traf die Speichen und spritzte in alle Richtungen, aber etwas davon blieb haften. Im Vorbeifahren sah er, wie Tara die Waffe wie einen Baseballschläger nach seinem Kopf schwang, und bemerkte gleichzeitig, dass sein Bike plötzlich viel langsamer wurde. Es war, als fahre er durch dicken Schlamm.

Bevor ihm Tara in den Rücken schießen und ihn außer Gefecht setzen konnte, trat Kieron auf die Bremse. Das Vorderrad blockierte und schleuderte sein Gewicht nach vorn, sodass er auf den Fußstützen stand. Durch den Schwung hob sich das Hinterrad der Maschine in die Luft und schützte Kieron vor Taras nächstem Schuss, ließ ihn jedoch über den Lenker fliegen. Einen langen Augenblick hing er in der Luft, dann gewann die Schwerkraft die Oberhand, und er stürzte zu Boden und überschlug sich mehrere Male, wobei ihm kleine Steinchen Hände und Rücken aufschürften.

Für jemanden, der außerhalb des Zauns stand, musste es aussehen, als wäre Kieron zwischen den Gebäuden herausgeschossen gekommen wie eine Kugel aus einem Gewehrlauf.

Er wusste nicht, wie oft er sich überschlug, denn in seinem Kopf herrschte nur ein Gedanke vor: Der Zaun, auf den er zurollte, stand unter Strom! Wenn er ihn berührte, würde er sterben.

Er drehte sich beim Rollen so, dass seine Füße vor ihm waren, und hieb die Hacken in den Boden, um langsamer zu werden, doch es reichte nicht. Der Draht war nur noch zwei Meter entfernt. Verzweifelt breitete er die Arme aus und krallte die Finger in den Boden.

Kaum zwei Zentimeter vor dem Zaun blieb er liegen.

Erschöpft, völlig zerschlagen und momentan wie erstarrt holte er tief Luft, um sich zu beruhigen. Am liebsten wäre er einfach liegen geblieben und hätte Pause gemacht. Doch das Wissen, dass er immer noch eine Mission hatte, ließ ihn sich hochrappeln.

Der Parkplatz, auf dem Bex ihn abgesetzt hatte, lag nur ein Stück rechts von ihm hinter den beiden Zäunen. Dort waren auch die Drehkreuze und das Wachhäuschen. Dessen Tür stand offen und er konnte niemanden sehen. Tara hatte den Security-Mitarbeiter wahrscheinlich gerufen, damit er bei der Jagd auf ihn half. Wenn Kieron es zu den Drehkreuzen schaffte, konnte er vielleicht rauskommen – vorausgesetzt, die AR-Brille mit dem Bild von Judiths Iris war bei dem Sturz nicht zerbrochen und die Drehkreuze nicht gesperrt, um das Gelände abzuriegeln.

Mit der rechten Hand zog er Bex' Brille aus der Tasche, und obwohl seine Beine zuckten, weil er instinktiv zu den Drehkreuzen rennen wollte, widerstand er dem Drang. Er machte sich bewusst, dass das Spiel aus war. Tara war nicht dumm und sie hatte das Gelände bestimmt bereits abgeriegelt.

Und das hieß, dass sich Kieron etwas anderes einfallen lassen musste.

Er warf einen Blick über die Schulter. Seit seinem Sturz waren erst ein paar Sekunden vergangen, obwohl es ihm viel länger vorkam. Bis jetzt war noch niemand zwischen den Gebäuden hervorgekommen, aber das würde sich zweifellos jeden Augenblick ändern.

Schnell vergewisserte er sich, dass er die richtige Brille in der Hand hatte, denn er wollte auf keinen Fall die wegwerfen, die er als »seine« betrachtete. Mit aller Kraft warf er sie. Sie segelte über den ersten Zaun – aber schon in der Schule war Kieron ein lausiger Werfer gewesen, und jetzt zeigten sich seine fehlende Koordination und mangelnde Schnellkraft. Die Brille erreichte den höchsten Punkt irgendwo zwischen den beiden Zäunen, wo sie ihren unaufhaltsamen Abstieg begann. Er war sich nicht sicher, ob sie es über den zweiten Zaun schaffen würde. Wenn nicht, würde sie zwischen den beiden Zäunen liegen bleiben.

»Nun, Ryan«, erklang Taras Stimme hinter ihm. »Todd wird ganz und gar nicht erfreut sein.«

Kieron drehte sich um. »Damit ist der Lethal-Insomnia-Trip wohl gestorben, was?«, fragte er laut genug, um das Geräusch der landenden Brille zu übertönen. Er glaubte zu hören, dass sie auf Asphalt und nicht auf Sand aufschlug, war sich aber nicht sicher.

»Drei Harley Davidsons mit Totalschaden«, stellte Tara fest. Sie ging auf ihn zu und zielte mit der großen Waffe auf ihn. »Ziemliche Leistung.«

»Ich weiß nur von einer mit Totalschaden. Und eine verkleisterte«, wandte er ein.

Sie verzog das Gesicht. »Die du ›verkleistert‹ hast …«, begann sie, doch er unterbrach sie: »Die Sie verkleistert haben, nicht ich!«

»Kinder«, murrte sie und fuhr lauter fort: »Die von wem auch immer verkleisterte Maschine muss mit viel Mühe repariert werden, um die Schrammen zu beseitigen. Und der Kleister hat eine unangenehm korrodierende Wirkung auf Metall. Da wird man viele Teile ersetzen müssen. Das zweite Bike ist in eine Glaswand gerast und ausgebrannt, während die dritte Maschine auf der anderen Seite des Instituts von einem Security-Mann, der noch nie auf einem Motorrad gesessen hat und keine Ahnung hatte, was er da tat, in den Sicherheitszaun gefahren wurde.«

»Also, das können Sie mir jetzt wirklich nicht anhängen«, protestierte Kieron. »Und bei den beiden anderen geht das offen gesagt auch etwas zu weit.«

»Das entscheide nicht ich«, gab Tara zurück und richtete die Waffe auf sein Gesicht. »Todd wird darüber aber auf jeden Fall nicht glücklich sein. Die eine Maschine war eine Hardtail-Bobber-Spezialanfertigung, eine wurde von Steve McQueen in *Gesprengte Ketten* und die andere von

Peter Fonda in *Easy Rider* gefahren. Sie sind der Inbegriff von ›unersetzlich‹.«

Kieron war völlig durcheinander. Er fühlte sich, als wäre sein ganzer Körper grün und blau, er hatte Kopfschmerzen, die Kratzer an seinen Händen und am Rücken brannten. Aber offenbar wurde von ihm erwartet, dass er seinen Teil zu der zunehmend grotesken Konversation beitrug.

»Ich glaube, *Gesprengte Ketten* habe ich vor ein paar Jahren mal an Weihnachten gesehen. Aber *Easy Rider* kenne ich nicht«, gab er zu.

»Natürlich nicht«, erwiderte Tara abfällig. »Du bist ja nur ein Kind und es gibt noch kein teures Remake mit Computeranimation.« Sie seufzte. »In beiden Filmen sterben die ganzen guten Jungs. Wie im richtigen Leben. Und jetzt mach dich auf etwas gefasst – das wird nicht angenehm!«

Kieron starrte am Lauf der Waffe entlang. »Sie wollen mir damit doch nicht etwa ins Gesicht schießen? Das soll einen doch nur kampfunschädlich machen und nicht ersticken, oder?«

»Normalerweise würde ich auf deine Arme oder Beine zielen«, gab Tara zu. »Aber du hast mich echt geärgert.«

»Sie haben gesagt, es greift Metall an! Was macht es mit Haut?«

»Das werden wir ja sehen«, sagte Tara und drückte den Abzug.

KAPITEL 10

Bex und Sam parkten an der Interstate in einer Parkbucht, die wohl eigentlich für Lastwagenfahrer gedacht war, die eine Pause brauchten. Glücklicherweise waren sie die Einzigen hier. Sie saßen im Mietwagen und hörten einen amerikanischen Rocksender, dessen Name aus willkürlich zusammengesetzten Buchstaben zu bestehen schien – KVCG oder KUJG oder so etwas. Bex wurde mit der Zeit immer nervöser. Sie merkte es daran, dass sie mit den Fingern auf das Lenkrad trommelte, dass sie ständig den Radiosender wechselte, um zu sehen, ob sie nicht etwas Besseres finden konnte, und dass Sam immer wieder fragte: »Alles in Ordnung? Sie scheinen nervös zu sein.«

»Da stimmt was nicht«, verkündete sie schließlich.

Sam klopfte ihr von hinten beruhigend auf die Schulter. »Da stimmt alles. Kieron ist intelligent. Er ist auch ziemlich tüchtig. Er schafft die Mission schon. Na gut, wir sind schon dreimal am Parkplatz vorbeigefahren, und er war nicht da. Aber das bedeutet doch nur, dass er die Computer noch nicht geknackt hat. Dem geht es gut, glauben Sie mir.«

»Das weißt du nicht«, erwiderte Bex.

Nach ein paar Momenten des Schweigens sagte Sam kleinlaut: »Stimmt. Das weiß ich nicht. Ich versuche nur, Sie bei Laune zu halten. Und mich auch.«

»Ihr seht eine Menge Filme, ihr beide, nicht wahr?«, fragte Bex.

»Ja, warum?«

»Du weißt schon, dass immer, wenn jemand sagt: ›Ich bin sicher, dass alles gut geht‹, alles ganz furchtbar schiefgeht?«

»Ja, aber das ist ein Klischee. Oder eine Trope, wie man das heutzutage nennt.«

»Ja, vielen Dank auch für den Exkurs in die Jugendsprache.« Bex holte tief Luft. »Und du weißt auch, wenn jemand sagt: ›Da stimmt was nicht!‹, dann ist das auch tatsächlich so, und das Publikum findet gleich darauf heraus, was, nicht wahr?«

Sam klang, als würde man jedes Wort mit einer Kneifzange aus ihm herausholen müssen: »Ja, solche Filme kenne ich auch.«

»Nun: Da stimmt was nicht.«

»Und was haben Sie jetzt vor?«

»Keine Ahnung.« Das stimmte, sie wusste es wirklich nicht. Bei der sorgfältigen Vorbereitung für Kieron waren sie alles durchgegangen, was er tun sollte, abhängig von den Umständen. Aber nun fiel ihr viel zu spät ein, dass sie nicht darüber nachgedacht hatten, was sie tun sollten, wenn sie anfingen, sich Sorgen zu machen. »Fahren wir noch mal zum Tor und sehen nach, ob sich irgendetwas geändert hat.«

Sie ließ den Motor an und fuhr los. Sie hatte ihren Warteplatz sorgfältig gewählt, denn nur ein kurzes Stück weiter lag eine Abfahrt, wo sie wenden und zum Goldfinch-Institut zurückfahren konnten.

Dreizehn Minuten später fuhren sie die Straße zum Institut entlang.

Als sie dem Institut näher kamen, bemerkte Bex, dass es schien, als würden die tief hängenden Wolken von Lichtern angeleuchtet. Unregelmäßig blitzenden Lichtern. Blauen Lichtern.

»Jemand hat den Alarm ausgelöst«, sagte sie. »Kieron wurde entdeckt.« Sie drückte aufs Gaspedal.

»Was werden sie jetzt mit ihm machen?«, fragte Sam.

»Ich weiß es nicht. Das hängt davon ab, wie schuldig sie sind. Wenn es für den Tod so vieler Menschen am selben Ort aus demselben Grund eine einfache Erklärung gibt, dann werden sie vielleicht einfach die Polizei rufen. Wenn das passiert, können wir ihn vielleicht relativ leicht aus dem Polizeigewahrsam freibekommen. Entweder durch Verhandeln oder wir schnappen ihn uns.« Sie holte tief Luft. »Wenn das Goldfinch-Institut allerdings etwas zu verbergen hat, werden sie ihn wohl wegbringen, um ihn zu befragen.«

»Und das heißt?«

»Ich will dir nichts vormachen, Sam. Das heißt, dass sie ihm Schmerzen zufügen werden.«

Vom Rücksitz kam eine Weile gar nichts – dann: »Wir müssen ihn retten.«

»Müssen wir, aber er hat beide Brillen. Wir sind im wörtlichen und übertragenen Sinne blind.«

Vor ihnen tauchte das Goldfinch-Institut als eine Anhäufung blauer Glasgebäude auf, in deren Wänden sich das Licht des Mondes über der Wüste spiegelte. Je näher sie kamen, desto deutlicher sahen sie die Alarmlichter, die überall blitzten und dem Komplex das Aussehen eines makabren Tanzklubs verliehen.

»Das sieht nicht gut aus«, flüsterte Sam. »Ganz und gar nicht.«

»Ich fahre noch mal langsam am Parkplatz vorbei«, sagte Bex, als sie am Wachhäuschen vorbeikamen. »Mit etwas Glück ist Kieron rausgekommen und wartet dort auf uns.«

Doch das tat er nicht. Der Platz war leer. Bex hielt nicht an, sie fuhr nur so langsam, dass Kieron sich bemerkbar machen konnte, wenn er da war.

Sie spürte ein Kribbeln im Nacken. Jemand beobachtete sie. Vielleicht einer der Security-Leute im Wachhäuschen, vielleicht auch jemand anders von einem anderen Ort aus. Und das war sicher nicht Kieron.

»Stopp!«, befahl Sam plötzlich eindringlich.

»Warum?«, fragte Bex, bremste aber schon.

»Ich habe etwas entdeckt.«

Sie hielt an und versuchte unauffällig zu wirken, wie eine Frau, die ihren Mann abholt, der Überstunden macht. Sie hörte, wie Sam über die Lederpolster zur hinteren Tür auf der Fahrerseite rutschte, sie öffnete und hinausglitt.

Bex bemerkte, dass auf der anderen Seite des Parkplatzes hinter dem Sicherheitszaun ein Mann aus dem Wachhäuschen herausgetreten war und sie beobachtete.

»Beeil dich!«, forderte sie Sam auf. »Egal, was du vorhast, beeil dich einfach!«

Der Mann kam auf sie zu. Entweder hatte er eine verborgene Fernsteuerung bei sich, oder es war noch jemand in dem Häuschen, denn die Metallplatten versanken im Boden und ließen ihn hinaus.

»Sam?«, zischte sie.

»Ich hab's!«, rief er, stieg wieder ins Auto und schloss die Tür.

Bex legte den Gang ein und fuhr auf die Straße zur Interstate. Im Rückspiegel sah sie den Security-Angestellten, der unsicher stehen geblieben war, die Hand am Griff seiner Waffe.

»Was hast du gefunden?«, fragte sie, als sie davonfuhren.

»Kierons Brille«, erklärte Sam düster. »Entweder hat er sie fallen lassen, oder er hat sie rausgeworfen, damit wir sie finden. Oder er wollte nicht damit geschnappt werden.«

»Welche Brille ist es?«

»Was spielt das für eine Rolle? Sie haben Kieron.«

»Doch, es spielt eine Rolle. Welche Brille ist es?«

»Die, die Bradley aufhatte, als wir ihn das erste Mal gesehen haben, und die Kieron benutzt hat, als Sie in Mumbai und Pakistan waren. Die, die Sie heute Morgen hatten, als er ins Institut gegangen ist. Die ist es.«

»Gott sei Dank«, stieß Bex hervor. »Schnell, setz sie auf! Sieh nach, ob sie dir zeigt, was Kieron gerade sieht.«

»Haben Sie nicht gehört, was ich gesagt habe?«, fragte Sam, als er die Brille aufsetzte. *»Sie haben Kieron!«*

»Ja, aber wir haben die Brille. Wenn er es geschafft hat, uns diese Brille zukommen zu lassen, dann haben wir hoffentlich eine Aufzeichnung von dem, was passiert ist und was er herausgefunden hat. Und das ist das Einzige, was uns helfen kann, ihn zu retten. Gut, dass du sie gesehen hast. Ich wäre glatt drübergefahren.«

»Nichts«, verkündete Sam ärgerlich. »Alles schwarz.« Verärgert setzte er die Brille ab. »Entweder ist sie ausgeschaltet oder in einer Tasche oder so.« Er schüttelte den

Kopf. »Wir müssen da rein. Wir müssen ihn irgendwie rausholen!«

Bex versuchte, ihre Stimme ruhig und gelassen klingen zu lassen, auch wenn sie sich ganz und gar nicht danach fühlte. »Das Beste, was wir tun können, ist, hier zu verschwinden, damit sie uns nicht auch noch schnappen«, erklärte sie. »Wenn sie uns schnappen, können wir Kieron nicht mehr helfen. Wenn wir zurückfahren, können wir uns die Brille ansehen und herausfinden, ob er irgendetwas aufzeichnen konnte, was uns weiterhilft. Und wir können mit Bradley sprechen. Vielleicht hat er eine Idee.«

»Aber Sie arbeiten doch für den MI6!«, protestierte Sam. »Rufen Sie den doch zu Hilfe!«

»So funktioniert das leider nicht, Sam. Der MI6 kann diese Mission verleugnen, das heißt, sie würden nicht mal zugeben, dass wir existieren. Und denk daran – ich hätte dich und Kieron gar nicht in diese Sache hineinziehen dürfen. Nein, wir müssen das allein regeln«, seufzte sie. »Irgendwie.«

Die halbstündige Fahrt zurück zum Hotel legten sie in angespanntem Schweigen zurück. Von der Einsamkeit des Goldfinch-Instituts in der Wüste kehrten sie zu den Lichtern und dem Verkehr von Albuquerque zurück. Trotz der späten Stunde waren Autos, Laster und Lieferwagen in alle möglichen Richtungen unterwegs. Aber Bex hatte sich noch nie so allein gefühlt. Ihre schlimmsten Befürchtungen hatten sich bewahrheitet – sie hatte Kieron in eine gefährliche, vielleicht lebensgefährliche Situation gebracht, nur weil er helfen wollte. Sie hatte sich so bemüht, genau das zu vermeiden. Sie hätte nie zustimmen dürfen, mit ihm in Kontakt zu bleiben. Als sie aus Indien zurückgekommen war, hätte sie ihm die AR-Brille und den Kopfhörer wegnehmen, sich Bradley schnappen und ihn irgendwo hinbringen sollen, wo Kieron sie beide nicht finden konnte.

Doch hinter alldem, hinter dem berufsmäßigen Schuldbewusstsein, dass sie einen unschuldigen Zivilisten in Geheimdienstangelegenheiten verwickelt hatte, steckte noch etwas anderes. Sie mochte Kieron. Sie hatte seine Einstellung, seine Hartnäckigkeit und seine Intelligenz zu schätzen gelernt – sogar seinen Musikgeschmack. Manchmal. Sie wusste nicht, ob sie damit fertigwerden würde, wenn ihm etwas zustieß.

»Bex ...«

»Ja«, sagte sie leise.

»Es tut mir leid, dass ich wütend geworden bin. Es ist nicht Ihre Schuld.«

»Doch, ist es.«

»Kieron hat seine eigenen Entscheidungen getroffen. Und ich habe ihn noch nie so glücklich gesehen wie im letzten Monat. Es scheint, er hat etwas gefunden, woran er glauben kann.« Sam zögerte einen Augenblick. »Wir sind Greebs. Wir glauben an gar nichts, abgesehen von der Dunkelheit und der letztendlichen Sinnlosigkeit der menschlichen Existenz.«

»Und Eiscreme«, fügte Bex hinzu.

»Und Eiscreme«, bestätigte Sam. »Aber wir haben beide entdeckt, dass es etwas Größeres gibt, wobei wir helfen können. Dass *wir* etwas bewirken können. Kieron ist nicht zufällig hier, sondern weil er es so gewollt hat. Und ich auch. Das sollten Sie respektieren.«

Als sie auf dem Hotelparkplatz ankamen, wählte Bex einen Parkplatz, der etwas abseits im Schatten eines Baumes mit weit ausladenden Ästen lag. Das bedeutete zumindest, dass es im Auto nicht ganz so heiß sein würde, wenn sie wieder zurückkamen. Sie sah auf die Uhr. In etwa einer Stunde würde die Sonne aufgehen. Sie war müde, doch sie musste weitermachen. Sie musste Kieron finden.

In dem Moment, als sie die Tür aufmachen wollte, um auszusteigen, klingelte ihr Handy. Sie setzte sich wieder und nahm es aus der Tasche. Wahrscheinlich war es Bradley, dachte sie. In Großbritannien war es jetzt Nachmittag. Es graute ihr ein wenig davor, ihm zu erzählen, was passiert war. Aber vielleicht konnte er ihnen helfen, und er musste außerdem erfahren, dass etwas schiefgelaufen war.

Es klingelte weiter, doch das Klingeln kam nicht von dem Handy, das sie in der Hand hielt. Es kam immer noch aus ihrer Tasche.

Sie zog das *andere* Handy hervor – das, das sie in England gekauft hatte und als Teil ihrer Undercoveridentität verwendete.

»Hallo?«, meldete sie sich. Sie nannte keinen Namen – das war Standardpraxis für Agenten. Sie bestätigte nur, dass sie zuhörte.

»Hallo?«, erklang eine Frauenstimme. Sie kam Bex bekannt vor, sie wusste aber nicht, woher. »Ist da Chloe Gibbons?«

Chloe Gibbons – die angebliche PR-Agentin für den Lethal-Insomnia-Wettbewerb. Ihre aktuelle Coveridentität. Und jetzt erkannte sie auch die Stimme – es war Kierons Mutter.

»Ja«, sagte sie mit klopfendem Herzen. Plötzlich schien sich ein enges Band um ihre Brust zu schnüren, sodass ihr das Atmen schwerfiel. »Wer ist da?« Das wusste sie zwar sehr gut, bekam so aber einen Moment Zeit, um sich zu fassen.

»Hier ist Veronica – Veronica Mellor. Ich habe versucht, Kieron zu erreichen, um zu fragen, wie es ihm geht. Es ist doch alles in Ordnung, nicht wahr? Es ist nur – ich habe nichts von ihm gehört.«

»Es ist alles bestens, Veronica«, antwortete Bex und versuchte, so beruhigend wie möglich zu klingen. »Die Jungen haben sich nach dem Flug hingelegt. Die Ärmsten waren völlig erschöpft. Wahrscheinlich hat Kieron Sie deshalb nicht angerufen.«

»Könnten Sie ihn mir geben – nur ganz kurz. Ich würde gern seine Stimme hören, um mich zu überzeugen.«

»Oh, es tut mir wirklich leid, aber er ist gerade bei der Band im Studio«, erwiderte Bex und drückte sich selbst die Daumen. »Aber wenn Sie möchten, hole ich ihn raus.«

»Nein, lassen Sie nur«, sagte Kierons Mutter hastig. »Das würde er mir nie verzeihen. Isst er denn genug?«

»Wie ein Pferd.«

»Und nicht nur Junkfood – richtiges Essen. Nicht Fritten und Burger und so etwas.«

Bex dachte an das Eis und die Burger, sagte aber: »Ich sorge dafür, dass sie frisches Gemüse und richtige Steaks bekommen. Ich glaube, sie mögen das Essen hier.«

»Und Sam? Gefällt es ihm?«

Sie sah Sam an und legte einen Finger an die Lippen, damit er nichts sagte. »Ja, er genießt es auch hier.«

»Und werden Ihnen die beiden auch nicht zu viel?«

»Es sind großartige Jungs.« Sie zögerte. »Kieron macht Ihnen wirklich alle Ehre, Veronica. Er ist wirklich ein gut erzogener Junge.«

»Danke. Es war ... schwierig. Besonders, seit sein Vater

uns verlassen hat. Ich will Ihre Zeit aber nicht länger in Anspruch nehmen. Sagen Sie ihm bitte nur, dass er seine Mutter anrufen soll, ja? Und sagen Sie ihm, dass ich ihn liebe.«

»Mache ich. Und keine Angst – er verbringt hier eine wirklich tolle Zeit.«

»Danke!«

Mrs Mellor legte auf, und Bex blieb kurz sitzen, das Handy noch am Ohr. Die letzten Worte waren die schwärzeste Lüge, die sie je über die Lippen gebracht hatte.

»Du solltest *deine* Mutter anrufen«, sagte sie schließlich zu Sam.

»Oh, die hat bestimmt schon vergessen, dass ich weg bin«, meinte der gleichmütig und sah aus dem Fenster. »Sie glaubt wahrscheinlich, dass ich im Jugendtreff bin oder so.« Einen Moment schwieg er, dann fügte er hinzu: »Wir sind eine große Familie. Da verliert man schon mal das ein oder andere Kind aus den Augen.«

Bex hätte gern etwas Aufmunterndes gesagt, aber es fiel ihr nichts Passendes ein. Stattdessen machte sie die Tür auf und wollte aussteigen – doch etwas ließ sie sitzen bleiben. Sie brauchte einen Augenblick, bis sie erkannte, was ihre Alarmglocken hatte schrillen lassen.

»Sam?«

»Ja?«

»Von eurem Zimmer aus sieht man doch den Parkplatz, oder?«

Er überlegte einen Augenblick. »Ja, schon. Ich hatte gehofft, dass man die Wüste sieht oder einen Panoramablick über die Stadt hat, aber stattdessen gibt es nur Asphalt, Bäume, Autos und weiße Streifen. Warum?«

»Welches Zimmer ist eures?«

Er verdrehte den Hals, um an dem Betongebäude hinaufzusehen. »Dritter Stock, das zweite Fenster … Oh, das ist ja komisch.«

»Was siehst du?«

»Da ist jemand am Fenster. Sie sehen herunter. Vielleicht habe ich mich geirrt.« Er überlegte einen Moment. »Vielleicht gibt es noch einen Parkplatz.«

»Es gibt keinen anderen Parkplatz und es ist jemand in eurem Zimmer. Und in meinem wahrscheinlich auch. Sie haben begriffen, dass Kieron nicht der ist, der er zu sein vorgibt, und sind gekommen, um uns zu schnappen.«

»Jetzt sind sie weg und haben den Vorhang fallen lassen«, berichtete Sam.

»Dann haben sie uns gesehen und warnen wahrscheinlich ihre Leute. Die werden gleich kommen.« Bex ließ den Motor wieder an. »Wir müssen hier weg!«

Sam beeilte sich, den Gurt wieder zu schließen, während Bex schnell aus der Parklücke zurücksetzte und dabei beinahe einen schwarzen Geländewagen gerammt hätte, der wie aus dem Nichts aufgetaucht war und entschlossen schien, ihnen den Weg abzuschneiden. Sie umkurvte ihn wie ein betrunkener Fahrer, der ein Hindernis zu spät gesehen hat, rammte den Vorwärtsgang rein und raste davon.

Auf der anderen Seite des Parkplatzes kamen schwarz gekleidete Leute aus allen Hoteleingängen. Zwei weitere Geländewagen waren aus ihren Parklücken gefahren und kamen auf sie zu.

Anstatt den SUV vor ihr zu rammen, bog Bex nach links ab und fuhr diagonal über den Parkplatz und zwischen einem zitronengelben Sportwagen und einem alten Pick-up hindurch, durch eine Lücke, die nur ein paar

Zentimeter breiter war als ihr Auto. Sie schaffte es mit ein oder zwei Berührungen, aber ohne das Kreischen von Metall zu hören.

»Könnte sein, dass wir einen Außenspiegel weniger haben«, rief Sam. »Ich sage es ja nur!«

Der Geländewagen, der ihnen den Weg hatte versperren wollen, war ihnen fast auf der Stoßstange gefolgt. Zu spät bemerkte der Fahrer, dass er ein breiteres Fahrzeug hatte, und knallte in den Sportwagen und den Truck. Der Sportwagen schleuderte herum, Glas splitterte, und die Alarmanlage ging los. Der Pick-up hingegen wackelte nur. Im Rückspiegel sah Bex, wie die Airbags im Inneren des SUV explodierten und alles weiß wurde.

Einer weniger, noch wer weiß wie viele übrig …

»Da rüber!«, rief Sam und deutete auf eine Ecke des Parkplatzes.

»Warum?«

»Warum fragen die Leute immer warum, wenn man ihnen sagt, was sie tun sollen? Machen Sie es einfach! Bitte!«

Sie suchte nach dem schnellsten Weg: geradeaus an einer Reihe Autos vorbei, dann links über die Zufahrt zum Hoteleingang und dann wieder rechts. Als sie sich daranmachte, rechts abzubiegen, sah sie sich um. Der Parkplatz verfügte über zwei Ausfahrten – eine zur Hauptstraße und eine auf eine Nebenstraße. Es hatte den Anschein, als wären beide Ausfahrten von schwarzen Geländewagen blockiert. Was auch immer Sam vorhatte, sie hoffte, dass es klappte.

Plötzlich bekam das Rückfenster Risse, und gleich darauf glaubte Bex, einen Knall zu hören. Sie sah die Wirkung vor der Ursache – die Kugel war schneller als der

Schall. Das bedeutete, dass die Leute, die sie verfolgten, mit starken Handfeuerwaffen ausgerüstet waren, so was wie 44er Magnums. Entweder das oder jemand mit einem Gewehr im Hotel.

Eine Person mit einem Gewehr in einem Hotel. Angesichts dessen, was ihr vor etwa einer Woche in Mumbai passiert war, war das schon geradezu Ironie.

Als sie sich dem Punkt näherte, wo sie abbiegen wollte, sah Bex, dass der Geländewagen hinter ihr aufholte. Wahrscheinlich würde er die Standardprozedur anwenden, um ein Auto zu stoppen: Er würde neben sie fahren und mit seiner vorderen Stoßstange an ihre hintere stoßen, sodass sie ins Schleudern kam. Das durfte sie nicht zulassen. Daher konnte sie nicht viel langsamer werden, bevor sie die Abbiegung erreichten. Sie behielt die Geschwindigkeit bei und fuhr sogar an der Stelle vorbei, an der sie hätten abbiegen müssen.

»Sie haben es verpasst!«, schrie Sam.

Bex überkreuzte die Hände am Steuer, die rechte Hand auf der linken Seite und umgekehrt.

»Hab ich nicht«, antwortete sie.

»Ich weiß, was Sie vorhaben!«, schrie Sam. »Hab ich in einem Film gesehen!«

»Festhalten!«, warnte Bex, griff schnell nach unten und riss die Handbremse hoch. Die Hinterräder blockierten, rutschten über den Asphalt und ließen schwarze Qualmwolken aufsteigen. Dann legte sie wieder beide Hände ans Steuer und riss es herum. Der Wagen schleuderte um 180 Grad herum in die Richtung, aus der sie gekommen waren. Bex löste die Handbremse und trat aufs Gas, sodass der Wagen einen Satz auf die Abzweigung zu machte, die jetzt in einer Qualmwolke verborgen lag.

Diese Wolke wurde jetzt von dem SUV durchbrochen, der hinter ihnen gewesen war. Im Vorbeifahren erhaschte Bex einen kurzen Blick auf die überraschten Gesichter des Fahrers und seiner Passagiere, alle schwarz gekleidet und alle mit roten Haaren. Sie waren zu sehr damit beschäftigt, sie anzustarren, um auf die Betonpoller zu achten, die den Parkplatz von der Straße abgrenzten, und rasten in vollem Tempo dagegen. Die Vorderräder wurden abrupt gestoppt, während das Heck in die Luft stieg. Bex wollte gar nicht an das Chaos im Inneren denken. Einen Moment lang schien der Wagen wie eine bizarre Skulptur auf der Nase zu stehen, doch so konnte er nicht für immer bleiben. Langsam kippte er wieder zurück und knallte hart auf den Asphalt.

»Wie eine Katze in der Waschmaschine«, stellte Sam befriedigt fest und grinste Bex an, die durch die Lücke fuhr, die jetzt zu ihrer Linken lag.

»Was?«, fragte sie und beschleunigte.

»So haben die sich da drin wahrscheinlich gefühlt.«

Sie bog wieder nach rechts ab, an einer weiteren Reihe von Autos entlang. Irgendwo rechts von ihr nahm sie einen weiteren Geländewagen wahr, links einen dritten.

Vor ihr lag das Ende des Parkplatzes: eine zwei Meter hohe Hecke, die sich in beide Richtungen erstreckte, und davor eine Betonabsperrung.

»Und wie sieht deine brillante Idee jetzt aus?«, wollte sie wissen, während sie auf die Hecke zurasten.

»Da direkt vor uns ist eine Lücke. Sehen Sie – da ist keine Betonabsperrung. Die Hecke hat die Lücke nur zugewuchert.«

»Woher weißt du das denn?«, fragte Bex erstaunt.

Sam klang ein wenig verlegen. »Kieron und ich sind

runtergegangen, um eine zu rauchen, bevor wir losgefahren sind. Wir mussten raus, weil das ganze Hotel voller Rauchmelder hängt. Da haben wir's bemerkt.«

Sie waren so schnell, dass es in ein paar Sekunden zu spät sein würde, um zu bremsen.

»Nur so aus Interesse – was ist auf der anderen Seite?«, fragte Bex möglichst beiläufig, doch vor ihrem inneren Auge sah sie eine Hauswand.

»Ein alter Parkplatz«, erklärte Sam. »Rissiger Beton und Unkraut.«

Jetzt war es tatsächlich zu spät zu bremsen. Sie mussten hindurch. Bex konnte nur hoffen, dass Sam recht hatte. Sie drückte das Gaspedal durch und zwang sich, die Augen offen zu halten, als sie die Hecke erreichten.

Krrssch!, machte es, und sie waren durch, eingehüllt in einen Wirbel aus Blättern und Zweigen. Wie Sam gesagt hatte, sah der Parkplatz auf der anderen Seite aus wie der hässliche Zwilling des makellosen Geländes, das sie eben verlassen hatten: verfallen und verlassen. Aber am anderen Ende war eine Ausfahrt, die Bex ansteuerte.

Auf der Hauptstraße gab sie Gas und bog so schnell wie möglich ab. Sie behielt den Rückspiegel im Auge und bog noch zwei weitere Male ab, doch es schien ihnen niemand zu folgen.

»Und wohin jetzt?«, fragte Sam atemlos.

»Irgendwo, wo wir nicht auffallen, wo wir uns ausruhen und nachsehen können, was Kieron uns hat zukommen lassen.«

Sie fuhr zum Flughafen, weil sie wusste, dass es dort Hotels gab, in denen sie mit Sam unterkommen konnte. An den ersten fuhr sie vorbei und steuerte schließlich ein Motel an, in dem die Zimmer wie Hütten um einen Parkplatz herum angelegt waren, sodass man direkt vor dem Zimmer parken konnte. Sie wies Sam an, im Auto zu bleiben. Dann buchte sie in der Hütte, die als Rezeption diente, ein Einzelzimmer, da sie davon ausging, dass jemand, der sie suchte, nach einer Frau und einem Jungen fragen würde, die wahrscheinlich zwei Zimmer nahmen. Was den unrasierten Mann an der Rezeption anging, so hielt er sie für eine allein reisende Frau. Außerdem hatte sie nicht vor, lange zu bleiben.

Es war fast hell. Der Himmel im Osten hatte eine rosa Färbung angenommen und es wurde bereits wärmer. Ihr Wagen war zwar einigermaßen anonym, doch während Sam etwas schlief, gab sie ihn am Flughafen ab und mietete ein anderes Auto. Auf dem Rückweg hielt sie an einem Diner und besorgte ihnen beiden etwas zu essen.

Als sie zurückkam, schlief Sam voll angezogen auf dem Bett und schnarchte leise. Bex setzte sich in den einzigen Sessel des Zimmers, setzte die AR-Brille auf und scrollte sich durch das Material, das Kieron aufgezeichnet hatte.

Eine Stunde später nahm sie die Brille ab und massierte sich die Schläfen.

»Verdammt«, flüsterte sie.

»Was ist?«, fragte Sam schläfrig.

»Tut mir leid, ich wollte dich nicht stören. Du solltest versuchen, noch etwas zu schlafen.«

»Ich würde es lieber wissen.«

»Kieron hat eine Menge herausgefunden, bevor er geschnappt wurde«, seufzte Bex. »Und ja, er wurde geschnappt. Diese fünfunddreißig Angestellten – sie sind alle an Herzversagen gestorben, wie wir gedacht haben, aber nicht hier in Albuquerque, sondern in Israel. Tel

Aviv, genauer gesagt. Das Goldfinch-Institut hat da anscheinend eine Zweigstelle. Sie arbeiten eng mit dem israelischen Verteidigungsministerium zusammen. O ja, und alle, die gestorben sind, waren osteuropäischer Abstammung.«

»Was?«

»Das sieht man an ihren Namen. Sie sind alle polnisch, tschechisch, rumänisch, bosnisch, kroatisch …«

»Und was noch?«, fragte Sam und setzte sich auf.

»Was meinst du?«

»Ich meine, ich sehe es Ihnen an. Da ist noch etwas.«

Bex deutete auf die Tasche mit dem Essen aus dem Diner, die sie auf den Tisch gestellt hatte. »Da ist Frühstück, wenn du willst.«

»Sagen Sie es mir!«

Sie seufzte, suchte dann in den Aufzeichnungen der Brille, bis sie den Teil fand, den sie zuvor markiert hatte.

»Sieh dir das an«, forderte sie ihn auf und warf ihm die Brille zu, »und sag mir, was du davon hältst.«

Sam setzte die Brille auf. »Okay, das ist einer der schicken Computer im Institut, von denen Kieron erzählt hat. Er schaut auf den Bildschirm und das sind seine Hände. Er hat die Personalakten eingesehen. Neben dem Computer liegt eine handschriftliche Liste – ich nehme an, er hat die Namen der toten Angestellten, die Sie vom Leichenbeschauer mitgebracht haben, mit den Angestellten von Todd Zanderbergen verglichen.« Er hielt inne. »Wie mache ich mich? Habe ich was gewonnen?«

»Sieh dir die verschiedenen Abteilungen des Betriebs an, wo die Leute angestellt waren.«

»Verwaltung«, las Sam, »Finanzen, nichttödliche Waffen, EDV, Genetik … alles ganz normal.«

»Ja«, sagte Bex. »Aber die Genetikabteilung taucht in den Informationen über die Firma nicht auf, die wir vor unserer Abfahrt zusammengesucht haben. Und im Werbematerial, das sie Kieron gezeigt haben, kam sie auch nicht vor. Soweit der Rest der Welt weiß, beschäftigt sich das Goldfinch-Institut nicht mit Genetik.«

»Wo liegt da das Problem? Genetik ist ein ziemlich großes Ding – wenn man die DNA entschlüsseln kann, sie verändern oder genetisch bedingte Krankheiten heilen. Mit so etwas würde sich jedes Forschungsinstitut, das etwas auf sich hält, beschäftigen.«

»Warum sollte man es dann verheimlichen?« Bex schloss die Augen und hoffte, dass sie mit ihrem Verdacht falschlag. »Lass es mich mal so sagen. Eine Gesellschaft, die sich mit militärischer Forschung beschäftigt, hat ein geheimes Genetiklabor, und es kommt zu einer ganzen Reihe unerklärlicher Todesfälle, allerdings nur bei Angestellten mit osteuropäischer Abstammung. Mit osteuropäischen *Genen.*«

Nach ihren Worten herrschte eine ganze Weile Stille. Schließlich öffne sie die Augen wieder und stellte fest, dass Sam sie anstarrte. Und zwar ziemlich geschockt.

»Sie entwickeln biologische Waffen, die Menschen mit einer bestimmten DNA töten?«, flüsterte er. »Warum sollten sie so was tun?«

»Warum nicht«, gab Bex zurück. »Die ganze Menschheitsgeschichte besteht aus Geschichten von Rassen, die einander hassen und bekämpfen. Araber gegen Juden im Nahen Osten, Hutu gegen Tutsi in Ruanda, Bosnier gegen Serben in Osteuropa. Weiß gegen Schwarz, wo immer man hinschaut. Und wenn man ein paar Hundert Jahre zurückgeht, waren es die Briten gegen die Holländer und die Franzosen gegen die Spanier. Kennst du den Begriff ›Genozid‹? Die Vereinten Nationen bezeichnen mit dem Begriff Genozid einen Akt der Gewalt mit der Absicht, ›eine nationale, ethnische, rassische oder religiöse Gruppe als solche ganz oder teilweise zu zerstören‹. Und wie unterscheidet man eine nationale, ethnische oder rassische Gesellschaft von der anderen? Durch Gentests. Jetzt stell dir vor, dass eine rassische Gruppe eine Waffe wie zum Beispiel ein Gas oder ein Virus in die Hand bekommt, das ausschließlich Menschen mit einer anderen genetischen Zusammensetzung vernichtet. Was würde passieren?«

»Ein Blutbad«, flüsterte Sam. »Ein furchtbares Gemetzel, bis nur noch Menschen übrig bleiben, die die gleiche DNA haben wie die mit der Waffe.«

»Und das«, sagte Bex, »ist es, womit wir es hier zu tun haben – mit einem Mann, der genau so eine Waffe entwickelt hat.«

»Können wir ihn aufhalten?«

Trotz der ernsten Lage verspürte Bex eine Welle der Zuneigung für den mageren kleinen Kerl, mit dem sie irgendwie hier gelandet war. Er dachte nicht daran, sich aus dem Staub zu machen, er schlug nicht vor, sie sollten einfach so tun, als wüssten sie von nichts. Sein erster Gedanke war, was sie mit der Information anfangen sollten.

»Du bist ein guter Junge, weißt du das?«, fragte sie.

Er sah sie ernst an und ein Schatten glitt über sein Gesicht. »Ich bin ein Greeb«, erklärte er. »Kieron ist ein Greeb. Überall, wo wir auftauchen, werden wir von den Chavs durch die Straßen gejagt. Wenn die Chavs eine Möglichkeit finden würden, alle Emos und Greebs auf einmal zu vernichten, dann würden sie das, ohne zu zögern, tun. Deshalb dürfen wir so etwas nicht zulassen. Aber zuerst müssen wir Kieron da rausholen.«

Bex nickte. »Mal sehen, was wir herausfinden können. Gib mir mal die Brille zurück, ja?«

Bex setzte sie wieder auf, schob die Aufzeichnungen beiseite, die Kieron hochgeladen hatte, und versuchte sich mit den Hacker-Tools des AR-Geräts Zugang zu der administrativen Ebene des Instituts zu verschaffen. Sie wollte nur wissen, ob letzte Nacht die Polizei zum Institut gerufen worden war und ob Kierons illegaler Zutritt verzeichnet worden war, doch es brachte nichts. Die erhöhten Sicherheitsvorkehrungen bedeuteten, dass das Institut die Firewalls verstärkt hatte. Es gab keinen Weg hinein, nicht einmal zu den Ebenen, die sie am Tag zuvor noch erreicht hatten.

»Wenn Kieron dort noch festgehalten wird«, sagte sie mehr zu sich selbst als zu Sam, »dann haben wir ein Problem. Sie werden damit rechnen, dass wir einen Rettungsversuch wagen. Wenn wir geglaubt haben, dass es gestern Abend schon schwer war, hineinzukommen, dann wird es jetzt völlig unmöglich sein.«

»Wenn er noch da ist«, überlegte Sam.

»Ehrlich gesagt, das ist gar nicht so dumm.« Schnell sah sie in der Datenbank des Flughafens von Albuquerque nach und hackte sich in die Liste der landenden und startenden Flüge. »Mist – jemand hat einen Flugplan für einen Jet des Goldfinch-Instituts eingereicht. Ziel ist ... ja, natürlich! Tel Aviv. Und er startet in ... o nein! In einer halben Stunde!« Sie bewegte ihre Hände und verschob die Informationen. »Wenn ich Zugang zu den Sicherheitskameras im VIP-Bereich bekomme ... ja, da habe ich Live-Bilder!« Ihr Triumphgefühl war allerdings von kurzer

Dauer und verwandelte sich in Zorn und Verzweiflung, als sie das Bild betrachtete, das von einer Kamera auf einem Mast aufgenommen worden war. Es zeigte einen Privatjet mit heruntergeklappter Treppe. Davor stand eine Limousine. Todd Zanderbergen war die Treppe halb hinaufgegangen und sah zum Terminal zurück. Und am Fuß der Treppe hatte Bex' alte Freundin und Kollegin Tara Gallagher die Arme um jemanden gelegt, dem sie aus dem Wagen half.

Obwohl er den Kopf gesenkt hielt, wusste Bex, wer es war. Sie erkannte die Jacke und die Schuhe, die sie gekauft hatte. Die Frisur. Alles.

Es war Kieron.

KAPITEL 11

Ganz plötzlich erlangte Kieron wieder das Bewusstsein. Eben noch war er völlig weg gewesen, hatte in einer dunklen Leere geschwebt, dann war er ruckartig in einem bequemen Sessel wach geworden, mit weit offenen Augen und geballten Fäusten.

»Ah, da bist du ja wieder.« Todd Zanderbergen saß Kieron gegenüber. In der Hand hatte er ein Glas Champagner. »Ich weiß, Teenager schlafen viel, aber du warst drauf und dran, einen Rekord aufzustellen. Tara und ich haben schon Wetten abgeschlossen.« Er nahm einen Schluck Champagner. »Ich habe gewonnen.«

»Ja, ich wette, das tust du immer«, erwiderte Kieron. »Wird das nicht langweilig?« Sein Mund war trocken und seine Augen brannten. Er versuchte sich zu bewegen, doch er war gefesselt. Er sah sich um. Offenbar saß er in einem Flugzeug, einem relativ kleinen, mit weißen Lederpolstern und pilzförmigen Tischen, die aussahen wie aus Eichenholz geschnitzt. In den gewölbten Wänden waren kreisförmige Fenster. Von draußen drang bläuliches Licht herein, doch er wusste nicht, wie spät es war.

In der kleinen Kabine standen mehrere Sessel. Auf einem davon saß Todd, auf einem anderen Tara Gallagher. Beide saßen gegenüber von dem, auf dem Kieron gefesselt war.

»Was ist das Letzte, woran du dich erinnerst?«, fragte Todd. »Das ist eine berufliche Frage. Deine Gesundheit interessiert mich nicht.«

»Deine Sicherheitschefin hat mir irgendwelchen blauen Schleim an den Kopf geschossen.« Kieron sah Tara finster an. »Ich dachte, das Zeug soll nur an den Leuten hart werden und sie bewegungsunfähig machen, aber sie nicht gleich ersticken.«

Tara zog nur eine Braue hoch, und an ihrer Stelle antwortete Todd: »Ja, Tara hat die Einsatzspezifikationen ein wenig überschritten, aber das sind alles Informationen, die wir im Forschungsprogramm verwenden können. Wasser auf die Mühlen sozusagen, obwohl ich glaube, dass der Spruch hier nicht ganz passend ist.«

Er hielt inne, um noch einen Schluck Champagner zu nehmen. »Du warst fast acht Stunden lang bewusstlos. Das lag zum Teil an dem Schaum, der ausgehärtet ist und dich ausgeknockt hat. Teilweise lag es auch daran, dass dein Mund verstopft war und du Atemprobleme hattest. Vielleicht war es auch deshalb, weil du ein Teenager bist und einfach viel schlafen musst. Ich weiß es wirklich nicht. Du hast Glück gehabt, dass Tara genug von dem Zeug aus deinem Gesicht gekratzt hast, dass du überhaupt wieder atmen konntest.« Er runzelte die Stirn und täuschte Besorgnis vor. »Wenn du einen Moment hast, fahr mal mit der Zunge über deine Zähne und prüf nach, ob da noch Reste von dem gehärteten Gel sind. Ich glaube, wir haben die toxikologischen Tests noch nicht gemacht und du solltest es lieber nicht aus Versehen verschlucken.«

Tara hielt eine Hand hoch. »Ich habe noch etwas davon unter den Fingernägeln«, sagte sie. »Es ist echt schwer abzukriegen.«

»Wir fliegen weg?«, stellte Kieron fest. Er spürte die Vibrationen des Flugzeugs durch den Sitz, doch die Geräuschisolation der Kabine war ziemlich gut. »Geht es irgendwohin, wo es mir gefällt?«

»Weiß ich nicht«, meinte Todd achselzuckend. »Wolltest du schon mal nach Israel?«

Israel, dachte Kieron mit einem Anflug von Panik. *Das ist weit weg von Amerika. Nicht ganz so weit weg von England, aber zu Fuß gehen will ich lieber nicht.* Er konnte nur hoffen, dass Bex und Sam die AR-Brille gefunden hatten, die er über den Zaun geworfen hatte, dass sie noch intakt war und dass seine Freunde herausfanden, wo er war, wohin er gebracht wurde, und dass sie ihm folgen würden. Da musste er wohl auf eine ganze Menge hoffen. Aber wenn sich nicht all diese Hoffnungen erfüllten, war er in ernsten Schwierigkeiten.

Und selbst wenn Bex und Sam ihm folgen konnten und wussten, wohin er gebracht wurde, konnte es immer noch schlecht ausgehen. Was sollten sie schon ausrichten – zwei Menschen gegen eine gigantische korrupte internationale Forschungs- und Entwicklungsgesellschaft?

Bei dem Gedanken an die AR-Brille fragte er sich unwillkürlich, was aus dem anderen Set geworden war – das, das Bex normalerweise trug. Das hatte er nicht über den Zaun geworfen. Und den Kopfhörer auch nicht. Spontan tastete er die Innentasche seiner Jacke ab, in die er sie gesteckt hatte. Selbst wenn Bex und Sam die Brille fanden und ihm nach Israel folgten, konnten sie keinen Kontakt zu ihm aufnehmen, wenn er sie nicht hatte. Als seine forschenden Finger nichts fanden, überfiel ihn leise Panik. War er durchsucht worden? Hatten sie seine Sachen konfisziert?

Er tastete noch einmal die Tasche ab und spürte plötzlich etwas aus Plastik, etwas Gebogenes. Die Bügel der AR-Brille. Als er die Hände weiter heruntergleiten ließ, spürte er mit den Fingernägeln einen harten Klumpen. Der Kopfhörer.

Erleichtert holte er tief Luft. Zumindest seine Brille hatte er noch.

Tara sah ihn neugierig an und er begann sich übertrieben an der Brust zu kratzen.

»Es juckt«, sagte er zu ihr. »Haben Sie das Flugzeug auf Flöhe untersucht? Vielleicht haben Sie hier Schädlingsbefall?«

Tara lächelte nur spöttisch und sah weg.

»Oh Verzeihung«, sagte Todd. »Ich bin ein schrecklicher Gastgeber. Möchtest du etwas zu trinken? Natürlich keinen Champagner.« Er hob das Glas und sah den winzigen Bläschen darin nach. »Ein Schluck davon kostet mehr, als die meisten Menschen für ein Auto ausgeben würden. Das will ich nicht an dich verschwenden.«

Obwohl er ganz gelassen zu sein schien, spürte Kieron doch die unterschwellige Wut. Es erinnerte ihn daran, wie er und Sam im Einkaufszentrum oder in den örtlichen Parks von Chavs angemacht worden waren. Sie stellten höfliche Fragen wie: »Wie heißt ihr?«, und: »Wohin wollt ihr?«, aber man wusste ganz genau, dass das nur das Vorspiel dazu war, dass sie einem in den Magen schlugen und lachten, wenn man sich vor Schmerz krümmte.

»Ach, diese Geschichten kennt man doch«, meinte Kieron wegwerfend, »die von den reichen Bankern in London, die mehrere Zehntausend Pfund für eine Flasche Wein ausgeben. Meine Mutter hat mal gesagt, sie wüsste nicht, was schlimmer ist: die Vorstellung, dass es eine Flasche unglaublich guten Weines weniger auf der Welt gibt, oder die, dass die reichen Banker ihn einfach herunterstürzen, ohne ihn überhaupt richtig zu würdigen. Ist dieser Champagner das Geld wert, dass du dafür ausgegeben hast?«

»Ich wiederhole, er kostet mehr, als die meisten Leute für ihr Auto ausgeben würden«, wiederholte Todd langsam. »Aber ich ziehe Motorräder vor. Ich habe eine ganz hübsche Sammlung an Harleys. Hatte ich zumindest, bis du es geschafft hast, sie bei deinem jämmerlichen Fluchtversuch zu schrotten. Und der Versicherung kann ich das auch nicht melden. Ich meine, ich kann ihnen ja kaum erklären, wie das passiert ist, oder?«

Kieron lächelte. »Wenn du alle Einzelteile zusammensammelst, kannst du dir möglicherweise ein komplettes Bike daraus basteln. Ist vielleicht ein bisschen angekokelt, aber es wäre wenigstens was.«

Todds Gesicht verzerrte sich vor Wut und plötzlich spritzte Kieron kalte Flüssigkeit ins Gesicht und lief ihm über Stirn, Wange und Nase.

Todds Hände umklammerten das leere Champagnerglas. Die linke hielt das Glas und die rechte den Stiel. Seine Knöchel wurden weiß, und seine Lippen kräuselten sich spöttisch, als mit einem hohen Knall und einem seltsamen Klingeln abrupt der Stiel vom Glas abbrach. Todd schloss die rechte Hand um den Stiel des Glases, der zwischen seinen Fingern hervorsah. Langsam hob er die

Hand, bis die abgebrochene scharfe Spitze direkt auf Kierons rechtes Auge zielte.

Tara starrte ihn mit großen Augen und bleichem Gesicht an. Offenbar hatte sie ihren Boss noch nie zuvor so gesehen.

»Wenn ich mit deiner Befragung fertig bin«, knurrte er, »werde ich dir so viel Schmerz zufügen, dass du mich anflehen wirst, dich zu töten, nur damit es aufhört.«

Kieron blinzelte, bis der Champagner aus seinen Augen gelaufen war, und leckte sich dann provozierend die Lippen.

»Ich stehe nicht so auf Champagner«, sagte er. »Hast du hier Milchshakes? So einen hätte ich jetzt gern – einen guten, mit Eis. Oder einen Bubble-Tea. Ich sag dir was – hast du schon mal Cream-Soda auf Vanilleeis probiert? Schmeckt unglaublich. Viel besser als das Zeug da und ist so viel billiger.«

Todd schloss die Augen und holte ein paarmal tief Luft. Seine Lippen bewegten sich, als wiederhole er ein Mantra, irgendeinen beruhigenden Satz, der seinen Ärger vergehen lassen sollte. Als er die Augen wieder aufschlug, schien sich der Sturm gelegt zu haben.

»Es gibt Wasser«, sagte er, als wäre nichts passiert. »Oder Saft. Oder falls du die gesündere Alternative bevorzugst, hätten wir Weizengras-Shots oder auch Kokoswasser.« Er lächelte, doch Kieron sah, dass der Sturm noch ganz und gar nicht vorbei war. Der Zorn brodelte dicht unter der Oberfläche. »Aber ehrlich gesagt, angesichts dessen, was dir bevorsteht, ist eine gesunde Lebensweise im Augenblick wahrscheinlich nicht deine höchste Priorität.«

»Wasser, bitte.« Kieron sah zu Tara hinüber und versuchte, ihren Blick zu deuten. War sie so besorgt über den Temperamentsausbruch ihres Bosses, dass sie vielleicht etwas tat, um Kieron zu helfen, oder machte sie einfach mit, akzeptierte den sicher ziemlich großzügigen Gehaltsscheck am Monatsende und schwieg? Sie schien nervös, aber zurückhaltend.

»Ich gehe mal davon aus, dass Lethal Insomnia gestrichen ist?«, fragte Kieron in dem Versuch, die Stimmung aufzulockern.

Todd lachte. »Ja, die Chance hast du dir selbst verbockt, fürchte ich.« Er sah Tara an. »Würden Sie unserem Freund hier wohl ein Glas Wasser holen?«

»Hast du für so was keine Angestellten?«, fragte Kieron.

»Schon, aber Tara ist in Ungnade gefallen. Unter ihrer Führung sind die Sicherheitskontrollen sehr lax geworden. Ich erinnere sie daran, dass sie eine Zeit lang sehr, sehr brav sein muss und genau das zu tun hat, was ich ihr sage.«

»Du scheinst mir ein sehr praktisch veranlagter Boss zu sein«, fuhr Kieron fort, als Tara aufstand und im Flugzeug nach hinten ging. »Es überrascht mich, dass du dir dein Sicherheitssystem von jemand anders hast entwerfen lassen. Das mit der Firewall und den zwei Sicherheitsebenen – der äußeren und der inneren, die ohne Verbindung zueinander funktionieren –, das war doch deine Idee, nicht Taras, oder?«

Er versuchte Todd ganz bewusst mit diesen Sticheleien zu provozieren. Vielleicht war das keine sonderlich gute Idee, aber er war noch nie jemand gewesen, der unter Druck schnell einknickte. Selbst bei den »Unterhaltungen« mit den Chav-Gangs im Shoppingcenter oder im

Park hatte er stets den unwiderstehlichen Drang verspürt, sie zu provozieren und zu beleidigen, wenn er ihre Fragen beantwortete. Alberne Sachen – er sagte zum Beispiel etwas sehr leise, und wenn sie »Was?« fragten, sagte er: »Oh, du bist also nicht nur blöd, sondern auch taub.« Das brachte sie aus dem Konzept. Vielleicht war es nur eine kleine Revanche für den unausweichlichen Schlag in den Magen, aber er kam sich dann weniger wie ein Opfer vor.

Todds Hände krampften sich um die beiden Teile des Champagnerglases, das er immer noch in der Hand hielt. Seine Fingerknöchel wurden wieder weiß. Doch als er antwortete, war seine Stimme vollkommen ruhig: »Es sollte eigentlich das perfekte System sein, das allen Insidern den Zugriff innerhalb einer Firewall erlaubt, die sie von der Außenwelt abschirmt. Aber du bist hineingekommen. Sehr clever. Du musst Hilfe dabei gehabt haben. Darüber sollten wir mal reden.«

Tara kehrte gerade mit einer Flasche Wasser für Kieron zurück, sah Todd an und sagte: »Ich habe mir die Aufzeichnungen der Security angesehen. Judith hat gestern Abend noch spät das Drehkreuz passiert. Aber ich habe sie angerufen und sie war zu Hause. Irgendwie hat dieser Junge es geschafft, ihren Augenabdruck zu fälschen.«

»Wie hast du das angestellt?«, fragte Todd beiläufig.

»Ganz einfach«, antwortete Kieron. Er nahm einen Schluck Wasser und hielt Todd dann die Flasche hin. »Willst du die auch auf Fingerabdrücke und DNA checken lassen?«

Lächelnd zuckte Todd mit den Achseln. »Das haben wir schon gemacht. Und wir haben in keinem System, auf das wir Zugriff haben, auch nur eine Spur von dir gefunden. Du bist eine Unbekannte.« Er wedelte abwehrend mit der Hand. »Übrigens haben wir deine Freunde. Die Frau und den anderen Jungen.«

»Das glaube ich nicht«, erklärte Kieron und sah sich demonstrativ um. »Wenn du sie hättest, wären sie hier, und ich sehe nur uns drei – und im Cockpit wohl noch ein Pilot und ein Co-Pilot. Es sei denn, du hast sie auf dem Klo versteckt?«

Todd lächelte. »Vielleicht sind sie ja im Frachtraum, erfrieren oder sterben an Sauerstoffmangel? Wer weiß? Wir werden nachsehen, wenn wir gelandet sind.« Er zuckte mit den Achseln. »Es gäbe da einige Fragen zu klären: Wie du in unser System gekommen bist, für wen du arbeitest und wie viel du – und deine Arbeitgeber – wissen. Wir können diese Unterhaltung entweder jetzt führen, auf eine ruhige, zivilisierte Art und Weise, oder wir können sie nach der Landung führen. Ich muss allerdings hinzufügen, dass die zweite Variante für dich wesentlich schmerzhafter sein würde.«

Kieron starrte Todd an. Der Mann schien tatsächlich nicht zu ahnen, was Kieron tatsächlich wusste.

»Du weißt, was ich mir angesehen habe?«, fragte Kieron.

Todd nickte. »Personalakten. Von allem, was du dir hättest ansehen können, interessierst du dich für Personalangelegenheiten? In unserem System gibt es Geheimnisse, die dir Millionen eingebracht hätten, wenn du sie im Darknet verkauft hättest – oder ganz offen an meine Konkurrenten, aber du hast in meinen Personalakten herumgeschnüffelt. Ich will nur wissen, warum.«

»Das weißt du echt nicht?«

Todd schüttelte ehrlich verwundert den Kopf. »Das macht einfach keinen Sinn.«

Kieron schloss für einen Moment die Augen. »Stört es dich nicht, dass fünfunddreißig Leute, die für dich gearbeitet haben, gestorben sind? Angeblich an einem Herzinfarkt und alle am Goldfinch-Institut in Tel Aviv?«

»Angestellte sterben ständig, auch wenn ich alles tue, um für ihre Gesundheit zu sorgen«, meinte Todd stirnrunzelnd. »Das ist bedauerlich. Sie sind wie Haustiere: Man gewöhnt sich irgendwie an sie – aber so etwas passiert. Sie werden begraben, wir zahlen ihre Pensionsansprüche an ihre Verwandten aus, wir stellen Ersatz ein, und alle machen weiter. Bald erinnern nur noch ein paar Fotos an der Wand der »Mitarbeiter des Monats« daran, dass sie je da waren. Ich sehe nicht das Problem.«

»Sie starben alle zur gleichen Zeit, oder?«, fragte Kieron leise. »Am gleichen Ort, zur gleichen Zeit und aus dem gleichen Grund.«

Todd sah Tara fragend an.

»Projekt ALTER SEEMANN«, sagte sie nach kurzem Zögern.

Todd nickte. »Das ... Ja, das war wohl ein Arbeitsunfall. Ein Gasleck. So etwas kommt vor. Trotz unserer stärksten Bemühungen kommt es gelegentlich vor, dass die Technik versagt und etwas Schlimmes passiert. Das ist bedauerlich, aber so ist das Leben. Da kann man nichts machen. Wir wollten eine Untersuchung vermeiden, daher haben wir als Todesursache ›Herzinfarkt‹ angegeben.«

»Fünfunddreißig Angestellte, deren Familien aus Osteuropa kommen.« Kieron spürte die Wut in sich aufsteigen und versuchte, sich zu beherrschen. »Was für ein zufälliges Gasleck tötet denn nur Menschen, deren Familien aus einer bestimmten Gegend der Welt kommen?«

Todd sah in das leere Glas, als könne er die Geheimnisse des Universums darin lesen. »Ich denke, die Antwort hast du bereits selbst gefunden«, sagte er leise.

»Du arbeitest an nichttödlichen Waffen. Zumindest ist deine Firma dafür bekannt.« Kieron dachte scharf nach, während er sprach, sortierte die Fakten und Vermutungen und fügte sie zu einem sinnvollen Ganzen zusammen. »Der Sinn und Zweck von nichttödlichen Waffen ist, dass sie keine Unschuldigen töten. Aber gelegentlich können auch nichttödliche Waffen Menschen töten, nicht wahr? Dieser blaue Schleim hätte mich zum Beispiel ersticken lassen können. Die großen Wasserpistolen, die elektrische Schläge verteilen, können bei manchen Menschen einen Herzinfarkt auslösen. Wenn man also tatsächlich vermeiden will, dass Unschuldige zu Schaden kommen, könnte man doch eine tödliche Waffe entwickeln, die nur die Leute tötet, die man tatsächlich töten will? Menschen aus einem bestimmten Land oder einer bestimmten Gegend der Welt? Eine ethnische Gruppe?« Der Zorn war ihm jetzt deutlich anzuhören, aber er konnte nicht anders. »Menschen mit einer bestimmten Hautfarbe oder einer bestimmten Augenform. Was ist es? Ein Virus? Ein Bakterium?«

»Projekt ALTER SEEMANN«, wiederholte Todd leise, immer noch in sein Glas sehend. »Nach einer alten Ballade benannt. Das war Taras Idee. ›Einen alten Seemann gibt's, der hält von dreien einen an.‹ Das ist es, was dieses Ding tut: Es tötet, aber es tötet selektiv. Und zwar nur die Leute, die du sterben lassen willst. Ja, es ist ein Virus – ein modifiziertes Virus, das nur Leute mit bestimmten Genen in ihrer DNA tötet. Es ist möglich, die Rasse eines Menschen und ihre gesamte Abstammung an ihrer DNA zu erkennen, wusstest du das? Zur Sicherheit habe ich meine eigene sequenzieren lassen.«

»Nun«, murmelte Kieron, »wäre ja auch ziemlich unangenehm, wenn ausgerechnet du osteuropäische Wurzeln hättest, nicht wahr?«

»Genau. Aber es zeigte sich, dass ich zu neunzig Prozent nordisch bin und zu zehn Prozent von amerikanischen Ureinwohnern abstamme. Das ist beides gut – keiner hasst die nordischen Völker oder die amerikanischen Ureinwohner, also bin ich sicher.«

»Aber warum?«, fragte Kieron leise, obwohl er die Antwort bereits zu kennen glaubte.

»So eine Waffe kann einen Mann reich machen«, erwiderte Todd. »In jedem Land der Welt gibt es eine Fraktion, die eine andere töten will, weil es irgendwelche belanglosen Unterschiede zwischen ihnen gibt. Und wenn man die Waffe testen will, einfach nur um zu sehen, ob sie funktioniert, könnte man doch in einem Konferenzsaal, in dem die Hälfte der Anwesenden osteuropäischer Abstammung ist und die andere nicht, zufällig ein Gasleck verursachen, nicht wahr? Und wenn die Hälfte der Anwesenden stirbt – und zwar die richtige Hälfte –, dann weiß man, dass es funktioniert.« Endlich sah er Kieron direkt an. »Ich sage dir das hier und jetzt, damit jemand weiß, wie clever ich bin, und weil du in vierundzwanzig Stunden, sobald du uns gesagt hast, für wen du arbeitest und wer sonst noch davon weiß, tot sein wirst.«

»Hast du auch ein Gas, das sich gegen Emos und Greebs richtet?«, erkundigte sich Kieron.

Todd grinste freudlos. »Ehrlich gesagt, ich könnte bestimmt genetische Marker für emotionale Sensibilität, einen Hang zur Depression, Vorliebe für die Farbe

Schwarz und die Liebe zu lauter, repetitiver Musik finden. Das Problem ist nur, dass auch ich diese Marker hätte, also halte ich mich da bei der Forschung zurück.«

Das Grollen der Maschine veränderte sich leicht, und Kieron fühlte, wie sein Gleichgewichtssinn reagierte.

»Wir nähern uns dem Flughafen Ben Gurion«, sagte Tara und stand auf. »Ich schlage vor, ihr macht euch bereit für die Landung.«

»Ich dachte, wir hätten die Erlaubnis, gleich am Goldfinch-Institut zu landen?«, fragte Todd. »Ich habe keine Lust, mich mit dem gewöhnlichen Volk abzugeben, wenn ich es vermeiden kann.«

»Es ist die israelische Luftfahrtbehörde«, erklärte Tara entschuldigend. »Sie besteht darauf, dass wir den Flughafen nehmen. Aber keine Sorge, wir bekommen die VIP-Behandlung.«

»Gibt es einen genetischen Marker für das ›gewöhnliche Volk‹?«, erkundigte sich Kieron. »Da könntest du sie gleich alle loswerden.«

Todd sah ihn nur finster an und wandte sich ab, als das Flugzeug in den Sinkflug ging. Kieron verspürte den gleichen Druck in den Ohren wie bei seiner Landung am Flughafen Washington Dulles und später in Albuquerque.

Er dachte an Bex. Bex und Sam. Wussten sie, wo er war und was passiert war? Waren sie unterwegs, um ihn zu retten? Oder hatten sie die AR-Brille gar nicht gefunden, waren vielleicht sogar darübergefahren und hatten sie zerstört? Saßen sie jetzt im Hotel und fragten sich, wo er blieb?

Ein dunkler Gedanke schlich sich in sein Bewusstsein: Hatten Tara und die Security-Leute vom Goldfinch-Institut die beiden womöglich wirklich gefangen genommen?

Vielleicht lagen Bex und Sam ja tatsächlich im Frachtraum, erfroren und erstickt. Vielleicht hatte man sie schon in Albuquerque getötet.

Er wusste nicht, ob er ängstlich, wütend, müde oder hungrig sein sollte … In seinem Kopf wirbelten tausend Gefühle herum.

Er konzentrierte sich auf eines.

Zorn. Nein, zwei: Zorn und Rache. Er würde sich aus dieser Situation befreien. Dann würde er Todd Zanderbergen und Tara Gallagher zeigen, dass man sich besser nicht mit einem Greeb-Teenager und seinen Freunden anlegte. O ja, und dass man die Welt nicht mit einer Waffe bedrohte, die sich gegen bestimmte Teile der Bevölkerung richtete. Das auch.

Bei der Landung spürte er nur ein kurzes Rumpeln, als die Räder auf dem Boden aufsetzten. Zehn Minuten später standen sie, und die Kabinentür ging auf, um Luft hereinzulassen, die so knallheiß und kerosingeschwängert war wie in Albuquerque. Er hatte das Gefühl, als wären sie gar nicht abgehoben. Innerhalb kürzester Zeit spürte er Schweißperlen auf Händen, Gesicht und Rücken.

»Ich werde jetzt deine Fußfesseln lösen«, verkündete Tara, griff nach unten und zog eine neben ihrem Sitz liegende Waffe hervor. Es war der Skinburner, den Kieron in Albuquerque gegen sie und die Wachen eingesetzt hatte.

»Kennst du den noch?«, fragte sie. »Beim geringsten Fluchtversuch oder wenn du versuchst, um Hilfe zu rufen, wirst du spüren, wie sich das anfühlt.«

»Ich dachte, Waffen wären an Flughäfen nicht so gern gesehen?«

»Habe ich schon erwähnt, dass ich Cello spiele?«, erklärte Tara. »Hinten im Flugzeug ist mein Instrumentenkoffer. Kein Cello, das muss ich wohl in Albuquerque vergessen haben – aber das Ding hier passt ganz gut da rein. Und lustigerweise kann ich es durch einen Riegel am Koffer auch von außen bedienen. Dem Mikrowellenstrahl ist es egal, ob er durch die Hülle muss oder nicht, er wird dir trotzdem noch irre Schmerzen bereiten.«

Als sie in die Hitze des frühen Morgens hinaustraten, sah Kieron, dass sie in der Nähe einer großen Menge von Flughafengebäuden gelandet waren. Neben dem Flugzeug stand eine Limousine mit laufendem Motor und am Fuß der Treppe erwarteten sie drei Beamte der israelischen Einreisebehörde. Sie überprüften die Papiere, die Tara ihnen gab, nickten und stempelten sie. Sie machten sogar Scherze über ihren Cellokoffer.

Die Limousine fuhr los. Kieron und Todd saßen hinten, Tara vorn.

Der Himmel war blau, aber es schien ein anderes Blau zu sein als das in Albuquerque und auf jeden Fall völlig anders als das Grau des englischen Himmels. Alles schien neu zu sein: Straßen, Häuser, selbst die Kleider, die die Leute trugen. Die Gebäude waren zum großen Teil rechteckig und massiv mit großen Fensterflächen. Nichts Kompliziertes oder Verschnörkeltes.

»Ich mag die Israeli«, verkündete Todd plötzlich, während das klimatisierte Auto dahinrollte. »Sie sind ein ungeheuer pragmatisch veranlagtes Volk. Und angesichts ihrer angespannten Beziehungen zu den Palästinensern und zur Hamas wahrscheinlich auch gute Kunden.«

Gleich darauf hatten sie das Flughafengelände verlassen und fuhren durch eine staubige, karge Landschaft, vorbei an Schildern für Orte mit Namen wie Kfar Truman, Shoham, Bareket oder El'ad. Trotz seiner Nervosität fielen Kieron die Orangenhaine auf, die die Straßen säumten. Die Orangenbäume sprossen auf wundersame Weise direkt aus der trockenen Erde.

Gerade als Kieron die Anspannung kaum mehr ertragen konnte, bog die Limousine von der Autobahn auf eine unmarkierte Landstraße ab. Wie schon in Albuquerque schien man auch hier am Goldfinch-Institut auf Privatsphäre zu achten. Fünf Minuten später tauchten am Horizont mehrere glasgedeckte Gebäude auf, die nicht höher als zwei Stockwerke zu sein schienen. Der einzige Unterschied war, dass das Glas hier rot war anstatt blau.

»Hübsch hier«, stellte Kieron fest.

»Genieß den Anblick«, meinte Todd leichthin. »Du hast ja schon deine letzte Nacht geschlafen, dein letztes Mahl gegessen und dein letztes Getränk zu dir genommen. Das wird wohl einer der letzten Anblicke, die du je sehen wirst. Mach das Beste draus.«

Der Security-Mitarbeiter am Tor musste die Limousine erkannt haben, denn die Metallplatten – identisch mit denen in Albuquerque – versanken im Boden, als sie darauf zufuhren. Innerhalb des doppelten Zauns hielten sie an. Der Fahrer stieg aus und hielt Todd, Tara und zuletzt auch Kieron die Tür auf und sie stiegen aus.

Kieron nahm die AR-Brille aus der Tasche und setzte sie auf. Er hatte keine Ahnung, ob am anderen Ende jemand etwas sah, aber er musste darauf hoffen. Ohne Hoffnung blieb ihm gar nichts.

Tara starrte ihn misstrauisch an.

»Kurzsichtig«, erklärte er und tippte an das Gestell. »Ich war noch nie in Israel und würde es wenigstens gern mal scharf sehen, bevor ich sterbe.«

»Check ihn«, befahl Todd Tara mit einem Kopfnicken zu Kieron. »Er ist schlau. Ich will sicher sein, dass er keinen Sender bei sich trägt.«

Tara trat in das Wachhäuschen, und als sie kurz darauf wieder herauskam, hielt sie eine kleine schwarze Box in der Hand, etwa so groß wie ein Handy. Sie drückte auf einen Knopf und hielt es vor Kieron, während sie rasch zurücklief. Er zuckte kurz zusammen, als er ein rotes Licht aufleuchten sah.

»Da ist was«, meinte Tara stirnrunzelnd. »Soll ich ihn durchsuchen?«

Todd schüttelte den Kopf. »Das Ding kann doch jedes Signal blockieren, das es aufspürt, nicht wahr?«

Tara nickte.

»Gut, dann stell es so ein, dass es jedes von ihm ausgehende Signal blockiert. Wir kümmern uns dann später darum, was es ist.«

Tara nahm einige Einstellungen an dem Gerät vor und winkte Kieron dann damit zu. »Was auch immer du übertragen wolltest, Junge, niemand wird es hören.«

»Genau«, sagte Todd, als von den roten Glasgebäuden ein Golfbuggy angefahren kam. »Fangen wir an. Obwohl es für dich, so leid es mir tut, wohl eher ein Ende sein dürfte. So wie in: In etwa einer Stunde bist du tot.«

KAPITEL 12

»Wir sind zu spät«, stellte Bex grimmig fest. »Sie tragen ihn ins Flugzeug. Wir sind nie im Leben schnell genug dort, um ihn zu retten, selbst wenn wir irgendwie durch den Sicherheitszaun brechen, über die Startbahn rasen und das Flugzeug rammen, um es am Start zu hindern. Und gegen so etwas gibt es Gesetze.«

Sams Gesicht war ganz weiß vor Sorge. »Was können wir denn tun? Ich meine – das ist Kieron!«

»Ich weiß, ich weiß.« Bex schloss die Augen, ballte die Fäuste und dachte angestrengt nach. »Also, wenn wir ihn jetzt nicht retten können, dann müssen wir ihm folgen, bis wir einen Weg finden. Nimm mit, was du brauchst, wir fahren zum Flughafen!«

Kurz darauf verließen sie das Motel und stiegen ins Auto. Bex nahm die AR-Brille aus der Jackentasche und warf sie Sam zu. »Sieh nach Flügen. Wie schnell können wir in Tel Aviv sein?«

Sie ließ den Motor an, setzte rasch aus der Parklücke zurück, sodass Sand und kleine Steinchen aufstoben und sie ein vorbeifahrendes Fahrzeug zu einem plötzlichen

Ausweichmanöver zwangen. Sam setzte die Brille auf und begann den virtuellen Bildschirm, den nur er sehen konnte, nach Informationen abzufragen.

»Bin schon dabei«, sagte er. Er klang nervös. Nervös und ängstlich.

Bex schüttelte den Kopf, wendete und legte den Gang ein. Ihr Herz schien einen kalten schwarzen Klumpen in ihrer Brust zu bilden. Sie wusste nicht, was sie tun würde, wenn Kieron etwas zustoßen sollte.

Nach fünf Minuten auf der Ausfallstraße von Albuquerque zum Flughafen fluchte Sam plötzlich leise.

»Was gibt es für ein Problem?«, fragte Bex, obwohl sie es sich schon denken konnte.

»Es gibt keine Direktflüge. Das Beste, was ich gefunden habe, ist ein El-Al-Flug, der über vierundzwanzig Stunden dauert und bei dem wir zwölf Stunden Aufenthalt in New York haben. Etwas mit einer kürzeren Flugzeit gibt es nicht, es sei denn, wir warten einen ganzen Tag – dann sind wir aber immer noch bei siebzehn Stunden. Und andere Routen sind noch länger und haben zwei Zwischenlandungen.« Er klang verzweifelt. »Das schaffen wir nie! Wenn Kieron in einem Privatflugzeug sitzt, dann fliegt er direkt und ist in …«, er gestikulierte wild, »in zehn Stunden da! Wir werden Tage zu spät kommen!«

Bex nickte. Sie konzentrierte sich nur zum Teil auf den Straßenverkehr – wechselte die Spur und nutzte den Verkehrsfluss, um möglichst schnell voranzukommen –, während ein anderer Teil von ihr über eine mögliche Lösung nachdachte.

Sie zog aus der Jacke ihr Handy heraus.

»Ruf Bradley an«, befahl sie. »Er ist als ›Freund 1‹ gespeichert, für den Fall, dass jemand das Handy klaut. Stell ihn auf laut.«

Links von ihr raste ein großer Laster vorbei. Sie sah in den Rückspiegel. Gleich dahinter kam ein weiterer Laster, doch für einen Moment war neben ihr eine kleine Lücke. Sie schwenkte abrupt hinüber und beschleunigte auf das Tempo der Laster, nur Zentimeter von der hinteren Stoßstange des Wagens vor ihr und ebenso weit von dem hinter ihr entfernt. Eine Hupe wie ein zorniger Dinosaurier quakte sie an. Vor ihr sah sie nur eine rote Tür mit einem Aufkleber, auf dem stand: »How's my driving? Call 1-800-Kiss-My-Ass!« *Wie witzig,* dachte sie grimmig. Im Rückspiegel sah sie nichts als einen riesigen Kühlergrill.

Sam hatte das Handy in einer Hand und spielte mit der anderen an der Stereoanlage des Wagens herum.

»Wir haben jetzt keine Zeit, nach einem Emo-Sender zu suchen«, fuhr sie ihn an.

»Ich verbinde das Handy über Bluetooth mit den Lautsprechern«, gab er beleidigt zurück. »Im Spiegel ist ein Mikro. Das ist besser, als den Lautsprecher vom Handy zu benutzen.«

Bex sah nach links und stellte fest, dass die nächste Spur frei war. Wieder schwenkte sie hinüber, glitt zwischen den Lkw hervor und beschleunigte noch mehr. Auf Höhe der Fahrerkabine des vorderen Lasters vermied sie es, den Fahrer anzusehen.

Sam tat es allerdings. »Der ist gar nicht fröhlich«, stellte er fest. »Gut, dass ich nicht Lippenlesen kann.« Er hielt inne und fügte dann hinzu: »O nein, es geht doch. Er benutzt jetzt Zeichensprache. Keine schönen Zeichen.«

»Wir haben es eilig«, sagte Bex. »Da sind mir seine verletzten Gefühle egal.«

Plötzlich erklang Bradleys Stimme aus den Lautsprechern des Autoradios. »Ja?« Er klang ruhig und nannte nicht seinen Namen oder seine Nummer. Gute Ausbildung.

»Ich bin es«, antwortete Bex, ebenfalls ohne ihren Namen zu nennen, falls sie jemand belauschte. Bradley erkannte ihre Stimme. Außerdem war sie die Einzige, die die Telefonnummer seines Prepaidhandys besaß.

»Wie geht's?«

»Schlecht. Wir brauchen Hilfe.«

»Erzähl.« Das war ein Hinweis, dass sie frei sprechen konnte.

Sie überlegte einen Moment. Wie konnte sie ihm Bericht erstatten, ohne jemandem, der sie abhörte, zu viel Informationen zu geben? »Einen Greeb haben sie geschnappt. Er ist in einem Privatjet nach Tel Aviv unterwegs. Wir müssen ihm nach, aber die Passagierflugzeuge sind viel zu langsam.«

»Okay.« Er schwieg einen Moment. »Ich sehe, worauf das hinausläuft, und es gefällt mir nicht.«

»Du musst uns einen Privatjet mieten, der uns von Albuquerque nach Tel Aviv bringt.«

Sie hörte Bradley seufzen. »Weißt du, was das kostet?«

Sie wechselte wieder auf die rechte Spur und setzte sich vor den Kühlergrill des Lasters, der eben noch vor ihr gewesen war. Er schien zu beschleunigen, als wollte der Fahrer sie rammen, doch sie trat aufs Gas und schoss davon. Hinter sich glaubte sie eine drohende Faust und das wütende Gesicht des Fahrers in der Kabine zu sehen, doch sie sah weg und konzentrierte sich auf die Straße vor und neben ihr.

»Nicht genau, nein«, antwortete sie. »Aber wahrscheinlich eine ganze Menge.«

Rechts von ihnen kündigte ein Schild die Abfahrt zum Flughafen an.

»Das ist eine gewaltige Summe. Ich meine wirklich richtig gewaltig.«

Wieder zog sie nach rechts, um die Ausfahrt nicht zu verpassen. Irgendwo glaubte sie eine Polizeisirene hören zu können und sah schnell auf den Tacho. Das Letzte, was sie jetzt brauchen konnten, war, angehalten zu werden.

»Ja, aber haben wir das Geld?«

Bradley schwieg. Entweder prüfte er ihr Geschäftskonto oder er hatte den Kopf in die Hände gelegt und hyperventilierte.

»Haben wir«, sagte er schließlich. »Aber das bedeutet, dass wir dann völlig blank sind. Wir können uns nichts anderes mehr leisten. Und sicher nicht die schicke Wohnung, in der ich gerade sitze. Wahrscheinlich nicht mal mehr was zu essen.«

»Sie haben K.«, erklärte sie schlicht. Sie wollte seinen Namen nicht nennen, aber Bradley würde wissen, wen sie meinte. »Wir müssen ihn zurückbekommen.«

Wieder seufzte er. »Du hast recht. Ich werde ab jetzt bei Courtney essen.«

»Wirst du nicht!«, murmelte Sam.

»Gib den Mietwagen ab und geht in den Flughafen«, fuhr Bradley geschäftsmäßig fort. »Ich schicke dir dann die Details, wo ihr hinmüsst.«

»Danke«, sagte Bex verlegen.

Bradley legte auf, als gerade das Schild zur Mietwagenrückgabe in Sicht kam.

Sam riss die Tür auf, noch bevor Bex richtig angehalten hatte. »Los, komm! Wir müssen uns beeilen!«

»Wenn wir einen Mietwagen hier einfach stehen lassen, ohne den Papierkram zu erledigen, wird uns jemand aufhalten«, meinte sie ruhig. »Und außerdem wartet da noch kein Flugzeug auf uns – das muss Bradley erst ordern.«

Sam murrte leise vor sich hin, schloss aber die Tür wieder.

Ein paar Minuten später gingen sie eilig auf das Terminalgebäude zu.

Die gläsernen Schiebetüren schlossen sich hinter ihnen, und sie befanden sich in einer klimatisierten Halle, wo ein Mann mit einem kurzen Bart, dunklen Hosen, einem weißen Hemd und einer Mütze auf sie zukam. Bex erstarrte und war bereit, zuzuschlagen und wegzulaufen, doch dann sah sie die Epauletten an seinen Schultern. Ein Pilot? Bradley war schnell gewesen.

»Chloe Gibbons?«, fragte er. Ihre falsche Identität.

»Ja. Und Sie sind?«

»Ich bin Dan. Ich arbeite für eine kleine lokale Fluggesellschaft: Falcon Air. Wir haben vor dreißig Sekunden eine Buchung für einen dringenden Flug nach Tel Aviv bekommen. Das sind Sie, nicht wahr? Man sagte mir, ich solle nach einer gestressten Frau und einem Jungen Ausschau halten.«

Bex versuchte, ein Lächeln zustande zu bringen. »Das wären dann wohl wir. Wie schnell können wir starten?«

»Die Bezahlung ist bereits erledigt und wir haben einen Flugplan mit Dringlichkeitsstufe eingereicht. Wir sollten in zwanzig Minuten in der Luft sein. Er zog eine Braue hoch. »Ich muss zugeben, dass das ein ungewöhnlicher Auftrag für uns ist. Normalerweise werden wir angefragt, um Geschäftsleute nach New York oder Vertragspartner des Verteidigungsministeriums nach Washington zu fliegen, wenn sie ihre regulären Flüge verpasst haben. In welcher Branche sind Sie tätig, wenn ich fragen darf?«

Bex sah ihn verwirrt an. Ihr Gehirn schien praktisch eingefroren. Alles war so schnell gegangen, und sie war so gestresst, dass ihr tatsächlich nicht einfiel, was sie sagen sollte.

Glücklicherweise kam ihr Sam zu Hilfe. »Mein Dad ist in der Filmbranche«, erklärte er stolz. »Er dreht einen Film in Israel und will, dass wir ihn da besuchen kommen.«

Dan nickte. »Das erklärt es natürlich. Okay, ich nehme an, ihr habt eure Pässe dabei? Gut. Wir gehen durch die VIP-Abfertigung und bringen euch so schnell wie möglich zum Flugzeug.«

Während Dan sie an den Schlangen der Reisenden vorbeiführte, die sie mit Gefühlen betrachteten, die von Gleichgültigkeit bis zu Neid reichten, murmelte Bex: »Schnell geschaltet.«

»Ich wünschte nur, es wäre wahr«, erwiderte Sam. »Mein Vater hat sich sein Leben lang nur treiben lassen und hält keinen Job länger als eine Woche durch.« Er sah zu Bex hoch und flüsterte: »Wenn es in diesem Flugzeug eine Bar gibt, kann ich dann einen Drink kriegen? Ich meine, einen richtigen Erwachsenendrink?«

»Nein«, lehnte Bex bestimmt ab. »Wenn du Glück hast, gibt es einen Milchshake und dann solltest du schlafen. Das sollten wir beide. Wir sollten so viel Ruhe kriegen wie möglich, bevor wir in Israel landen.«

»Und was ist mit Essen?«

Sie nickte. »Gute Idee. Wir brauchen unsere Kräfte.«

»Ich dachte nicht an meine Kräfte«, wandte Sam ein, »sondern nur daran, dass ich Hunger habe.«

Auf der Rollbahn stand ein wunderschöner schlanker weißer Jet mit einem Firmenlogo an der Seite. Dan deutete auf die Treppe zur Kabine. »Bitte macht es euch bequem. Kristi nimmt euch in Empfang und bringt euch, was ihr braucht. Schnallt euch an, wir starten so bald wie möglich.«

Danach war alles wie eine seltsame Mischung aus besorgter Hektik und Eintönigkeit: Steaks und Pommes frites, Eis, Decken und Schlaf, während das Flugzeug über Amerika und den Atlantik flog, Richtung Europa und in den Nahen Osten. Wenn Bex zwischenzeitlich kurz wach wurde und nicht wusste, wie spät es war, quälte sie sich damit, genau auszurechnen, wie lange der Flug von Albuquerque nach Tel Aviv dauerte. Sie teilte die Zeit durch die Kosten für diesen Flug, sodass sie wusste, wie viel Geld sich von Bradleys und ihrem Geschäftskonto in jeder Sekunde in Luft auflöste.

Sie dachte an Mumbai, wo sie eine Profikillerin dazu gebracht hatte, ihr Informationen zu geben, indem sie Kieron Geld von ihrem Konto abziehen ließ. Für die Killerin war es schlimmer gewesen als Folter, dabei zuzuhören, wie ihre Ersparnisse immer kleiner wurden. Jetzt machte Bex dasselbe durch.

Kristi, die junge, blonde und äußerst quirlige Stewardess, weckte sie, nachdem sie eine gefühlte Ewigkeit geschlafen hatten.

»Wir landen in etwa einer halben Stunde«, sagte sie. »Kann ich Ihnen Frühstück bringen? Orangensaft und Croissants?«

»Würstchen, Eier und Speck?«, fragte Sam verschlafen.

Die Sicherheitsmaßnahmen am Ben-Gurion-Flughafen waren wesentlich strenger als die in Albuquerque und die überall im Terminal herumlaufenden bewaffneten Soldaten schienen wesentlich nervöser. Viele Männer trugen eng anliegende Kappen und viele Frauen Kopftücher. Sie sahen auch mehrere orthodoxe Juden mit ihren strengen schwarzen Anzügen und den breitrandigen schwarzen Hüten, unter denen Korkenzieherlocken hervorsahen.

»Waren Sie schon mal hier?«, fragte Sam.

Bex schüttelte den Kopf. »Noch nie, aber ich habe ein paar Freunde hier. Ich habe mal mit Shin Bet zusammengearbeitet.« Da er sie nur verständnislos ansah, fügte sie hinzu: »Das ist der interne israelische Geheimdienst, wie der MI5 in England und das FBI in Amerika.«

Sam runzelte die Stirn. »Ich dachte, das sei der Mossad.«

»Nein,« erklärte sie geduldig. »Die sind für externe Angelegenheiten zuständig, wie der MI6 oder die CIA.

»Aha«, machte er beeindruckt. »Ich werde versuchen, mir das zu merken.«

»Kommst du mit dem AR-Set ins Computernetzwerk des Flughafens und kannst herausfinden, wann das Flugzeug vom Goldfinch-Institut gelandet ist?«

Sam sah sich nervös um. »Wenn ich jetzt anfange, mit den Händen zu wedeln, glaubt bestimmt jemand, dass ich mich verdächtig verhalte, und erschießt mich. Hier gibt es eine Menge Schusswaffen.« Plötzlich grinste er. »Obwohl die von einer Menge toller Frauen in Uniform getragen werden, was irgendwie ziemlich sexy ist.«

»Ruhig, Tiger«, schmunzelte Bex. »Gehen wir ans Fenster. Wenn uns jemand sieht, wird er glauben, du zeigst mir die Landschaft.«

Gleich darauf betrachtete Bex die karge israelische

Landschaft, während Sam die AR-Brille benutzte. Leise kommentierte er fortlaufend, was er gerade tat.

»Okay, ich bin drin. Ziemlich gute Sicherheitsmaßnahmen, aber dieses Ding hier hat ein paar echt starke Hacker-Tools. Ich sehe nach den kürzlich gelandeten Flügen. Nein, nein, nein … ja! Ich hab sie! Der Jet vom Goldfinch-Institut ist vor zwanzig Minuten gelandet.«

»Wir müssen sie sofort finden«, stieß Bex hervor.

»Ich habe eine Adresse. Das ist draußen in der Wüste, ungefähr eine halbe Stunde von hier mit dem Auto.«

»Dann müssen wir uns einen schnellen Wagen mieten und ihnen folgen.«

»Mit einem schnellen Wagen, meinen Sie da einen Sportwagen? Das wäre echt cool«, fand Sam.

»Wenn wir uns das leisten können. Bei dem, was uns der Flug hierher gekostet hat, könnte es sein, dass wir uns mit Mopeds begnügen müssen.«

Doch tatsächlich schaffte Bex es, einen guten Preis für einen BMW Z3 bei einer Spezialautovermietung auszuhandeln, die offenbar nicht viel zu tun hatte und froh war, überhaupt einen Kunden zu haben.

Als sie aus dem Terminalgebäude kamen und auf das vielstöckige Parkhaus zugingen, in dem die Mietwagen standen, sagte Bex zu Sam: »Du musst den Weg zum Goldfinch-Institut finden. Wir müssen davon ausgehen, dass sie Kieron dorthin gebracht haben. Wenn nicht, haben wir einen phänomenalen Haufen Geld verschwendet – nicht dass es mir was ausmachen würde, solange wir ihn zurückbekommen.«

Der BMW war klein und stromlinienförmig, knallrot und ein Cabrio. So wie es aussah, verliebte Sam sich auf den ersten Blick in den Wagen.

»Wenn das alles vorbei ist und wir Kieron wiederhaben, können wir dann irgendwo eine verlassene Straße suchen, wo ich ihn mal fahren darf? Bitte!«

»Nein.«

»Darf ich dann wenigstens mal hinterm Steuer sitzen?«

»Ja – wenn wir Kieron wiederhaben.«

Ein Geräusch hinter ihnen ließ Bex einen Schauer über den Rücken rieseln. Es klang wie Schuhe, die über den Boden schlurften. Schnell drehte sie sich um und trat zur Seite, um einem möglichen Angriff auszuweichen.

Nur ein paar Meter hinter ihnen stand eine israelische Frau. Anders als viele der anderen Frauen, die Bex im und am Flughafen gesehen hatte, trug sie kein Kopftuch, doch ihr Haar war so voll und glänzend, dass es nur eine Perücke sein konnte. Sie hatte gehört, dass verheiratete Frauen, die sich strikt an den jüdischen Glauben hielten, in der Öffentlichkeit ihr Haar bedecken mussten. In der Hand hielt die Frau einen kleinen Hartschalenkoffer.

»Wombat«, sagte sie.

Bex entspannte sich. Sie und Bradley hatten sich eine Reihe von Codewörterpaaren zurechtgelegt, als sie anfingen zusammenzuarbeiten, damit sie, falls sie einander durch jemand anders eine Botschaft zukommen lassen mussten, sicher sein konnten, dass sie demjenigen trauen konnten. Sie hatten sich damals auf Tierpaare geeinigt. Zu der Zeit hatten sie das lustig gefunden. Dieser Frau war das System bekannt, was bedeutete, dass Bradley sie geschickt hatte. Er hatte etwas arrangiert, während Bex und Sam in der Luft gewesen waren. Das war gut überlegt. Die Frau wusste wahrscheinlich nicht einmal, was sie da bei sich hatte, sie folgte nur den Anweisungen.

»Ameisenbär«, sagte Bex. Das war die korrekte Erwiderung auf »Wombat«, die sie vor so langer Zeit mit Bradley vereinbart hatte.

Die Frau nickte, stellte den Koffer ab, drehte sich um und ging.

»Nimm das und steig ins Auto«, sagte Bex zu Sam.

»Wombat? Ameisenbär?«

»Das ist ein Code. Bradley hat uns was geschickt. Wahrscheinlich frische Kleidung und andere Sachen, die nützlich sein können. Los, steig ins Auto und finde raus, wie wir fahren müssen.«

Während Bex sich mit den Anzeigen des Autos vertraut machte und vorsichtig aus dem Parkhaus fuhr, zog Sam die AR-Brille zurate. Den Koffer hatte er unbequem auf dem Schoß.

»An der nächsten Kreuzung links und dann fünf Meilen geradeaus.«

Der BMW zog an, als Bex das Gaspedal durchtrat. Die Straße war frei und sie konnte keine Geschwindigkeitskontrollen sehen. Zeit, den Wagen an seine Grenzen zu bringen.

Sie hielt Ausschau nach einer Limousine. Tara Gallagher hatte Kieron in Albuquerque aus einer Limousine geholt, und Bex vermutete, dass das Todd Zanderbergens bevorzugte Reiseart war. Doch sie sah keine. Entweder war das Auto mit Kieron weiter vor ihnen oder auf einer ganz anderen Straße. Dann waren sie erledigt.

»Ich seh mal nach, was in dem Koffer ist«, sagte Sam. »Vielleicht hat uns Bradley auch ein paar Snacks eingepackt. Und ein paar Getränkedosen.«

Bex fuhr schneller und genoss für den Augenblick das Gefühl der Morgenluft, die die Spinnweben aus ihrem Kopf zu blasen schien.

Sam öffnete die Schnallen am Koffer und klappte den Deckel hoch. »O mein Gott!«

»Was?«

»Es sind Waffen! Er hat uns Waffen geschickt!«

Bex lächelte. »Sehr aufmerksam. Was für Waffen?«

»Zwei automatische Pistolen und das hier sieht aus wie ein zerlegtes Scharfschützengewehr.« Mit großen Augen sah er sie an. »Darf ich …«

»Nein! Mach den Koffer zu!«

»Du verdirbst mir jeden Spaß«, nörgelte Sam. Dann hielt er kurz inne und sagte: »Bieg in einer Meile rechts ab. Dann geht es zwanzig Meilen geradeaus, bis wir an eine Nebenstraße kommen. Sieht ähnlich aus wie die Anfahrt in Albuquerque.« Stirnrunzelnd schüttelte er den Kopf. »Sind wir wirklich in Israel? Das alles kommt mir vor wie ein Traum.«

»Ich wünschte, es wäre so«, meinte Bex und bremste, um abzubiegen.

Sie drückte wieder aufs Gas und hatte ein wenig Schuldgefühle, weil sie die Kraft des Wagens genoss, doch egal, wie schnell sie fuhren, sie holten nichts ein, was auch nur entfernt nach einer Limousine aussah. Ein oder zwei Mal überholten sie ein anderes Auto, aber die waren alle zu klein und zu staubig, daher ignorierte sie sie.

»Nebenstraße voraus«, warnte Sam.

Bex wurde langsamer, doch die Abzweigung kam so abrupt, dass sie fast hundert Meter seitwärts weiterdriftete und dabei mit dem Heck halb herumschleuderte. Dann musste sie auf dem Seitenstreifen zurücksetzen, um die Abfahrt zu erwischen.

»Das war beeindruckend«, fand Sam und wischte sich Staub aus den Augen.

Auf der Zufahrtsstraße fuhr Bex langsamer. Sie war holprig und heruntergekommen und sah aus, als würde sie eher zu einer Farm als zu einem Forschungsinstitut führen. Das war genau der gleiche Stil, wie Zanderbergen auch seinen Betrieb in den USA getarnt hatte. Offensichtlich war er ein Mann mit Gewohnheiten.

Am Horizont tauchte etwas auf – ein Wald von Antennen, gefolgt von den Dächern einiger Gebäude, die mit rotem Glas verkleidet waren.

Als die Basis der Gebäude, der vertraute doppelte Zaun und das Wachhäuschen in Sicht kamen, hielt Bex am Straßenrand.

Sie konzentrierte sich auf das, was am Tor vor sich ging. Dort war gerade eine schwarze Limousine auf das Gelände gefahren, und die Metallplatten glitten wieder hoch, um die Einfahrt zu blockieren.

»Wir sind zu spät«, sagte sie niedergeschlagen. »Sie sind schon drinnen.«

Obwohl sie zugeben musste, dass sie sich noch gar nicht richtig überlegt hatte, was sie hätte tun wollen, falls sie den Wagen früher eingeholt hätten.

»Dann gehen wir auch rein«, erklärte Sam entschlossen. »Wenn wir das machen müssen, um ihn wiederzukriegen, dann machen wir das eben.«

»Moment.« Bex beobachtete, wie ein fahrerloser Golfwagen vom nächsten roten Glasgebäude auf die Limousine zukam, deren Fahrer ausgestiegen war und nacheinander die Türen öffnete. Tod Zanderbergen stieg an einer Seite aus, Tara Gallagher auf der anderen und gleich darauf stellte sich auch Kieron zu ihnen.

Er lebte! Bex' Herz machte einen Sprung.

Kieron griff in die Jacke und zog die AR-Brille heraus.

Beiläufig setzte er sie auf und sah sich um. Bex grinste. Der Junge reagierte instinktiv in einer Weise, die andere Agenten erst nach Jahren lernten. Er musste Angst haben, Todesangst wahrscheinlich, aber er dachte immer noch an die Mission und hielt den Kopf oben.

»Überprüf die Verbindung zu Kierons Brille«, murmelte Bex Sam zu. »Er hat sie gerade aufgesetzt.«

Während Sam Gesten in die Luft zeichnete, beobachtete Bex, wie Kieron etwas zu Tara sagte. Auch Todd sagte etwas zu ihr, woraufhin sie in das Wachhäuschen ging. Als sie wieder herauskam, hielt sie etwas in der Hand, wedelte damit in Kierons Richtung und sagte etwas zu Todd. Er antwortete, und Tara schien etwas in das Gerät zu tippen, das sie in der Hand hielt.

»Das ist ja merkwürdig«, murmelte Sam.

»Was ist merkwürdig?«

»Die Brille. Ein paar Sekunden lang konnte ich sehen, was Kieron sieht, aber jetzt ist da nur noch Schneegestöber.«

»Schneegestöber?«

»Als ob sie blockiert wäre.«

Bex seufzte. »Tara hat irgendein elektronisches Spielzeug in der Hand. Es muss das Signal entdeckt und blockiert haben. Nun sind wir wieder genauso weit wie zuvor.« Sie sackte in sich zusammen. Ganz plötzlich spürte sie das Adrenalin und die Sorgen der letzten Stunden. Doch dann fiel ihr auf einmal etwas ein, was wie ein Lichtstrahl in der Dunkelheit wirkte, die sie zu umfangen drohte. »Sam! Gib mir mal den Koffer rüber!«

»Wir gehen da bewaffnet rein?«, fragte Sam gleichermaßen begeistert wie besorgt.

»Nein.« Bex machte den Koffer auf. Die beiden Glocks

ignorierte sie und konzentrierte sich ganz auf das zerlegte Scharfschützengewehr, ein M24, wie sie sah. Die einzelnen Teile – Schlagbolzen, Antriebsstange, Lauf, Abzugsblock und Magazinhalter, Griff und Kolben lagen in Schaumstoff, zusammen mit einem Leupold-Ultra-M3A-10-×-42-mm-Hochleistungsvisier.

Sie brauchte ganze fünfzig Sekunden, um es zusammenzusetzen.

»Was haben Sie denn damit vor?«, fragte Sam nervös. »Wollen Sie jemanden umbringen?«

Bex zielte auf die drei Leute innerhalb des Zauns.

KAPITEL 13

Kieron starrte düster zurück auf die israelische Landschaft hinter dem Zaun. Vielleicht war es das letzte Mal, dass er so etwas sah. Schade, dass es hauptsächlich Felsen, Staub und mickrige kleine Pflanzen waren. Wenn er schon auf einer Spionagemission sterben musste – und das wurde mit jeder Minute wahrscheinlicher –, warum konnte es dann nicht wenigstens auf Hawaii sein?

Ein Aufblitzen auf einem Hügel in der Nähe erregte seine Aufmerksamkeit. Irgendetwas, das die Sonne reflektierte? Vielleicht eine Glasscherbe. Leider nichts, was helfen konnte, sein Leben zu retten.

»Komm«, forderte Tara ihn auf und stieß ihn in den Rücken. »Du hast eine Verabredung mit quälenden Schmerzen. Da wollen wir doch nicht zu spät kommen.«

Kieron wandte sich um und sah sie finster an. Es war seine einzige Möglichkeit, Widerstand zu leisten. Das und beißende Kommentare. Er wollte gerade etwas sagen, als er über Taras Schulter hinweg einen weiteren Blitz bemerkte.

Todd und Tara sahen beide in die entgegengesetzte

Richtung, zu den Gebäuden hin. Sie konnten es nicht sehen.

Ein winziger Hoffnungsfunke begann in seinem Herzen aufzuglimmen.

»Verdammt!«, entfuhr es Tara da. Es ertönte ein Krachen und Scheppern, als etwas Hartes zu Boden fiel. Das Gerät, mit dem das Signal seiner Brille blockiert wurde, war ihr aus der Hand gesegelt und lag ein paar Schritte weiter. Perplex starrte sie es an.

»Du ungeschickte Idiotin!«, schrie Todd. »Überprüf, ob das Ding noch geht!«

»Es ist mir aus der Hand gerutscht«, erklärte Tara, als sie ein paar Schritte machte und es aufhob. »Ich weiß nicht, wie das passieren konnte.«

»Ich schon. Du warst zu sehr damit beschäftigt, den Jungen rumzuschubsen, statt auf das Störgerät zu achten. Ist es kaputt?«

Tara hob es auf und betrachtete es niedergeschlagen. »Total. Muss auf einen Stein aufgeschlagen sein. Tut mir leid, Boss.«

Kieron sah, dass das Display kaputt war und eine Ecke fehlte. Er schielte wieder zu dem Hügel, von dem das Blitzen gekommen war. Zufall? Vielleicht nicht.

»Haben wir noch eins? Sag mir, dass wir noch eines haben!«

Taras Gesichtsausdruck ließ Kieron hoffen, dass das nicht der Fall war.

»Ich glaube schon«, erklärte sie hastig. »Ich lasse jemanden nachsehen.«

»Warum bin ich nur von lauter inkompetenten Leuten umgeben?«, beschwerte sich Todd. »Im Ernst, kann mir das einer erklären?«

»Weil du sie einstellst?«, half Kieron aus.

Einen Moment lang sah es so aus, als wolle Todd ihn schlagen, doch stattdessen stieß er ihn nur zu dem Golfbuggy.

»Das«, erklang eine Stimme in Kierons Ohr, »war wahrscheinlich der schwierigste Schuss, den ich je abgefeuert habe.«

Bex!

Kierons Hoffnungsschimmer wuchs und trieb Blüten. Ja, er war ein Gefangener, und ja, er befand sich hinter einem doppelten Sicherheitszaun, während seine Freunde draußen waren. Aber zumindest hatte er Freunde, und sie waren näher, als er zu hoffen gewagt hatte. Sie waren ihm gefolgt!

»Und? Was haben wir jetzt vor?«, fragte er, als sie sich in den Golfbuggy setzten und davonfuhren. Er gab sich den Anschein, als spreche er mit Todd und Tara, aber in Wirklichkeit galt die Frage Bex.

»Ich bin mir noch nicht sicher«, antwortete Bex. »Wir improvisieren ein bisschen. Der erste Schritt war, dieses Blockiergerät zu zerstören und mit dir Kontakt aufzunehmen. Ich kann auf diese Entfernung keine Lippen lesen, aber es sah nicht so aus, als hätten sie Verdacht geschöpft, oder? Antworte mir, wenn du kannst, aber unauffällig.«

»Du redest viel, was?«, stellte Todd fest, als sie in eine rote Glasschlucht zwischen zwei Gebäuden des Goldfinch-Instituts einbogen. »Das ist eigentlich eine lästige Angewohnheit, aber wenn wir dich befragen, könnte sie sich als nützlich erweisen.«

»Nein«, entgegnete Kieron bestimmt. So antwortete er Bex, tat aber so, als weise er Todds drohende Worte trotzig zurück.

»Das ist gut«, fand Bex. »Ich habe einen Schalldämpfer benutzt und habe versucht, die Ecke zu treffen, damit es ihr aus der Hand fliegt. Etwas tiefer und es hätte ein Einschussloch gegeben, und damit hätte ich mich sofort verraten.« Sie hielt inne und fügte dann hinzu. »Sam geht es übrigens gut und er ist bei mir. Und wir werden alles tun, was wir können, um dich da rauszuholen. Mach dir keine Sorgen, Kieron, wir sind für dich da.«

»Tut, was immer ihr tun müsst«, sagte Kieron.

»Werden wir«, antworteten Bex und Todd gleichzeitig, und Kieron spürte, wie ihm ein Schauer über den Rücken lief. Es würde schwierig werden, mit Bex zu kommunizieren und es gleichzeitig so aussehen zu lassen, als gebe er Kommentare zu dem Geschehen um ihn herum ab. Er hatte begonnen, sich daran zu gewöhnen, aber jetzt hing sein Leben davon ab.

»Wir müssen dich von ihnen wegbringen, bevor sie das Ersatzgerät finden, von dem Tara gesprochen hat«, erklärte Bex in seinem Ohr, während der Golfbuggy um eine Ecke bog und zwischen den roten Glasgebäuden dahinfuhr. »Und sobald du drinnen bist, könnte ich es ihr auch nicht noch mal aus der Hand schießen. Wir haben also nicht lange Zeit, um uns etwas zu überlegen. Das Dumme ist, dass ich dich nicht leiten kann, weil ich keinen Zugang zu den Grundrissen der Institutsgebäude hier in Tel Aviv habe. Die liegen wahrscheinlich auf dem internen Server, nicht dem externen.«

»Diese Anlage hier sieht genauso aus wie die in Albuquerque, nur in einer anderen Farbe«, bemerkte Kieron zu Todd. »Was ist das – hast du eine Zwangsneurose? Muss bei dir immer alles ganz genau gleich sein? Stellst du deshalb nur Rothaarige ein?«

Todd schnaubte nur, als sei ihm die Frage zu dumm und keiner Antwort wert, doch Bex murmelte: »Gute Frage, gut gestellt. Ich rufe die Grundrisse der Anlage in Albuquerque auf – die hast du vom internen Server heruntergeladen, als du dort warst, nicht wahr? Gehen wir für den Moment mal davon aus, dass die Anlage hier genauso gebaut ist wie die in den Staaten.«

»Ja«, fuhr Kieron fort und fügte dieses Mal zu Todd gewandt hinzu, »das muss es sein. Eine Zwangsneurose.« Er zuckte mit den Schultern. »Nicht, dass daran irgendetwas falsch wäre. Ich schneide die Etiketten aus allen Sachen, die ich kaufe, weil ich das Gefühl nicht mag, Teil der Werbestrategie einer großen Firma zu sein. Ich bleibe lieber anonym.«

»Wenn du nicht die Klappe hältst, schneidet dir Tara den kleinen Finger der linken Hand ab«, drohte Todd gelangweilt. »Sie hat dafür ein Spezialwerkzeug, weißt du? Eine Modifikation des Geräts, mit dem manche Geschäftsleute ihre Zigarrenenden abschneiden.«

In einem der roten Glasgebäude, auf das sie mit ihrem fahrerlosen Golfbuggy gerade zufuhren, öffnete sich eine große Schiebetür, um sie durchzulassen.

»Gut«, hörte Kieron Bex sagen. »Ich habe die Pläne. Von außen scheint die Anlage identisch, aber im Inneren könnte es anders sein.«

Der Golfbuggy fuhr durch die Tür. Der dahinterliegende Raum war gigantisch und nahm fast das ganze Gebäude ein, soweit Kieron sehen konnte. Der Wagen fuhr durch einen gewundenen Gang aus reinem Glas, der sich wie ein Tunnel von einer Seite des Gebäudes zu einem Punkt in der Mitte zog. Das Glas war so sauber, dass es fast unsichtbar war. Nur eine kleine Verzerrung, die Kieron bemerkte, wenn er in schrägem Winkel hindurchzusehen versuchte, zeigte, dass es überhaupt da war. So konnte er auch erkennen, wie dick es war: Es mussten fast drei Zentimeter sein!

Doch das war nicht einmal das Erstaunlichste. Verblüfft starrte Kieron nach rechts und links durch das Glas. Satelliten! Richtige Satelliten, dafür entworfen, in einer Umlaufbahn um die Erde zu kreisen! Ihre Größe variierte von der eines Kleinwagens bis zu der eines Autobusses. Manche waren Einzelstücke, von anderen gab es mehrere ähnliche Modelle, die sich nur durch die Nummern unterschieden, die seitlich daraufgemalt waren. Jeder Satellit war mit glänzenden blauen Solarpaneelen bestückt, die sich wie Flügel um sie herum ausbreiteten, und jeder starrte vor Antennen. Als er genauer hinsah und der Wagen gerade daran vorbeifuhr, bemerkte er, dass einige um riesige röhrenartige Teleskope mit Linsen groß wie Mülleimerdeckel angeordnet waren, während andere in großen Satellitenschüsseln endeten, die wahrscheinlich Radiowellen senden oder empfangen sollten. Es war, als führen sie durch die Requisitenkammer eines Science-Fiction-Filmes – nur das hier war real.

»Ich wusste gar nicht, dass sich das Goldfinch-Institut auch mit Satellitentechnik beschäftigt«, wagte er zu sagen.

»Oh, wir machen eine Menge Dinge«, erwiderte Todd. »Im Grunde ist es so: Wenn ich eine Idee habe, kritzle ich sie auf eine Serviette, und meine Leute bauen es dann.«

»Jeder braucht ein Hobby.«

Todd schüttelte den Kopf. »Das ist kein Hobby. Ich glaube, ich habe noch nichts gekritzelt, was mir nicht wenigstens zehn Millionen Dollar eingebracht hat. Es ist ein Geschäft. Und zwar ein sehr profitables.«

»Du solltest diese Servietten einer Kunstgalerie vermachen«, schlug Kieron vor.

Todd sah ihn mitleidig an. »Hab ich schon.«

Kieron machte schon den Mund zu einer Erwiderung auf, klappte ihn dann aber wieder zu. Vielleicht war es besser, Todd nicht noch mehr zu verärgern. Schließlich hatte der Mann ihm bereits gedroht, ihn zu foltern und zu töten.

Andererseits, wenn er sowieso gefoltert und getötet werden sollte, dann konnte er ihn doch auch nach Herzenslust beleidigen, oder?

Oder, überlegte er dann, *er foltert mich dann noch brutaler. Oder länger.*

Also sagte er stattdessen: »Das ist hier wohl eine Fertigungshalle? Ist das da auf der anderen Seite des Glases ein sauberer Raum? Ich meine, einer, wo es keinerlei Staub und sonstige Verunreinigungen gibt?«

Todd nickte. »Das ist nicht meine Lieblingsabteilung im Institut. Der Profit ist sehr hoch, aber das Risiko, dass im Orbit etwas kaputtgeht, ist relativ groß, und man kann ja schlecht einen Techniker raufschicken zum Reparieren. Nein, da sind nichttödliche Waffen viel besser.« Nach einer kurzen Pause fügte er hinzu: »Und tödliche natürlich. So was baue ich auch.«

Der Wagen erreichte das Ende des Tunnels etwa in der Mitte der großen Halle und Kieron sah sich staunend um. Die Mitte des Gebäudes bildete praktisch ein achteckiges Glasrohr, das bis zur Decke reichte. Aus dem Bereich mit den Satelliten führten mehrere mit dicken Gummisiegeln versehene Türen in diese Röhre. In der Mitte stand etwas, was aussah wie ein Hightech-Ofen aus weißem Metall, allerdings in der Größe eines Hauses. Auf jeden Fall größer als Kierons Haus. Einen Doppeldeckerbus hätte man bequem durch die Tür fahren können. Vom oberen Ende aus erstreckten sich Kabel und Metallrohre bis zur Decke, wo sie in etwas mündeten, was Kieron für eine riesige Klimaanlage hielt: rechteckige Metallschächte, die seitwärts zu den Wänden führten.

Vor der großen Tür blieb der Buggy stehen.

»Nun gut«, sagte Tara. »Aussteigen!«

Kieron stieg aus und betrachtete das Ofen-Ding auf dem weiß gefliesten Boden. Es schien wie ein gigantischer Wasserspeier über ihm zu schweben und wirkte gefährlich, wie eine industrielle Verbrennungsanlage. Der Anblick erfüllte ihn nicht gerade mit angenehmen Gedanken oder Zuversicht.

Tara ging um die Konstruktion herum zu einer Steuerung, die wie ein Hightech-Pilz aus dem Boden ragte, und drückte auf ein paar Knöpfe.

»Und was ist das?«, fragte Kieron und zeigte auf den Ofen. »Stellt ihr hier genetisch richtig große Menschen her? Und da wohnen sie?«

»Der Weltraum ist eine sehr ungemütliche Umgebung«, erklärte Todd und wedelte mit der Hand zu den vielen Satelliten im sterilen Bereich hinter den Glaswänden. »Deshalb ist es so teuer, diese Dinger zu bauen. Es gibt keinen Druck. Das heißt nicht nur, dass alle versiegelten Behälter wie zum Beispiel Treibstofftanks besonders dicke Wände brauchen, damit sie nicht platzen wie ein Ballon, sondern auch, dass Substanzen wie Gummi und Plastik und sogar einige Metall- und Glassorten Atome und Moleküle freisetzen, die in ihnen aufgelöst sind oder in winzigen Rissen sitzen, und diese Atome und Moleküle können Linsen und Paneele verunreinigen und ihre Effektivität herabsetzen. Die Leute meinen auch immer, dass es im Weltall kalt sei, aber das stimmt nicht so ganz. In der Erdumlaufbahn kann es im direkten Sonnenlicht durchaus bis zu 260 Grad Celsius heiß werden. Ohne die Sonne kann es allerdings auch auf 100 Grad minus abkühlen. Wir müssen unsere Satelliten also testen, bevor wir sie starten, damit wir sicher sein können, dass sie den Verhältnissen auch standhalten. Und da kommt dieses Ding ins Spiel. Wir stellen einen Satelliten hinein, reduzieren den Druck und ändern dann die Temperatur von richtig kalt auf total heiß und wieder zurück. Dafür ist diese große Tür da.«

Tara drückte auf einen Knopf an der Steuerung, und in dem großen Tor öffnete sich eine normal große Tür, die Kieron vorher gar nicht bemerkt hatte.

»So«, fuhr Todd ruhig fort, »was den Druck angeht, haben wir nicht viel Auswahl, aber möchtest du lieber eingefroren oder gebraten werden? Es wird auf jeden Fall sehr, sehr unangenehm werden.«

»Deine Wahl«, entgegnete Kieron ebenso gelassen, obwohl ihm total schlecht war. »Ich werde nicht zulassen, dass du mich in diese Sache reinziehst. Du bist der, der den Finger am Knopf hat. Na ja, eigentlich sie, aber du bist der, der ihr sagt, was sie tun soll. Ich bin nur ein vollkommen unbeteiligter Unschuldiger.«

Todd zuckte mit den Achseln. »Dann fangen wir mit Kälte an. Wir können die Temperatur ja später immer noch hochdrehen.«

»Halt durch, Kieron«, sage Bex in seinem Ohr. »Ich arbeite daran, dich da rauszuholen. Sei tapfer.«

»Wenn du irgendetwas vorhast, dann wäre jetzt ein guter Zeitpunkt dafür«, murmelte Kieron.

»Vielen Dank für den Rat«, erwiderte Todd. »Tara, würdest du bitte …?«

Ohne dass Kieron es bemerkt hatte, war Tara von der Steuerung zurückgetreten und schubste ihn von hinten an. Überrascht taumelte er auf die große Klimakammer zu und wäre beinahe gestolpert. Noch einmal schubste sie ihn, und er musste sich am Türrahmen festhalten, um nicht ins Innere zu stürzen.

»Ach, Moment«, rief Todd. »Bei all dem Spaß hätte ich beinahe vergessen zu fragen: Für wen arbeitest du?«

»Ich hatte mal einen Sommerjob in einem Café.« Kieron war vor Angst die Kehle so zugeschnürt, dass er kaum noch sprechen konnte. »Aber die haben mich gefeuert, weil ich mir nie die Tagesspezialitäten merken oder einen vernünftigen Cappuccino machen konnte. Zählt das?«

Todd nickte Tara zu. Die schlug Kierons Hände von der Tür weg und boxte ihn zwischen die Schulterblätter. Er fiel in die Kammer. Sofort drehte er sich um und versuchte aufzustehen und wieder nach draußen zu kommen, doch die Tür mit den starken Gummisiegeln schwang bereits zu. Durch ein kleines Fenster konnte er Taras grimmig lächelndes Gesicht sehen.

»Da drin ist ein Mikrofon«, verkündete Todds Stimme knisternd. »Sag mir, für wen du arbeitest, und ich mache die Tür auf. Vielleicht verlierst du eine Zehe oder einen Finger wegen Erfrierungen, je nachdem, wie lange du durchhältst, aber das ist nicht so schlimm. Du spielst doch kein Golf, oder? Dann würde es deinen Schwung ruinieren, wenn du einen Finger verlierst. Beim Tennisspielen auch.«

»Leute wie dich kenne ich schon mein ganzes Leben!«,

rief Kieron. »Du bist wie die Idioten an der Schule, nur reicher. Die haben immer gesagt, sie würden mir mein Schulbrot oder meine Bücher wiedergeben, wenn ich nur nett genug frage. Aber sie haben es nie getan. Also, ich kann dir entweder sagen, was du wissen willst, und dann sterben, oder ich kann die Informationen für mich behalten und trotzdem sterben. Das eine bedeutet, dass ich nachgebe, das andere, dass ich im Kampf sterbe. Was glaubst du, was ich wähle?«

»Ich frage dich noch mal, wenn deine Finger so erfroren sind, dass du sie wie Eiszapfen abbrechen kannst«, erklang Todds Stimme, »und wenn dein Atem in deiner Kehle zu Eis gefriert.«

Kieron hörte ein leichtes Dröhnen und spürte, wie der Boden unter seinen Füßen vibrierte. Kam das von dem Gerät, das die Temperatur im Raum absenken würde? Wahrscheinlich.

Hektisch sah er sich um. Die Kammer war etwa doppelt so hoch wie er, hatte weiße Metallwände und einen weißen Fliesenboden voller Schrammen und Kratzer. Durch lange, schmale, vertikale Glasstreifen, die bis zur Decke liefen, die von verschiedenen Schläuchen und Schächten fast verborgen war, fiel Licht herein. Auf den Glasstreifen sah er Brandspuren, was ihn auch nicht heiterer stimmte.

Er schauderte. Wurde es kälter, oder lag es daran, dass er Angst hatte? Wahrscheinlich beides.

Sein Atem begann Wolken vor seinem Gesicht zu bilden. Er schlang die Arme um die Brust. Sollte er sich hinsetzen? Würde der Boden die Wärme speichern oder waren dort Kühlelemente eingebaut?

Er spürte, wie seine Füße kälter wurden, und begann

zu stampfen und sich zu bewegen, um immer möglichst nur einen Fuß am Boden zu haben.

»Du siehst aus, als würdest du Seil hüpfen!«, freute sich Todd. Er hatte also auch Kameras. »Wie ein Mädchen auf dem Schulhof!«

»Ich sage doch, du bist ein Idiot«, rief Kieron. Sein Atem stieg in Wolken zur Decke auf.

»Ich arbeite noch an etwas«, sagte Bex. Sie klang gestresst.

»Nur keine Eile«, murmelte Kieron und sagte dann lauter: »Ich komme aus Newcastle. Ich bin an Kälte gewöhnt!«

Seine Finger begannen zu kribbeln und jeder Atemzug tat in der Lunge weh. Als er sich umsah, bemerkte er, wie Kondenswasser an den Wänden herunterlief. Die meisten Tropfen gefroren, bevor sie den Boden erreichten, und hinterließen eine Spur wie das Wachs, das an den Kerzen in den kleinen italienischen Trattorias herunterlief, in die seine Mutter ihn gelegentlich ausführte.

Seine Mutter. Ein Schluchzen entrang sich seiner Kehle und ließ seinen Atem stocken. Er würde sie nie wiedersehen! Und Bex würde in einer anderen Stadt untertauchen und sich eine neue Identität zulegen. Seine Mutter würde nie erfahren, was passiert war.

»Hast du uns etwas zu sagen?«, kam Todds knisternde Stimme aus dem Lautsprecher. »Wenn es dir zu kalt ist, kann ich gern die Heizung anstellen. Ganz hoch.«

»Sagen Sie es meiner Mutter«, bat er Bex. Er hielt die Kiefer so fest zusammengepresst, dass er kaum mehr sprechen konnte. »Lassen Sie sie nicht im Ungewissen.«

»Dazu besteht keine Notwendigkeit«, behauptete Bex. Sie klang … nicht niedergeschlagen. Nicht gestresst.

Sie klang zuversichtlich.

Draußen erklang ein Krachen und die Lichter flackerten. Das Dröhnen der Maschine hörte ganz plötzlich auf. Wärme umhüllte ihn wie eine Decke und ließ ihn erkennen, wie kalt es in der Kältekammer gerade geworden war und wie schnell. Was war passiert?

Die Tür, durch die er hereingekommen – nun ja, eher hereingefallen – war, öffnete sich plötzlich mit einem Klicken. Er wusste zwar nicht warum, aber bevor irgendjemand seine Meinung änderte, taumelte er hindurch und fiel hin.

Am Boden liegend sah er, dass ein zweiter Golfbuggy hereingefahren war. Er war ebenso führerlos wie der erste, doch er war in die pilzförmige Steuerkonsole gekracht. Die Konsole selbst ragte jetzt schräg zur Seite. Sie war halb aus dem Boden gerissen und die Drähte darunter hingen heraus und sprühten Funken. Der Wagen lag auf der Seite und seine Räder drehten sich leer in der Luft.

Todd und Tara waren offensichtlich im Weg gewesen, als er in den Raum in der Mitte gefahren war, denn sie lagen beide benommen am Boden.

»Die sind gar nicht so leicht zu fahren, wie du glaubst, Kumpel«, hörte Kieron Sam sagen.

»*Du* warst das, Sam?«

»Natürlich. Bex hat auf dem externen Server den zentralen Bereich für die Roboterwagen gehackt und einen davon übernommen. Dann hat sie mich gebeten, ihn zu fahren.«

»Du hast mich angebettelt, ihn fahren zu dürfen!«, rief Bex im Hintergrund.

»Vorn an jedem Wagen sind fünf Kameras sowie Infrarot- und Mikrowellensensoren. Das ist wie bei einem

Videospiel. Gut, also, jetzt müssen wir dich da rausholen. Steig in den Wagen.«

Kieron betrachtete die Szene vor sich. »Ich weiß nicht, was dir deine fünf Kameras zeigen, aber du hast ihn zu Schrott gefahren. So wie du die Wagen in jedem Computerspiel zu Schrott fährst.«

»Nicht in *den* Wagen, du Spinner. In *diesen* da!«

Hinter ihm machte es: »Beep!«, sodass er zusammenzuckte. Als er sich umdrehte, sah er einen dritten fahrerlosen Buggy auf sich zukommen. Immer noch zittrig von dem Stress in der Klimakammer stieg er ein.

»Wir sind vor dem Haupttor«, erklärte Sam. »Ich lasse dich von dem Buggy direkt dorthin bringen.«

Entweder Bex oder Sam mussten auch die Software des Buggys gehackt haben, denn der, auf dem Kieron saß, fuhr mit einer solchen Geschwindigkeit los, dass er nach hinten geschleudert und beinahe abgeworfen wurde. Er umklammerte den Rahmen und hielt sich daran fest, während er durch den Tunnel raste.

»In ein paar Minuten bist du in Sicherheit«, hörte er Sam sagen. Im gleichen Moment explodierte etwas an der Tunnelwand. Die glatt gewölbten Wände verwandelten sich in ein Puzzle aus scharfkantigen Glasscherben so groß wie Kierons Kopf. Wie ein gefrorener Wasserfall stürzten sie herab und gruben sich in den Boden.

»Was zum Teufel…?«, schrie Sam.

Kieron sah über die Schulter. Todd stand wieder aufrecht und zielte mit einer Waffe auf ihn. Vielleicht hatte er sie in dem Golfbuggy gehabt, in dem sie hergefahren waren. Sie sah aus wie ein Revolver.

Auf seinem Gesicht spiegelte sich der nackte Wahnsinn. Wieder sah Kieron ihn zielen und abdrücken. Eine feurige Linie schnellte auf Kierons Kopf zu, und am vorderen Ende dieser Linie saß ein kleiner schwarzer Punkt, der mit jeder Mikrosekunde größer wurde – möglicherweise angetrieben von den heißen Abgasen verbrennenden Treibstoffs. Und während sich Kieron einerseits wunderte, welcher Irre wohl eine Art Raketenwerfer in einer sündhaft teuren Anlage zur Fertigung und zum Test von Satelliten abfeuern würde, versuchte er sich andererseits klarzumachen, dass in weniger als einer Sekunde die kleine Rakete und sein Kopf am gleichen Platz sein würden. Dennoch konnte er seinen Körper nicht dazu bringen, auszuweichen. Die Zeit schien unglaublich langsam abzulaufen, doch auch seine Reaktionen waren verlangsamt. Er konnte sich nicht rühren.

Der Buggy schwenkte zur Seite, in den Bereich hinein, wo die Satelliten wie Hightech-Monolithen aufragten. Die Rakete zischte so dicht an Kierons Gesicht vorbei, dass die Hitze der Abgase ihm die Wange verbrannte. Dann schlug sie durch die immer noch fallenden Glasscherben hindurch, wurde seitlich abgelenkt und flog in den Fertigungsraum. Dort schlug sie in einen großen Satelliten ein, zertrümmerte die Solarpaneele und bohrte sich in den Hauptkörper, wo sie explodierte.

Der Satellit begann zu kippen.

»Nach links!«, schrie Kieron.

Sam musste ihn gehört haben, denn der Buggy bog erneut abrupt ab.

Jetzt lag der Ausgang vor ihm. Der Boden bis dorthin war mit Glasscherben von dem zerstörten Tunnel übersät.

»Fahr geradeaus!«, rief Kieron. »Dann kommen wir direkt durch die Tür.«

Der Buggy raste los. Kieron hörte das Glas unter den

Reifen knirschen. Neben sich sah er, wie der große Satellit zur Seite kippte und in den daneben krachte, der ebenfalls ins Wanken geriet und umfiel. Es war, als sehe er Dominosteinen zu, die einer nach dem anderen umkippten, nur dass es sich hier um astronomische Geräte im Wert von vielen Millionen Dollar handelte.

Der erste Satellit schlug auf dem Boden auf, und während seine Solarpaneele in Tausenden blauer Splitter auseinanderspritzten, wurde sein Körper zusammengepresst und riss auf.

Kieron hätte gern weiter zugesehen, doch er musste sich gerade um wichtigere Dinge kümmern. Er warf einen Blick zurück und suchte nach Todd Zanderbergen, während der Wagen auf die Tür nach draußen zuraste. Einen Augenblick lang wusste er nicht, wohin der Mann verschwunden war, doch dann sah er ihn am Ende des zerschmetterten Tunnels stehen, auf halbem Weg zwischen der Klimakammer und ihm selbst. Wieder zielte er mit der Waffe, allerdings nicht auf Kieron, sondern auf etwas links von ihm.

Er wollte den Satelliten treffen, der am dichtesten an der Tür stand – den auf der anderen Seite von dem, der zuerst gefallen und völlig zerstört worden war.

Kieron war sofort klar, was Todd vorhatte. Er wollte den Satelliten umkippen lassen, damit er Kieron wie ein umgestürzter Baumstamm den Weg versperrte. Oder auf ihn stürzte. Kieron vermutete, dass beides Todd zufriedenstellen würde.

»Stopp!«, schrie er.

»Warum?«, fragte Sam verwundert. »Wir sind fast da!«

»Mach einfach!«

Als Todd schoss, kam der Buggy mit quietschenden

Reifen zum Stehen. Das winzige Geschoss zischte an ihm vorbei und traf die Basis des Satelliten. Der war höher und schmaler als der erste und bestand aus mehreren Sektionen mit dünneren Verbindungsstücken, was ihn aussehen ließ wie eine verlängerte Wespe. Um die Basis breitete sich ein Feuer aus, und langsam, geradezu majestätisch, neigte er sich zur Seite. Wie Todd es beabsichtigt hatte, schlug er dort auf, wo der Glastunnel gewesen war, knickte ein und zerbrach an den Gelenken in mehrere Einzelteile. In einem Tank musste Treibstoff gewesen sein, denn das kleine Feuer, das das Geschoss entfacht hatte, löste plötzlich eine weit heftigere Explosion aus, vor deren Hitze und Helligkeit Kieron seine Augen mit dem Arm schützen musste. Gleich darauf spülte eine Hitzewelle über ihn hinweg.

Er sprang aus dem Wagen und rannte auf die Tür zu, doch es war sinnlos. Der umgestürzte brennende Satellit blockierte ihm vollständig den Weg.

»Such mir einen anderen Ausweg!«, rief er Sam zu.

»Ich arbeite daran«, antwortete Sam.

Kieron schaute wieder zur Mitte des Gebäudes, von wo Todd mit hasserfülltem Gesicht auf ihn zukam.

Kieron sah sich verzweifelt um und suchte nach irgendetwas, womit er Todd abwehren konnte oder was ihm bei seiner Flucht half, doch es gab nichts.

Außer … der Waffe, die Todd in der Hand hielt.

Kieron rannte seitwärts, bis er seitlich von dem kaputten Satelliten stand, vor der dicken roten Glaswand des Gebäudes. Dort drehte er sich um, versuchte so lässig-trotzig zu wirken wie möglich und stemmte die Hände in die Hüften.

»Wie groß ist der Schaden, den ich jetzt angerichtet

habe?«, rief er Todd entgegen. »Müssen jetzt schon Millionen von Dollar sein. Zig Millionen. Vielleicht sogar Hunderte von Millionen?«

»Das kriege ich alles wieder rein«, schrie Todd zurück. »ALTER SEEMANN bringt mir Milliarden ein!«

»Und tötet Milliarden.«

»Gewöhnliche Leute.« Todd hob die Waffe. »Leute wie dich, nicht außergewöhnliche Menschen wie mich. Dann ist die Welt nicht so überbevölkert und überhaupt besser dran.«

»Du bist ein Psychopath«, stellte Kieron fest.

Todd blieb etwa zwanzig Meter vor ihm stehen.

»Ja«, gab er zu. »Ich weiß. Meine Eltern haben mich zu einem Psychologen geschickt. Der hat die Diagnose gestellt. Da hat er mir allerdings nichts erzählt, was ich nicht schon wusste. Ich habe ihn trotzdem getötet, für seine Arroganz. Er glaubte, ich bräuchte eine Therapie. Er wusste nicht, was ich weiß – dass es Menschen wie ich sind, die in der Welt Erfolg haben. Also, ja, ich bin ein Psychopath. Und du bist tot.«

Er feuerte die Waffe ab.

Noch bevor das Geschoss den klobigen Lauf verlassen hatte, war Kieron zur Seite abgetaucht. Seine Schulter traf hart auf dem Boden auf und ein scharfer Schmerz durchzuckte ihn. Er rollte sich unbeholfen ab und sprang wieder auf, als das Geschoss die Glaswand des Gebäudes traf. Große Risse breiteten sich in alle Richtungen aus. Das Geschoss explodierte und die Wucht der Detonation ließ die Glasscherben nach außen ins Freie fliegen. Kieron schützte seine Augen mit dem Arm und rannte durch die Flammen und die Lücke, die sich aufgetan hatte.

Statt der Hitze der Explosion umgab ihn jetzt die Hitze

des Klimas von Tel Aviv. Und nach dem rötlich gefärbten Interieur des sterilen Gebäudes kam ihm der blaue Himmel jetzt wie der schönste Anblick der Welt vor. Er rannte am Gebäude entlang und versuchte, Todd davonzulaufen, bog an einer Ecke nach links und an der nächsten nach rechts ab. Die ganze Zeit über glaubte er, Todds Schritte hinter sich zu hören. Auf seinem Rücken, genau zwischen den Schulterblättern, verspürte er ein Jucken in Erwartung des nächsten Geschosses, das ihn treffen würde.

Die labyrinthartige Anlage verwirrte ihn, und die langen gläsernen Wände ließen ihn befürchten, dass Todd hinter ihm um eine Ecke bog, bevor er noch um die nächste herum war, und das wäre tödlich.

Wieder gelangte er an eine Ecke, dieses Mal an eine Kreuzung. Er wollte schon nach rechts laufen, als er Sam in seinem Ohr hörte, der befahl: »Lauf weiter geradeaus!«

»Kann ich nicht!«, schrie er zurück. »Dann sieht mich Todd!«

»Links vor dir ist eine Tür. Es ist der kürzeste Weg in ein Gebäude.«

Kieron rannte weiter, mehr stolpernd als laufend. Er war sich nicht sicher, wie lange er noch durchhielt. Er hatte das Gefühl, als würde er jeden Augenblick zusammenbrechen.

Wie Sam gesagt hatte, war kaum zehn Schritte hinter der Kreuzung in der Wand links von ihm eine Tür. Sie öffnete sich leise, als er dort ankam. Hinter ihm schloss sie sich ebenso leise wieder.

Dieses Gebäude schien eine Art Lager zu sein. Gelbe Linien auf dem Boden teilten es in mehrere Bereiche ein. Im ersten zu seiner Rechten stapelten sich Holzkisten fast bis zur Decke, links standen Hartplastikkisten in militärischen Tarnfarben auf Regalen. Er rannte den Gang entlang und bog dann, damit man ihn von der Tür aus nicht mehr sehen konnte, in einen weiteren ab, in dem große Metallcontainer standen.

»Auf der anderen Seite ist ein Ausgang«, hörte er plötzlich Bex. Sie schien das AR-Gerät von Sam übernommen zu haben. »Lauf weiter geradeaus und bieg am Ende links ab.«

Am Ende der Containerreihe blieb er plötzlich stehen.

»Lauf weiter!«, drängte Bex. »Was ist los?«

»Sehen Sie das auch?«, fragte Kieron und starrte geradeaus.

Er schaute zu einem Bereich in der Mitte des Raums, der von hohen Metallcontainern umgeben war. Genau in der Mitte befanden sich etwa vierzig fassförmige grellorange Behälter. Auf jedem einzelnen davon prangte deutlich das schwarz-gelbe Gefahrenlogo und auf jedem stand mit schwarzen Buchstaben »Projekt ALTER SEEMANN«.

»Das ist das Virus«, sagte er grimmig. »Es ist versandbereit.«

»Egal«, drängte Bex. »Wir können jemanden alarmieren, sobald wir dich da rausgeholt haben.«

»Wen denn?«

»Mach dir darum jetzt keine Gedanken. Komm einfach raus!«

»Die Polizei? Die Armee? Wer weiß, vielleicht gehört die israelische Regierung zu den Kunden des Goldfinch-Instituts. Und selbst wenn nicht – bis die etwas tun, hat Todd diese Behälter längst verschifft. Und was passiert dann? Es werden Menschen sterben. Sehr viele Menschen.«

»Da kannst du jetzt nichts tun. Du musst jetzt nur weg. Um das Projekt ALTER SEEMANN kümmern wir uns, wenn du in Sicherheit bist.«

Kieron war hin- und hergerissen. Er wollte etwas gegen das Virus unternehmen, wusste aber nicht, was. Hätte er mehr Zeit gehabt, hätte er sich etwas überlegen können. Doch Todd würde ihn gleich eingeholt haben.

Todd? Könnte er ihn dazu bringen, seine Waffe auf die Behälter abzufeuern und sie unbeabsichtigt zu sprengen?

»Würde Feuer das Virus töten?«, fragte er und sah sich nach Todd um.

»Ja«, antwortete Bex nach kurzer Überlegung. »Solange es heiß genug ist. Ich sehe, woran du denkst, aber die Explosion könnte das Virus auch einfach nur verbreiten, bevor die Hitze es vernichtet. Es sei denn …«

»Es sei denn, *was?*«

»Es sei denn, ich schließe die Türen des Gebäudes von hier aus und schalte die Ventilationsanlage und das Feuerlöschsystem ab. So würde das Feuer weiterbrennen, bis alles vernichtet ist.«

Kieron schüttelte zornig den Kopf. »Das würde sowieso nicht funktionieren. Die Waffe hat gar nicht genug Munition, um all diese Behälter zu zerstören.«

»Dann komm raus und wir überlegen uns was anderes.«

Kieron lief weiter zur anderen Seite des Gebäudes. Als er zu zwei Dritteln an einem leeren Metallregal vorbei war, prallte etwas gegen eine Strebe, und er fuhr herum. Am Ende der Reihe stand Tara mit einer fies wirkenden Pistole mit einem aufgesetzten Schalldämpfer.

Wieder feuerte sie.

Kieron ließ sich zu Boden fallen und rollte sich unter

das unterste Regal. Es war kaum genug Platz für ihn. Er musste sich auf den Rücken legen und sich an den Metallstreben entlangziehen. Das unterste Regalbrett war so dicht über seinem Gesicht, dass er den Kopf zur Seite drehen musste, und er schrammte mit dem Ohr über den Boden, als er sich auf die andere Seite des Regals zog. Er hörte Taras Schritte, als sie dorthin rannte, wo sie ihn erwartete. Also änderte er schnell seinen Kurs und rutschte dorthin zurück, woher er gekommen war. Er sprang wieder auf und zog schnell die Schuhe aus, rannte lautlos zur nächsten Ecke und lief in die entgegengesetzte Richtung.

Tara und Todd, die beide nach ihm suchten. Da hatte er keine Chance.

Seine Lungen brannten vor Anstrengung und seine Muskeln schmerzten. Von seinem verletzten Ohr lief ihm Blut über den Hals. Seine beiden Verfolger hetzten ihn zu Tode, und es schien ihnen egal, wie viel Schaden sie im Goldfinch-Institut anrichteten, solange nur ihr kostbarer ALTER SEEMANN überlebte.

Er blieb stehen, stützte keuchend die Hände auf die Knie und versuchte, noch die allerletzten Energiereserven zu mobilisieren.

»Ich glaube, das war's, Bex«, stöhnte er. »Ich kann nicht mehr!«

Er hätte erwartet, dass Bex ihn anschrie oder ihn versuchte zu motivieren, ihm sagte, dass er nicht aufgeben dürfe, doch das tat sie nicht. Sie sagte lediglich: »Schau nach rechts.«

Er tat es. Dort standen auf dem Boden zwischen zwei Stapeln Holzkisten zehn Kisten, so groß wie große Militärkoffer.

»Was?«, fragte er.

»Lies, was draufsteht.«

Er las die Aufschrift: *IKARUS*.

Einen Augenblick konnte er sich darunter nichts vorstellen, doch dann fiel es ihm ein: in dem anderen Goldfinch-Institut, dem in Albuquerque, bei seiner Führung durch die Anlage. Er hatte ein Video von einem Mann gesehen, der ein Gerät mit einem winzigen Düsenantrieb, einem Treibstofftank und mannshohen Flügeln umgeschnallt hatte.

»Sie machen wohl Witze«, sagte er. »Ich weiß doch gar nicht, wie man so etwas fliegt!«

»Ich hol mir die Gebrauchsanweisung«, erklärte Bex, »du legst das Ding an.«

Schnell sah er sich um. Weder Todd noch Tara waren zu sehen. Mit letzter Kraft zog er einen der Koffer hervor und machte ihn auf. Das Gerät darin sah aus wie ein Metallrucksack mit Gummiriemen. Die Flügel waren zur Form eines Surfboards zusammengefaltet. Er schob sich in die Riemen. Die Flügel scharrten über den Boden und eine runde Platte mit mehreren Steuerelementen presste sich gegen seine Brust.

»Und jetzt?«, fragte er. Er hatte das Gefühl, keine Willenskraft, keine Energie und keine Kraft mehr zu haben, um noch irgendetwas anderes zu tun, als Befehle zu befolgen.

»Was jetzt kommt, wird dir nicht gefallen.«

»Mir gefällt es jetzt schon nicht mehr«, gab er leise zurück, während er spürte, wie ihm die Gummiriemen in die Schultern schnitten und das Gewicht der Flügel auf seinen Schultern lastete.

»Du musst so hoch wie möglich kommen, damit du starten kannst.«

»Was?«, fragte er verwirrt. »Soll ich etwa rauf aufs Dach? Das schaffe ich nicht! Ich kann ja kaum mehr laufen!«

»Nein, ich meine, dass du auf die Regale hinter dir klettern und runterspringen musst.«

»Bex, ich …«

»Tu es!«, verlangte Bex im Tonfall seines Sportlehrers, der ihm befahl, in der Sporthalle an einem Seil hochzuklettern.

Er war zu müde, um zu widersprechen. Also packte er mit beiden Händen ein Regalbrett, setzte den rechten Fuß auf eines darunter und begann zu klettern.

Es schien ewig zu dauern, und seine Muskeln brannten wie Feuer, sodass er am liebsten aufgehört hätte. Die gefalteten Flügel zogen ihn unbarmherzig nach hinten. Mehrere Male rutschten seine Finger ab oder verloren den Halt, sodass er beinahe gestürzt wäre, doch schließlich schob er sich auf das leere Brett ganz oben. Er sah sich um. Jetzt befand er sich über den Regalen und unter den Kabeln und Lüftungsschächten an der Decke hoch über ihm.

»Das war der einfache Teil«, meinte Bex. »Jetzt musst du springen.«

»Echt, ich …«

Eine Kugel zischte an ihm vorbei, erwischte die Spitze seines Ohrs und schnitt ihm eine Haarsträhne ab. Heißes Blut spritzte ihm ins Gesicht. Er mobilisierte Kräfte, die er nicht mehr zu haben geglaubt hatte, rappelte sich auf und taumelte zum Rand des Regals.

»Der rote Knopf genau in der Mitte der Steuerung.« Bex' Stimme erinnerte ihn an all die Lehrer, die er je in der Schule gehasst hatte. »Damit aktivierst du die Düsen.

Dann gibt es zwei Joysticks, rechts und links davon. Mit dem linken fliegst du auf und ab, mit dem rechten nach rechts und links. Und jetzt … *lauf!*«

Plötzlich entstanden in der Metallfläche vor ihm mehrere Löcher mit scharfen, nach oben ragenden Kanten wie winzige Krallen. Einschusslöcher.

Schnell kam der Rand des Regals auf ihn zu. Er tastete nach der Steuerplatte und drückte auf den Knopf in der Mitte. Ob der rot war oder nicht, konnte er nicht sehen.

Etwas schien ihn in den Rücken zu treten. Er stolperte und wäre fast gestürzt, doch irgendwie lief er weiter, immer weiter … bis er vom Rand des Regals ins Leere sprang.

Er erwartete, dass er wie ein Stein zu Boden fallen würde. Er war davon völlig *überzeugt*, doch die Flügel an seinem Rücken entfalteten sich und breiteten sich zu dem eleganten Bogen aus, den er in dem Video in Albuquerque gesehen hatte. Anstatt vorbeugend mit den Armen seinen Kopf zu schützen, zog er die Hände zu sich, damit er an die Steuerung kam.

Er spürte die Hitze aus den Düsentriebwerken an seinen Beinen. Aus dem Tritt wurde ein Stoß und aus dem Stoß ein Schub und dann flog er! Er flog tatsächlich! Unter sich sah er Regale, Kisten, Kartons und Behälter vorbeiziehen wie die Landschaften, die er vom Fenster des Flugzeugs aus gesehen hatte, als er mit Bex und Sam nach Albuquerque geflogen war.

Er hatte keine Schwierigkeiten und spielte mit der Steuerung. Er schwenkte nach rechts und links, nach oben und unten. Es war so einfach!

Nur dass ihm ziemlich schnell das Gebäude auszugehen drohte!

»Siehst du die Tür rechts vor dir?«, fragte Bex' Stimme.

»Nein!«, schrie er.

»Schau nach unten, dicht am Boden!«

»O ja, da ist sie!«

»Flieg darauf zu, ich sorge dafür, dass sie offen bleibt.«

Kieron sauste nach unten und flog dann wieder waagrecht, einen der Gänge zwischen den Kisten, Regalen und Paletten entlang. Kurz glaubte er, Todd Zanderbergens Gesicht vorbeihuschen zu sehen, in komischer Überraschung verzerrt, doch dann war er vorbei, und die Tür lag vor ihm und kam sehr schnell näher.

Seine Hände zupften an der Steuerung und plötzlich schwenkte er nach oben. Die Tür unter ihm verschwand, und die Wand darüber war so nah, dass er sie fast mit der Hand berühren konnte.

»Was machst du denn jetzt?«, rief Bex frustriert, genau wie sein Sportlehrer, als er das blöde Seil endlich hinaufgeklettert war, das Ende zu sich heraufgeholt hatte und sich geweigert hatte, wieder herunterzukommen.

Wieder änderte er seine Flugbahn, sodass er jetzt kopfüber an der Decke entlangflog, weg von den Türen und zurück ins Gebäude. Rohre, Kabel und Schächte bildeten eine düstere Stadtlandschaft. Einen Augenblick lang stellte er sich vor, er würde über die Oberfläche des Todessterns aus *Star Wars* fliegen, und lachte freudig. Dann zog er kurz an der Steuerung und flog wieder richtig herum.

»Ich tue, was getan werden muss!«, rief er und hoffte, dass Bex ihn über das Dröhnen der Düsen hören konnte. »Das Ding hier ist bewaffnet. Ich weiß das aus dem Video. Wie feuere ich die Geschosse ab?«

»Kieron …«

»Sag es mir einfach!«

Er sah sich um und versuchte sich zu orientieren. Die Behälter mit dem Virus ALTER SEEMANN standen im Zentrum des Gebäudes. Er setzte zu einem spiralförmigen Kurs an, sah nach unten und suchte sie.

Leuchtend orange. Ja, da waren sie.

Todd Zanderbergen stand schützend davor. Er hob die Waffe und feuerte. Eine helle orangegelbe Flamme schoss auf Kieron zu, doch er passte seinen Kurs leicht an und wich dem Geschoss aus, sodass es unter ihm hindurchflog. Er glaubte, den Knall zu hören, mit dem es gegen die Decke schlug.

»Es gibt jeweils einen Knopf an jedem Joystick. Damit feuert man die linken und rechten Raketen ab. Kieron ...«

»Ja, ich bin sicher«, sagte er.

Er passte seinen Kurs an, richtete sich waagrecht aus und tauchte dann nach unten, sodass er direkt auf die leuchtend orangen Behälter zuflog. Seine Finger drückten die Knöpfe oben auf den Steuerhebeln und plötzlich rasten unter den Flügeln auf seinem Rücken zwei kleine bleistiftdünne Objekte hervor und auf die Behälter des Projekts ALTER SEEMANN zu. Todd – eine kleine Gestalt am Boden – sah, was passierte, und hob verzweifelt die Hände wie König Knut der Große, der versuchte, die unaufhaltsame Flut zum Zurückweichen zu zwingen. Kieron schwenkte zur Seite, doch ein großes Regal war ihm dabei im Weg. Zwischen zwei Kistenstapeln machte er eine Lücke aus und flog dorthin. Er sauste hindurch und war gleich darauf wieder im offenen Raum.

Was hinter ihm geschah, sah er nicht, doch er spürte die Hitzewelle. Die ganze Luft schien zu vibrieren.

»Ich halte die Tür auf«, sagte Bex, »und ich habe das Feuerlöschsystem ausgeschaltet. Wirst du jetzt rauskommen, oder hast du vor, noch ein wenig Sightseeing zu machen?«

»Zeit zu gehen«, erwiderte er, schwenkte herum und flog in die Richtung, wo er die Tür vermutete. »Ich weiß nicht, wie viel Treibstoff ich noch habe.«

Auf der Wand vor ihm sah er orange und rote Lichter tanzen. Was auch immer hinter ihm geschah, es war gewaltig, und es breitete sich schnell aus. Er wünschte, er könnte es sehen.

»Kann ich das Flugding behalten?«, fragte er, als er durch die Tür schoss. Die Helligkeit des blauen Himmels blendete ihn einen Moment, doch im Gegensatz zu dem brennenden Gebäude hinter ihm war es im Freien geradezu kühl.

»Wenn du nicht aufpasst, lass ich dich damit bis nach England fliegen«, drohte Bex, fügte aber hinzu: »Gute Arbeit, Junge. Richtig gut gemacht!«

KAPITEL 14

Er flog erster Klasse nach England zurück. Bex war der Meinung, dass die Jungen sich das nach allem, was passiert war, verdient hatten. Das konnten sie sich zwar eigentlich nicht leisten, aber dafür waren Kreditkarten und Überziehungskredite schließlich da. Das Geld würden sie schon wieder hereinbekommen – irgendwie.

»Haben Sie schon einen Bericht geschrieben?«, fragte Kieron. Er hatte die Reste eines Hummer Thermidor auf dem Teller vor sich, dazu ein Glas Champagner, das Bex ihnen erlaubt hatte. Sam neben ihm hatte gerade entdeckt, dass er seinen Sitz ganz nach hinten legen konnte. Er hatte sich zurückgelegt, eine Decke über sich gebreitet und spielte ein Spiel auf dem Tablet, das man ihm beim Einsteigen gereicht hatte. Er würde hier wohl nie wieder aussteigen wollen, vermutete Bex.

»Ich habe Bradley alles erzählt«, sagte sie. »Er leitet es an den MI6 weiter. Sie müssen wissen, was Todd Zanderbergen vorhatte. Dann werden sie sich mit Shin Bet und dem FBI zusammenschließen, um das Institut zu schließen.«

»Und wir gehen einfach nach Hause und tun so, als sei nichts passiert?«

Sie nickte. »Genau. Es *ist* nichts passiert. Denkt dran! Besser gesagt: Denkt *nicht* daran.«

Kieron nippte an seinem Champagner und sah sich in der Kabine der ersten Klasse um. »An diesen Lebensstil könnte ich mich gewöhnen«, meinte er anerkennend und lehnte sich zurück. »Ich könnte schwören, auf diesem Tablet sind Filme, die noch nicht mal im Kino gelaufen sind.«

Bex schloss kurz die Augen. Die Erwähnung des MI6 hatte auch Besorgnis in ihr ausgelöst. Sie waren der Lösung des Rätsels, wer die Verräterin in ihrer Organisation war und mit den neofaschistischen Schergen von Blut und Boden in England zusammenarbeitete, keinen Schritt näher gekommen. Das stand als Nächstes auf ihrer Liste. Sobald sie zurückkamen, mussten sie und Bradley Nachforschungen in dieser Richtung anstellen.

Und ganz schnell Geld verdienen.

Plötzlich fuhr Kieron zusammen, setzte sich ruckartig auf und starrte gespannt nach vorn.

»Sam!«, drängte er. »Sam!« Er schlug ihm unter der Decke aufs Bein.

Sam tauchte auf wie eine Schildkröte aus dem Winterschlaf. »Was ist?«, fragte er blinzelnd. »Ich bin auf Level 20!«

»Siehst du die Typen auf der anderen Seite der Kabine?« Kieron deutete auf sie und Sam sah hinüber. »Kommen die dir bekannt vor?«

Auch Bex sah hin, ein klein wenig besorgt.

»Keine Ahnung«, meinte Sam. »Die sehen ziemlich krass aus.«

»Das«, erklärte Kieron, »ist Lethal Insomnia.«

»Mach keine Witze!«

Bex lehnte sich zurück und schloss die Augen. Den Jungen ging es gut. Und mit etwas Schlaf würde es ihr auch gut gehen.

Andrew Lane

AGENT IMPOSSIBLE

Operation Mumbai
Band 1, 288 Seiten,
ISBN 978-3-570-31494-4

Undercover in New Mexico
Band 2, 304 Seiten,
ISBN 978-3-570-31495-1

Agent Without Licence – zwei Teenager retten die Welt

Kieron und sein Freund Sam, zwei ganz normale Teenager und hängen gerade im Fastfoodladen ab, als der Mann am Nebentisch vor aller Augen entführt wird. Dabei ist ihm etwas heruntergefallen: ein Headset und eine Brille. Als Kieron die Brille aufsetzt, hat er plötzlich eine Menschenmenge in Mumbai vor Augen. Und durch das Headset hört er Bex, eine MI6-Agentin. Ohne Bradley – den Mann, der entführt wurde – kommt Bex nicht an die Informationen, die sie braucht. Unversehens ist Kieron Teil einer brandgefährlichen Mission um skrupellose Killer und tödliche Waffen ...

30444_2

www.cbj-verlag.de

Autor

Andrew Lane hat zahlreiche Bücher geschrieben, darunter die achtbändige Young-Sherlock-Holmes-Reihe, die in über 44 Länder verkauft wurde. Bevor er sich 2013 ganz dem Schreiben widmete, arbeitete Andrew Lane fürs britische Verteidigungsministerium und hatte mit Geheimdienst und Terrorismusbekämpfung zu tun. Er war selbst schon im Gebäude des MI6, des MI5 und der Zentrale des britischen Geheimdiensts – und zwar nicht als Tourist – sowie in den Büros der CIA und der NSA in den USA.

Von Andrew Lane sind bei cbj erschienen:

Agent Impossible 1 – Operation Mumbai (31494)
Agent Impossible 2 – Undercover in New Mexico (31494)
Agent Impossible 3 – Mission Tod in Venedig (16654)
Agent Impossible 4 – Einsatz in Tokio (16590)

Übersetzerin

Tanja Ohlsen studierte klassische Archäologie und Anglistik in Heidelberg und Berlin. Neben ihrer Tätigkeit auf verschiedenen Ausgrabungen machte sie ihre staatliche Übersetzerprüfung im Fachgebiet Geisteswissenschaften und hat mittlerweile über 150 Titel aus dem Englischen, Norwegischen und Dänischen übersetzt. Wenn sie nicht gerade übersetzt, unternimmt sie mit Vorliebe lange Expeditionen mit dem Seekajak an der norwegischen Küste.

Mehr zu cbj auf Instagram unter @hey_reader